I0591246

LE DUC PROVOCATEUR

DARCY BURKE

Traduction par
SOPHIE SALAÜN

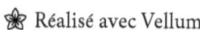 Réalisé avec Vellum

LE DUC PROVOCATEUR

Enfant difficile et provocateur, Bran Crowther, comte de Knighton, devenu jeune homme, a quitté l'Angleterre, en quête d'indépendance et d'aventure. Jamais il n'aurait imaginé hériter de ce titre, et lorsque le devoir l'oblige à rentrer chez lui, les codes de la société lui paraissent toujours aussi contraignants, et les attentes des gens l'oppressent. Néanmoins, il lui faut une épouse pour assurer le rôle de mère auprès de sa fille, de préférence une femme intelligente et chaleureuse, mais surtout insensible à son tempérament, et à l'amour.

Veuve, Joanna Shaw n'a pas envie d'un second mariage, pas après l'union dépourvue d'amour et de passion qu'elle a endurée. Elle préférerait prendre soin de sa nièce et de son neveu, car ils seront probablement ses seuls enfants… Jusqu'à sa rencontre avec une jeune fille précoce qui a désespérément besoin d'une mère. Mais son père, le duc Provocateur, est aussi singulier qu'il est bel homme, et Jo ne veut pas faire courir le moindre risque à son cœur. Mais les règles sont faites pour être transgressées, les conséquences dussent-elles les détruire tous les deux.

CHAPITRE UN

Londres, mars 1817

— e voulais t'annoncer notre grande nouvelle !

Le cœur de Joanna Shaw se serra. Elle n'avait aucun mal à imaginer le genre d'information que sa sœur Nora avait à partager.

— Attendez-vous un autre enfant ?

Elle était fière de sa manière de poser la question sans angoisse... ni jalousie.

Nora hocha la tête, ses lèvres s'écartant en un immense sourire.

— Titus est aux anges.

Le bonheur enfla dans le cœur de Jo, et elle se sentit horrible de s'être laissé aller, même à un infime moment de contrariété. Après tout ce que Nora avait vécu dans sa jeunesse, elle le méritait, et bien plus encore. Elle avait surmonté un scandale et elle était à présent heureuse en ménage avec un duc qui l'adorait. Elle avait une famille magnifique. C'était un rêve devenu réalité.

En tout cas, c'était celui de Jo.

À cet instant, trois enfants se précipitèrent dans le salon. Le garçon de trois ans était en tête, poussant ce qui semblait être des cris de joie tandis que deux filles, toutes deux âgées de cinq ans, le poursuivaient avec des morceaux de bois de formes bizarres serrés dans leurs petites mains.

Nora sourit, sans se soucier du fait qu'ils avaient fait irruption dans la pièce. Elle et son mari, Titus, adoraient leurs enfants, et cela se voyait. Christopher et Rebecca dégageaient une joie de vivre et une liberté d'expression qui réchauffaient le cœur de Joe. Quand elle songeait à la manière dont les siens, si elle en avait eu, auraient été traités par leur père... Eh bien, c'était peut-être une bonne chose qu'elle soit stérile.

La nurse, une femme agréable âgée d'une cinquantaine d'années, entra dans la pièce, et son œil se posa sur les enfants. Ils poussaient à présent des cris pendant que les filles pourchassaient Christopher autour de l'un des canapés. Elle souffla et regarda Nora.

— Votre Grâce ?

Nora gloussa.

— C'est bon. Nous allons nous occuper d'eux. De toute manière, le père d'Evie sera bientôt là.

Avec un signe de tête, la nurse fit demi-tour et s'en alla. Elle avait sans nul doute gagné un peu de répit.

Jo pivota sur sa chaise pour pouvoir observer les enfants qui se retrouvaient un peu dans une impasse à l'autre bout de la pièce. Christopher, la poitrine gonflée, se tenait devant le canapé, tandis que les filles étaient derrière. Leurs têtes étaient penchées l'une vers l'autre, à peine visibles au-dessus du dossier.

— Maman, elles complotent quelque chose ! s'écria Christopher.

Il ne se tourna pas pour regarder sa mère. Jo ne lui en voulait pas, car de toute évidence, elles mijotaient *quelque chose*.

Elle se leva et s'avança vers son neveu.

— Est-ce que vous jouez encore aux pirates ?

Elle séjournait chez Nora et sa famille depuis quelques semaines et elle avait appris à mieux connaître Christopher et Becky. Elle reconnaissait les « armes » que les filles portaient : c'étaient leurs pistolets. Ils avaient essayé les épées, mais Nora leur avait interdit de courir avec des bâtons.

Becky jeta un rapide coup d'œil à sa tante, plissant ses yeux noisette.

— Oui. Nous décidons de la manière de faire marcher Christopher sur la planche quand nous l'attraperons.

Ce dernier se précipita auprès de Jo et lui agrippa la main.

— Je ne veux pas marcher sur la planche !

Jo lui serra les doigts.

— Bien sûr que non. Que dirais-tu de manger des gâteaux à la place ?

Ses yeux noisette s'illuminèrent, et le bout de sa langue glissa sur ses lèvres.

— Oui, s'il te plaît, Tata.

Avec un petit rire, Jo le mena vers l'endroit où sa mère était assise. Un plateau à thé où s'empilaient des gâteaux et des biscuits était posé sur la table.

Christopher grimpa sur les genoux de sa mère et en attrapa un.

Nora l'aida à s'installer alors qu'il mangeait avec délectation.

— Je suis surprise que tu ne sois pas venu directement ici.

Tu étais sans doute trop occupé à éviter ta sœur et sa nouvelle amie.

— Comment allons-nous le faire marcher sur la planche *maintenant* ? hurla Becky depuis l'autre bout de la pièce.

— Trouvez autre chose pour vous occuper, répondit Nora en souriant à sa fille. Tu n'as qu'à montrer à Evie ton livre préféré.

L'ouvrage en question, un guide illustré des plantes et oiseaux d'Angleterre, était posé sur la table près du plateau à thé. Becky courut pour le prendre, ainsi que deux biscuits. Et quelques instants plus tard, les deux fillettes étaient vautrées dans le coin de la pièce, mangeant avec bonheur tout en feuilletant le livre.

Nora posait sur elle le regard d'une mère sur ses enfants : avec un amour si palpable que la pièce entière semblait en rayonner.

— Je suis tellement heureuse qu'elle se soit trouvé une amie de son âge. Nous avons rencontré son père de manière tout à fait fortuite.

— Comment avez-vous fait sa connaissance ?

— Sa marraine est Lady Dunn, et comme tu t'en souviens sûrement, c'est une amie de Genie.

Genie était Lady Satterfield, la belle-mère de Nora.

— Il vient d'hériter de son titre, et donc de faire son retour en Angleterre. Mais il ne connaît pas grand monde. Cela fait longtemps qu'il est parti, quinze ans, il me semble, et il n'avait pas l'intention de revenir. C'est le troisième fils et il est désormais comte.

— Knightley ? demanda Jo, essayant de se rappeler le nom qu'elle avait entendu plus tôt en passant.

— Knighton. Son siège est situé à la frontière galloise.

Nora retint Christopher qui se penchait en avant pour prendre un autre gâteau.

— Un dernier, lui dit-elle doucement.

— Ce doit être un choc, dit Jo. Être le troisième fils et parvenir à hériter du trône. Où était-il ?

— Dans les tropiques. Il possède une plantation de sucre.

— Comme c'est exotique !

Jo n'arrivait pas à imaginer un tel endroit. Elle n'avait jamais quitté l'Angleterre. En fait, ce n'était que son troisième voyage à Londres. Elle avait vécu une existence plutôt protégée dans leur petit village de St Ives.

— Je t'ai dit qu'il avait un surnom ?

Jo prit un biscuit sur le plateau.

— C'est un Insaisissable, alors ?

C'était le terme qu'elles avaient choisi dans leur jeunesse pour décrire les hommes qu'elles rêvaient d'épouser, largement au-dessus de leur propre condition. Cela leur avait valu des fous rires interminables. C'était donc le comble de l'ironie que Nora soit à présent duchesse.

— Probablement, dit Nora. Le temps nous dira s'il est vraiment « insaisissable », mais il a néanmoins un surnom. C'est le duc Provocateur.

Ces étiquettes absurdes provenaient du trio d'amies de Nora qui avaient également épousé des Insaisissables qu'elles avaient tous affublés du sobriquet de « duc de quelque chose » en fonction de leur réputation.

— Qu'est-ce qui lui a valu ce nom ? interrogea Jo.

Nora jeta un coup d'œil vers le coin de la pièce.

— Il me semble que nous devrions parler tout bas. Ou ne pas parler du tout.

Grands dieux ! Jo avait totalement oublié que la fille du duc Provocateur se trouvait juste de l'autre côté de la pièce. Certes, elle paraissait totalement absorbée par le livre de Becky. Jo leur sourit.

— Cela me rappelle quand nous étions jeunes.

Elles avaient passé d'innombrables heures à fouiner dans la bibliothèque de leur père. Et à grimper aux arbres. Et à creuser des trous. Et à prendre d'assaut la cuisine, que ce soit pour manger, ou apprendre à faire à manger. La gouvernante avait été plus que ravie de leur enseigner.

Jo repensa à cette gentille femme, avec ses cheveux blancs bouclés et ses yeux bleu brillant. Elle avait pris le relais pour leur faire les meilleurs câlins après la mort de leur mère.

— Je me demande où est Mme Birch maintenant.

Elle avait quitté la maison de leur père peu avant le mariage de Jo.

— À mon avis, elle doit être décédée, répondit tranquillement Nora.

— Je préfère l'imaginer en train de faire des pâtisseries dans un cottage dans les Cotswolds.

Nora sourit.

— Oui, faisons ça.

— Excusez-moi ? demanda une petite voix féminine qui les fit se retourner.

Evie se tenait non loin de leurs chaises, les yeux rivés sur la table.

— Pourrais-je avoir un autre biscuit ?

— Oui, tu peux, lui répondit Nora.

Elle se leva avec Christopher qu'elle tenait calé sur sa hanche.

— Je dois emmener Christopher se laver les mains. Ensuite, ce sera l'heure de la sieste. Je reviens vite.

Nora s'éclipsa.

Evie se rapprocha de la table, mais hésita, les doigts en suspens au-dessus des pâtisseries.

— Tu n'arrives pas à te décider ? lui demanda Jo.

Evie lui jeta un regard rapide.

— Je voudrais bien le même que j'ai mangé tout à l'heure, mais je n'arrive pas à les distinguer.

Jo s'avança au bord de sa chaise.

— Mmmh. À mon avis, ils ont de subtiles différences.

Celui-ci, expliqua-t-elle en désignant l'un des gâteaux, a un goût de citron. Je vois de petits morceaux de zeste.

Evie fit la grimace.

— Pas celui-ci. Je les aime nature.

— Ah, alors celui-là.

Jo lui montra un carré tamponné d'une fleur.

Le regard bleu-vert de la fillette se posa un instant sur Jo avant qu'elle ne prenne le biscuit avec précaution. Elle le porta à ses lèvres et en lécha le bord. Après un moment, elle en mordit un petit bout. Le soulagement se lut sur ses traits, et elle prit une deuxième bouchée, plus grosse.

— Celui-là est bien, alors ? s'enquit Jo.

Evie hocha la tête.

— Merci.

Elle porta sa main libre à sa bouche. Après avoir avalé, elle dit :

— Mes excuses. Je ne devrais pas parler avec de la nourriture dans la bouche. Du moins, c'est ce que Nanny me disait.

— Qui est Nanny ?

— Ma nurse à la Barbade. Elle me manque.

— Elle n'est pas venue avec vous en Angleterre ?

Evie secoua la tête, agitant ses vagues blondes.

— Papa a dit que ce serait un trop grand changement pour elle. Nous allons en embaucher une nouvelle. Une fois que papa aura trouvé ses marques. C'est ce qu'il dit.

Jo n'avait pas de mal à imaginer que c'était un grand changement pour eux tous.

— Tu te plais ici ?

Evie haussa les épaules.

— Il fait froid. La plage et l'océan me manquent.

Une image de cette petite fille aux cheveux clairs en train de danser dans les vagues s'imposa à l'esprit de Jo et la fit sourire.

— Cela me manquerait aussi. L'océan est-il chaud là-bas ?

Les yeux de la fillette s'illuminèrent.

— Oh, oui ! Et le sable aussi peut devenir très chaud.

Jo remua ses pieds chaussés de bas dans ses chaussures.

— Cela semble charmant. Que peux-tu me dire d'autre sur la Barbade ?

— Nous avons des palmiers et des singes. Et des tortues. Elles font des nids dans le sable.

— Vraiment ?

Evie termina son biscuit et se rapprocha de Jo.

— Quand les œufs éclosent, tous les petits bébés tortues courent sur le sable jusqu'à l'eau. On dirait des crabes, mais bien plus mignons. Je voulais en prendre un comme animal de compagnie, mais papa a dit non, que ce ne serait pas juste de le garder en cage.

— Ton papa me donne l'impression d'être un homme sage.

Evie lui sourit, dévoilant une dent manquante en bas.

— Oh, il l'est.

— Et qu'en est-il de ta maman ?

Le sourire de la fillette s'effaça.

— Elle est morte.

Le cœur de Jo se serra douloureusement.

— Mon Dieu, je suis tellement désolée pour ta perte ! Je ne savais pas.

Evie haussa de nouveau les épaules.

— Je me souviens à peine d'elle.

— Lord Knighton, annonça Abbott, le majordome de Nora.

— Papa !

Evie se précipita vers la porte et jeta ses bras autour de la taille de son père.

Jo se leva de sa chaise, lissant sa jupe du plat de la main, délogeant une miette au passage.

Le comte étreignit brièvement sa fille.

— Tu as passé un bon moment ? lui demanda-t-il d'un ton doux.

Les boucles blondes s'agitèrent contre les épaules d'Evie quand elle pencha la tête en arrière pour regarder son père.

— Oui. Je pourrai revenir ?

Le comte toisa Jo. Ses yeux étaient d'un bleu profond et sombre, presque indigo. Son regard direct et intense s'attarda juste un instant avant qu'il ne reporte son attention sur Evie.

— Si tu es invitée.

— Bien sûr qu'elle est invitée ! s'exclama Becky depuis le coin de la pièce. J'ai trouvé la photo du faucon, Evie. Viens voir !

Evie hésita, puis son père lui fit un léger signe de tête. Alors elle se détacha de lui et revint auprès de Becky.

Jo fit une révérence au comte.

— Je suis Mme Shaw, la sœur de la duchesse.

Il inclina la tête à son tour.

— Enchanté de faire votre connaissance. Je suis Cr… Knighton.

Il secoua la tête.

— Votre fille est tout à fait charmante, lui dit Jo.

— Vous a-t-elle parlé jusqu'à ce que vous tombiez dans un état de somnolence ?

Ses traits étaient impassibles. Cela ressemblait à une plaisanterie, mais elle ne voyait pas la moindre trace d'humour dans son comportement.

— Euh, non. Comme je l'ai dit, elle est charmante. Elle m'a parlé de la Barbade.

Son regard restait rivé de l'autre côté de la pièce, sur les filles.

— Elle ne parle guère d'autre chose.

Là encore, Jo ne parvenait pas à déterminer quel était le sentiment derrière cette déclaration. Cela le dérangeait-il ?

— Cela semble charmant. En particulier le sable chaud.

— Oui, cela lui manque. Elle n'en avait jamais assez, elle y enfouissait toujours ses jambes et se roulait dedans.

Il jeta un coup d'œil à Jo, ajoutant :

— Ce n'est pas très distingué, j'en ai peur.

Cela rappelait à Jo ses aventures avec Nora quand elles étaient enfants.

— Non, mais parfois avoir un comportement digne d'une lady est surfait. Souvent, en fait.

Jo avait passé huit ans à se conformer à la plus grande bienséance en tant que femme de vicaire. Et elle avait été heureuse de le faire. Jusqu'à ce qu'elle apprenne ce que son mari faisait derrière son dos.

Elle refusait de songer à Matthias. Il ne méritait ni son temps ni son attention. Non pas qu'elle ait l'intention de penser du mal des morts. Simplement, elle ne voulait pas du tout penser à lui.

Le comte la dévisagea un moment d'un regard impénétrable, et elle craignit de s'être mal exprimée. Peut-être était-il terriblement strict et n'appréciait pas ses remarques sur le fait que se comporter comme une lady serait surfait. Elle jeta un œil à Evie qui était une enfant pleine de vie. À l'évidence, elle ne pouvait pas être le fruit d'une personne rigide et guindée, si ?

Lorsque le silence commença à devenir gênant, Jo voulut rompre la tension.

— Evie m'a dit que vous cherchiez à embaucher une nurse.

Il la regarda de nouveau, et cette fois elle vit dans ses yeux une pointe de… soulagement ?

— Oui, je vais mener quelques entretiens, mais que sais-je du recrutement d'une nurse ?

C'est à ce moment que Nora débarqua.

— Bon après-midi, Lord Knighton. Je vois que vous avez rencontré, ma sœur, Mme Shaw.

Elle lui adressa un sourire éclatant et se rapprocha d'eux.

— Oui.

Il n'accorda qu'un bref regard à Nora, et Jo eut le sentiment qu'il était peut-être nerveux. Oui, c'était bien possible. Passer du statut de propriétaire de plantation de sucre à la Barbade, entouré de soleil, de plages et de bébés tortues, à celui de comte à Londres, beaucoup moins ensoleillée, et où les seules tortues que l'on rencontrait se trouvaient dans la soupe, devait être éprouvant pour les nerfs.

— Si vous voulez du soutien pour recruter une nurse, Nora pourrait peut-être vous épauler, suggéra Jo, sachant que sa sœur ne lui tiendrait pas rigueur de faire cette offre.

— Je ne voudrais pas vous déranger, répondit-il.

— Ce n'est pas le cas, le rassura Nora. Je serais ravie de vous aider.

— Les entretiens auront lieu après-demain. Souhaiteriez-vous vous joindre à moi ?

— Certainement.

— Excellent. Je demanderai à mon secrétaire de vous transmettre les détails.

Nora sourit chaleureusement.

— J'ai hâte, dit-elle avant de se tourner vers les filles, toujours penchées sur le livre. Oh, je déteste l'idée de les interrompre. Les filles ! les appela-t-elle. Il est temps pour Evie de s'en aller.

Un chœur de protestations accueillit cette annonce, suivi de deux petites voix demandant qu'on leur accorde un peu plus de temps.

— Je vous promets que vous allez vous retrouver bientôt, leur assura Nora, avant de grimacer en se tournant vers le comte. À condition que ton père soit d'accord.

— Il m'a déjà dit que je pouvais si j'étais invitée, répondit Evie.

Nora partit d'un rire doux.

— Alors, considère que tu es invitée.

Les fillettes s'étreignirent et, quand elles se séparèrent, les yeux de Becky s'arrondirent.

— Je viens juste de m'en rendre compte… Tante Jo n'est pas mariée, et ton père non plus. Ils pourraient convoler, et nous serions cousines !

Jo se raidit et espéra que la chaleur qui remontait dans son cou cesserait sa progression avant d'atteindre ses joues, et de leur donner une embarrassante teinte violacée.

Evie se tourna vers son père.

— Oh oui, Papa ! Tu as dit que tu devrais me trouver une mère !

Il fronça les sourcils en la regardant.

— Tu racontes n'importe quoi. Je ne vais pas épouser la première femme que je rencontre, Evie. Je dois m'assurer qu'elle répond à nos exigences.

Jo ne cherchait pas particulièrement à se marier, mais elle fit malgré tout de son mieux pour ne pas se sentir vexée. Quelle étrange chose à dire devant elle ! Elle s'attendait à des excuses, ou tout du moins à un regard penaud.

Il ne fit ni l'un ni l'autre.

Au lieu de cela, il regarda Nora qu'il remercia d'avoir reçu Evie, et de lui avoir proposé de l'aide pour sa recherche d'une nurse. Il s'inclina devant elle et commença à se tourner. Se redressant, il fit un salut de la tête à Jo.

— Madame Shaw.

Ensuite, il prit la main de sa fille, et ils quittèrent le salon.

Becky soupira.

— Je l'aime beaucoup.

— Moi aussi, ma chérie, répondit Nora en se penchant pour embrasser la tête de sa fille, caressant ses boucles d'un brun rougeâtre. Il est temps de monter pour la lecture de l'après-midi.

— Oui, maman.

Elle quitta la pièce en sautillant, sous le sourire de Nora. Encore une fois, son amour maternel semblait être une créature vivante qui respirait.

— Voilà une réaction bien étrange que celle qu'il a eue, constata Nora en se tournant vers Jo.

— Oui. Tu ne m'as pas expliqué comment il avait hérité de son surnom, le duc Provocateur.

Nora plissa le front.

— J'essaie de m'en souvenir. Il me semble que c'est Ivy qui a révélé que Lady Dunn disait que c'était un enfant rebelle. Oui, c'est cela.

Nora pinça les lèvres et ajouta :

— Ce jugement est sans doute partial, mais je suppose que c'est le cas de tous ces noms. Nous devrions sans doute cesser de parler d'eux en ces termes.

Oui, probablement. Mais même le mari de Nora continuait d'être appelé le « duc Inaccessible ». Cependant, c'était fait avec déférence, et même un peu d'admiration.

— Ce surnom n'a pas été rendu public, n'est-ce pas ?

Nora secoua la tête.

— Je ne le pense pas. Pas comme le « duc des Désirs ».

C'était le mari d'Ivy, le duc de Clare. Il avait eu la réputation d'entretenir des aventures amoureuses scandaleuses, mais depuis qu'il avait convolé avec Ivy à l'automne dernier, tout ceci appartenait au passé.

— Eh bien, si j'en crois mes interactions limitées avec lui, je dirais que le « duc de l'Inconfort » le décrirait mieux. Il ne m'a pas paru du tout à l'aise.

Nora revint à sa chaise pour s'y asseoir.

— J'ai eu la même impression. C'est pour le moins curieux.

Jo s'assit à son tour.

— Ce doit être difficile de revenir ici pour mener une vie à laquelle il ne s'attendait pas.

— C'est vrai, acquiesça Nora en remplissant leurs tasses de thé. C'est incroyable la vitesse à laquelle les choses peuvent changer.

— En règle générale, c'est indépendant de notre volonté. Surtout en tant que femme.

C'était par nécessité que Jo avait épousé quelqu'un et supporté un mariage qui lui avait semblé être un havre de paix, mais avait tourné à l'enfer sur terre.

Aujourd'hui, elle était en mesure de trouver un peu de bonheur. Mais pour cela, il lui faudrait de la chance, ce qui, bien entendu, n'était pas du ressort de Jo.

❧

*L*es vêtements qu'il allait bientôt devoir enfiler le narguaient de l'autre côté de son dressing. Bran Crowther, comte de Knighton malgré lui, ferma les yeux pour ne plus les voir, et se concentra sur la pression profonde que son valet exerçait actuellement sur ses épaules.

Hudson avait de longs doigts et des mains particulièrement fortes. Bran n'imaginait pas débuter sa journée sans ses techniques de massage. Le valet descendit le long de son bras droit en terminant par son poignet, avant de passer au gauche.

Pendant ce temps, Bran songeait à ses rendez-vous à venir. Trois nurses à recevoir. La duchesse de Kendal serait bientôt là pour lui apporter son aide. Il en était bien heureux, surtout qu'il était presque certain d'avoir cafouillé avant de quitter sa maison l'autre jour.

— Hudson, je voulais vous demander quelque chose. J'ai peur de m'être mal exprimé chez la duchesse de Kendal.

Le valet massa le coude de Bran.

— De quelle manière ?

— L'amie d'Evie a suggéré que j'épouse la sœur de la

duchesse puisque nous sommes tous les deux célibataires. J'ai répondu que j'avais des exigences. J'ai dans l'idée que c'était insultant envers Mme Shaw.

Hudson passa au poignet gauche de Bran.

— Probablement. De temps à autre, il est vrai qu'il vous arrive d'insulter les gens sans le vouloir.

Bran souffla.

— Comme vous l'avez dit, c'est involontaire.

Hudson termina, et Bran ouvrit les yeux.

— Je devrais peut-être m'excuser.

— Certainement. Cependant, cela s'est produit il y a deux jours, et il s'agit d'une simple connaissance. À moins que vous ne pensiez l'avoir gravement blessée.

— Non.

Bran se leva et mit la dernière touche à sa tenue.

— Vous êtes resplendissant, dit Hudson en brossant une peluche sur la veste de Bran.

Bran lui jeta un regard perçant.

— La manière dont je m'habillais à la maison me manque.

— Je comprends.

— Et mon tailleur me manque. Avez-vous des nouvelles à ce sujet ?

Les yeux sombres de Hudson s'illuminèrent, et il inclina légèrement son crâne chauve.

— En fait, j'ai trouvé quelqu'un. Il peut commencer demain, si cela vous convient.

— Oui. Je suis désespéré. Lui avez-vous expliqué que ce serait une période d'essai ?

C'était nécessaire afin de s'assurer que ses compétences étaient satisfaisantes.

Bran était pointilleux au sujet de ses vêtements. Il semblait avoir des exigences sur tout.

— Je l'ai fait.

— Il faut que je descende, lui dit Bran.

Lorsqu'il sortit de sa chambre, son majordome, un homme corpulent nommé Kerr, le rejoignit dans la galerie.

— Vous voilà, *my lord*, dit-il d'un ton légèrement pompeux, comme à son habitude. Mme Shaw est arrivée.

Mme Shaw ?

— Pas la duchesse de Kendal ?

Kerr cligna des yeux derrière ses lunettes, visiblement offensé par la question de Bran.

— Je pense être en mesure de faire la différence, sans compter que je peux lire une carte de visite.

Bran se retint de grogner.

— J'attendais la duchesse, se justifia-t-il en passant devant le majordome pour descendre les escaliers. Est-elle dans mon bureau ?

— Non, répondit Kerr dans son dos. Elle est dans le hall.

Bran se retourna, obligeant Kerr à s'arrêter net. Il vacilla dans l'escalier, et ses petits yeux gris s'arrondirent alors qu'il retrouvait son équilibre. Bran ignora la détresse de l'homme : il n'avait qu'à pas le suivre de si près. N'avait-il pas expliqué à son nouveau personnel qu'il aimait… non, qu'il avait *besoin* de son espace ?

— À l'avenir, si j'ai un rendez-vous, j'aimerais que vous conduisiez mon invité à mon bureau en attendant mon arrivée.

— Et si vous y êtes déjà ?

— Alors la personne n'aura pas besoin de m'attendre, n'est-ce pas ?

Bran se retourna en secouant la tête, et descendit dans le hall où Mme Shaw se tenait près de la porte. Elle ne paraissait pas avoir entendu leur conversation dans l'escalier. Mais à cette distance, cela lui aurait été impossible.

Elle fit une révérence.

— Bonjour, *my lord*. Ma sœur vous transmet ses plus

sincères excuses, mais son fils est souffrant, elle m'a donc demandé de venir à sa place.

Bran remarqua la coiffure impeccable de ses cheveux châtain foncé et le vert-brun de ses yeux sérieux, ainsi que la simplicité de sa modeste robe gris ardoise. Elle avait une apparence plutôt monochrome, à l'exception de la touche de vert dans ses yeux et des minuscules paillettes d'or qui dansaient près de la pupille. Il se souvint qu'elle était veuve, ce qui expliquait peut-être son allure un peu morose. Ou peut-être était-ce simplement qu'il était habitué à la chaleur et aux couleurs vives, apparemment impossibles à trouver en Angleterre. La Barbade ressemblait à un monde imaginaire à présent.

— Je vois. Avez-vous des enfants ? s'enquit-il.

De pâles nuances de rose apparurent sur ses joues. C'était une très légère note colorée, mais il la remarqua. Comment aurait-il pu en être autrement devant la palette terne qu'elle renvoyait ?

Terne ?

Non, ce n'était pas le terme approprié. Sa tenue l'était, sa coiffure un peu trop sévère, mais elle possédait une silhouette féminine et attirante. De fait, ses seins étaient sans doute spectaculaires. Et elle était jolie, avec de longs cils noirs qui encadraient ses yeux, et des lèvres rosées juste un peu trop charnues. Pas *trop* charnues, corrigea-t-il.

— Je n'en ai pas, répondit-elle, attirant de nouveau son attention sur la question qu'il lui avait posée au sujet des enfants.

— Alors comment pourriez-vous être qualifiée pour m'aider dans cette entreprise ?

— Ma sœur a envoyé une liste de caractéristiques et d'exigences que vous devriez rechercher. Elle redressa les épaules et le regarda droit dans les yeux.

— Elle m'a également envoyée ici, car elle me fait entièrement confiance.

Il apprécia sa bravoure.

— Bien, dans ce cas, je suppose que vous suffirez. Venez.

Ses narines s'évasèrent légèrement, et dans ses yeux agrandis les paillettes d'or semblèrent briller. Quand il se retourna pour la conduire à son bureau, il réfléchit au fait qu'il venait peut-être de l'offenser une nouvelle fois. Il avait remis ses capacités en question, mais pourquoi ne l'aurait-il pas fait ?

Il se dirigea vers le coin arrière de la maison, où était situé son bureau. C'était une grande pièce avec un mur entier d'étagères, et des fenêtres donnant sur le jardin. Il se tint debout derrière le bureau et lui fit signe de prendre une chaise de l'autre côté.

Elle s'assit lentement, l'air méfiant et la bouche pincée.

Il fronça les sourcils.

— Mes excuses si je vous ai insultée.

— Si vous préférez que je m'en aille, vous n'avez qu'à le dire, répliqua-t-elle, les épaules droites et la voix tranchante. Nora souhaitait vous apporter son aide, mais je comprendrais si vous décidiez que je ne *suffis* pas.

Il se laissa tomber sur sa chaise. En plus de sa bravoure, elle avait du culot. C'était quelque chose qu'il appréciait aussi. Il s'était préparé à devoir faire face à des chiffes molles et des écervelés à son retour en Angleterre, des gens comme sa mère et ses frères. Non pas qu'ils l'étaient vraiment, mais ils aimaient se faire passer pour tels, comme s'ils pensaient que c'était attirant. Ce n'était sûrement pas très juste de partir du principe qu'une population entière partageait les mêmes caractéristiques que sa famille.

— Je crains de devoir également m'excuser pour l'autre jour. Je ne voulais pas vous offenser. Parfois… je parle sans me rendre compte de l'effet de mes paroles.

Elle arqua l'un de ses minces sourcils sombres.

— Pardonnez-moi de le dire, mais je trouve que c'est un trait que partagent la plupart des hommes.

Bran laissa échapper un petit rire aigu.

— Vous avez peut-être raison.

Bon sang, elle avait parfaitement raison ! Mais il se savait légèrement pire que la moyenne. Sa mère avait passé les dix-huit premières années de sa vie à le lui dire.

— Je dois vous prévenir qu'il est probable que je recommence. Que je vous offense par inadvertance, je veux dire.

— Eh bien, tant que c'est par inadvertance…

Oui, du culot à revendre.

Il jeta un coup d'œil au réticule posé sur ses genoux.

— Vous dites que votre sœur a envoyé une liste de prérequis ?

— Oui.

Elle ouvrit le réticule dont elle sortit un morceau de parchemin plié. Avançant au bord de sa chaise, elle le déposa bien à plat sur le bureau devant elle.

— Nora recommande quelqu'un de versé en matière de bonnes manières, de couture, de raccommodage, et en médecine.

Elle leva les yeux du document.

— Evie n'avait-elle pas une nurse à la Barbade ?

— Si, et elle excellait dans tous ces domaines.

Il songea à Amalie, et à quel point il avait été difficile pour Evie de lui faire ses adieux.

— Sauf peut-être pour les bonnes manières. Non pas qu'elle ne les enseignait pas, car elle le faisait. Simplement, les choses étaient différentes là-bas. Jamais je n'aurais imaginé qu'Evie doive grandir en tant que fille d'un comte.

Il se hérissa : ce titre lui pesait telle une chape de plomb[1].

— Je suppose que votre vie a changé de manière plutôt radicale ?

En l'espace de dix-huit mois, il était passé de troisième fils à comte. Il avait dû déraciner sa vie, sa fille, et l'éloigner du seul foyer qu'elle ait jamais connu.

— Rien n'est plus pareil, répondit-il simplement.

Sauf ce qu'il ressentait à l'idée d'être de retour en Angleterre. Il avait beau n'avoir pas foulé ce sol depuis quinze ans, il était toujours le même Bran excentrique. Seulement aujourd'hui, on attendait de lui qu'il dirige la famille et soit le comte. Ce qui signifiait qu'il devait traiter avec sa mère, les veuves de ses frères et leurs filles, au nombre de sept. Croyait-il. En réalité, il n'était pas sûr.

Oubliée la chape de plomb. Elle était faite de briques. Et de granit. *Et* de plomb.

Mais d'abord et avant tout, il y avait Evie. Toujours Evie.

— La personne que j'engagerai devra faire preuve de patience et de gentillesse. Evie est… sensible.

— De plus, elle a vécu un grand changement. Oui, je conviens avec vous qu'il est primordial de trouver quelqu'un qui l'aidera à faire la transition vers sa nouvelle vie en Angleterre.

Bran posa la main à plat sur la surface lisse de son bureau. Celui de son père, plutôt. Comme tout ce qui se trouvait dans cette maison, il n'était pas à lui. Comment diable serait-il capable de considérer cet endroit comme son foyer, comment Evie le pourrait-elle si tout avait déjà appartenu à quelqu'un d'autre ?

— Vous y connaissez-vous en décoration ?

Elle le dévisagea un moment avant de ciller. Ses cils sombres masquèrent brièvement la couleur noisette étincelante de ses yeux. Il se rendit compte qu'ils étaient remarquables. Comment avait-il pu songer au mot « terne » à son sujet ?

— En décoration ? répéta-t-elle. Euh, non. Du moins, pas ici à Londres. J'ai dû commander de nouveaux rideaux une fois. Et commander un canapé quand l'ancien s'est cassé.

— Et comment avez-vous fait ça ? Surtout si vous n'étiez pas à Londres.

Elle inspira en parcourant la pièce du regard.

— J'ai engagé une couturière du village pour fabriquer les rideaux, et le canapé provenait d'un fabricant de meubles de Cambridge.

— Je vois.

— Je suis certaine que Nora pourra vous proposer son aide. Ou lady Satterfield. C'est la belle-mère de Nora.

Bran l'avait rencontrée la semaine passée lorsqu'il rendait visite à sa marraine, Lady Dunn. En fait, il demanderait sûrement à la vicomtesse ; il préférait de loin lui demander conseil que poser la question à sa mère. Et ne serait-ce pas un moyen d'ennuyer sa mère ? Elle n'avait jamais apprécié Lady Dunn, choisie en tant que marraine par son père.

Il repoussa l'idée de sa mère. Il devrait l'affronter bien assez tôt quand elle arriverait de Durham, où elle séjournait avec sa sœur.

— Je les consulterai, je vous remercie.

À moins qu'il ne délègue la tâche de rénovation à son secrétaire. Cela devrait plaire à ce guindé et pointilleux Dixon.

Bon sang, ce dont Bran avait vraiment besoin, c'était d'une épouse ! Et il était presque aussi doué pour en rechercher une qu'il l'était pour trouver une nurse et des meubles. À la Barbade, les choses étaient plus simples : il n'y avait tout bonnement pas beaucoup de choix.

Il observa Mme Shaw et se rendit compte qu'il ne pouvait pas vraiment lui demander son avis sur *ce* sujet.

Il se remémora le commentaire de la fille de la duchesse l'autre jour, quand elle avait souligné que ni lui ni Mme Shaw n'étaient mariés. Cependant, elle ne semblait pas prête à convoler de nouveau. En fait, au vu de sa tenue, elle portait peut-être encore le deuil.

— Depuis combien de temps votre mari est-il décédé ?
l'interrogea-t-il.

Elle sursauta, et son épaule se contracta légèrement alors
qu'elle cillait en le regardant.

— Cela fait environ un an, répondit-elle en frottant une
main sur son genou. Et votre femme ?

— Près de quatre ans. Elle a été frappée de fièvre. Evie est
également tombée malade, mais heureusement, elle s'en est
remise.

— Mon Dieu, cela a dû être effroyable. Je suis désolée
pour votre perte.

— Et je suis désolé pour la vôtre.

Il remarqua qu'elle n'avait pas indiqué de cause pour la
mort de son mari, et il n'avait pas l'intention de poser la
question. Il pouvait se montrer franc et parfois effronté, mais
il n'était pas un mufle. En général.

Un léger coup fut frappé sur le cadre de la porte, et Kerr
annonça l'arrivée de la première candidate.

— Faites-la entrer, s'il vous plaît, ordonna Bran, ignorant
l'éternelle expression pincée sur le visage de Kerr.

— Souhaitez-vous que je garde le silence pendant la durée
de l'entretien ? s'enquit Mme Shaw.

Bran n'y avait pas vraiment réfléchi.

— Non. Si vous avez quelque chose à demander une fois
que j'aurai terminé mes questions, n'hésitez pas.

Elle hocha la tête, puis redressa le dos. Ce faisant, sa
langue se glissa entre ses lèvres qu'elle humecta. Elle semblait
parfaitement inconsciente de son geste, *contrairement à Bran*.

Ce petit geste rapide et inoffensif lui envoya une vague de
chaleur directement à l'entrejambe. Si ce n'était pas un
moment inopportun… La candidate entra dans le bureau, et
il s'obligea à chasser Mme Shaw de son esprit.

Pour le moment.

CHAPITRE DEUX

À la fin du troisième entretien, Jo avait une favorite en tête, mais elle n'avait aucune idée de ce qu'en pensait Lord Knighton. Il s'était montré minutieux dans ses questions, quoique un peu monotone. D'après elle, aucune des candidates ne l'avait intéressé. Ce qui était possible.

Elle ouvrit la bouche pour parler et se figea aussitôt. Mais rien qu'un instant. Puis sa mâchoire se décrocha quand il dénoua sa cravate, tirant sur le tissu jusqu'à ce qu'il pende devant lui en deux bandes blanches comme la neige. Le haut de sa chemise s'ouvrit, dévoilant un triangle de chair couleur bronze.

— Qu'est-ce que vous faites ? lâcha-t-elle sans parvenir à se censurer.

— Je retire cette satanée nuisance.

Il ôta la cravate de son cou et la jeta sur le bureau. Il tira sur son col, ce qui élargit l'ouverture de sa chemise, exposant davantage sa peau bronzée.

Jo se rendit compte qu'elle était en train de le fixer et détourna brusquement les yeux.

— Euh…

Elle luttait pour trouver les bons mots. Mais y en avait-il de mauvais dans ce cas-là ?

— Je ne suis pas au courant de vos habitudes à la Barbade, mais en Angleterre, il n'est pas convenable pour un gentleman de se dévêtir devant une dame.

— Bon sang ! marmonna-t-il. Je n'avais pas envisagé ça comme « me dévêtir ». Les choses étaient différentes à la maison, précisa-t-il avec un air renfrogné. Je vous prie de m'excuser, mais je ne suis capable de porter ce vêtement gênant que pendant de courtes périodes à la fois. Je conçois que cela puisse vous offenser terriblement, mais je ne peux pas le remettre.

En serait-elle *vraiment* offensée ? Cela aurait dû être le cas, mais jusqu'à présent, elle avait simplement trouvé curieuses les excentricités du comte. En plus, il avait dit qu'il ne « pouvait pas », pas qu'il ne « voulait pas ».

— En quoi est-ce que cela vous gêne ? Si je peux me permettre de vous le demander.

Il plissa les yeux un moment, réfléchissant peut-être à sa réponse.

— Cela m'étrangle, et je commence à me gratter.

Elle n'avait pas de mal à le comprendre. Parfois, son corset lui était extrêmement désagréable. Évidemment, jamais elle ne l'aurait ôté dans un cas comme celui-ci. Mais ce n'était pas aussi simple de retirer un corset qu'une cravate. Pourquoi les choses étaient-elles toujours plus simples pour les hommes ?

Avant qu'elle n'ait pu répondre, Evie arriva en courant dans la pièce, ses yeux bleu-vert écarquillés, et les boucles en bataille.

— Papa ! Papa !

La fillette s'arrêta net en voyant Jo et s'exclama :

— C'est vous !

— Oui, c'est moi.

Evie se détourna d'elle et se dirigea vers le fauteuil de son père. Le comte pivota et se pencha en avant, rapprochant son visage de celui de sa fille.

— Qu'y a-t-il, ma chérie ?

— Je me suis fait mal au doigt.

Elle leva brusquement l'index qu'elle faillit lui planter dans l'œil.

— Laisse-moi voir.

Il le saisit doucement au niveau de la jointure et fronça les sourcils en regardant le doigt.

— C'est cette petite coupure en haut ?

Elle hocha la tête.

— Le parchemin m'a blessée.

Elle semblait vouloir provoquer le papier en duel.

Le comte plissa les yeux.

— Vilain parchemin ! Dis-moi où il est, que je le jette dans la cheminée !

— Oh non, papa ! Je suis en colère contre lui, mais tu ne dois pas le brûler. J'étais en train de dessiner ton bateau, et c'est plutôt réussi.

— Je vois. Il obtient donc un sursis. Que devrions-nous faire avec ta blessure ?

Elle haussa les épaules.

— Foster ne savait pas quoi faire. Elle m'a conseillé d'aller demander à Cook. À la place, je suis venue ici.

Knighton jeta un œil scrutateur à Jo. Voulait-il de l'aide ?

— Puis-je regarder ? s'enquit Jo.

Evie hésita un instant, mais sur un léger signe de tête de son père, elle fit le tour du bureau et vint se placer devant Jo. Elle lui planta son index sous le nez.

— Vous voyez ?

Jo se concentra sur le doigt de la petite fille, et repéra la coupure rougie.

— Est-ce que cela a saigné ?

— Un peu. Je l'ai essuyé sur mon jupon, expliqua-t-elle en soulevant le bord de sa robe pour lui montrer la petite traînée rouge-brun au niveau de l'ourlet de son sous-vêtement. Foster m'a dit que je n'aurais pas dû faire cela.

— Eh bien, qu'aurais-tu donc dû faire ? lui demanda Jo en jeta un regard au père de la fillette qui observait avec intérêt leur échange.

Une fois encore, elle se surprit à fixer sa chair exposée, et une fois encore, elle détourna brusquement les yeux.

— Foster m'a dit que j'aurais dû sucer mon doigt jusqu'à ce qu'il ne saigne plus.

Evie fit la grimace, et le bout de sa langue apparut.

— Mais c'est dégoûtant !

— Je suis d'accord. Je pense que tu as fait la seule chose raisonnable. Est-ce que ça fait mal ?

Evie hocha la tête.

— Pas autant qu'au début, mais ça pique.

— Tu sais ce que ma mère faisait pour moi en cas de coupure ?

Jo n'avait pas de souvenir de sa mère en train de le faire, mais Nora lui en avait parlé, alors c'était forcément vrai. Nora, qui avait deux ans de plus que Jo, avait plus de souvenirs d'elle.

Evie secoua la tête, la fixant du regard.

— Elle soufflait dessus et scellait la plaie d'un baiser.

Evie écarquilla les yeux.

— Le baiser refermait la coupure ?

Jo gloussa doucement.

— Non, mais cela aurait été charmant, n'est-ce pas ? Ce n'était peut-être pas la bonne manière de l'expliquer. Elle déposait un baiser sur la plaie, et aussitôt je me sentais mieux.

Evie semblait sceptique.

— Veux-tu que j'essaie ? Je te promets que cela n'empirera pas les choses.

Avec un signe de tête, Evie avança son doigt une fois de plus, jusqu'à ce qu'il soit à quelques centimètres de la bouche de Jo. Elle souffla légèrement dessus pendant un moment, puis déposa un doux baiser sur le doigt de la fillette.

Celle-ci retira lentement sa main en fixant son doigt. Elle tourna sa main dans tous les sens, l'air stupéfait. Puis ses lèvres s'élargirent en un immense sourire, et elle fit de nouveau le tour du bureau de son père en courant.

— Papa ! Cela ne fait plus mal !

Elle regarda Jo par-dessus son épaule, dévoilant le trou entre ses dents du bas.

— Mme Shaw est magique.

— Magique, murmura-t-il, posant son regard sombre sur Jo.

Quelque chose dans sa manière de prononcer le mot envoya des frissons dans ses bras. Elle masqua un tressaillement en faisant rouler ses épaules et en se redressant sur la chaise.

Knighton reporta son attention sur sa fille.

— Es-tu suffisamment remise pour retourner à l'étage pendant que je termine avec Mme Shaw ? Nous devons décider de la nurse à engager.

— Oh oui, vous en avez rencontré certaines aujourd'hui.

Son regard oscilla entre le comte et Jo.

— Étaient-elles gentilles ?

— Tout à fait, répondit Knighton.

— Mais comment allez-vous choisir ? s'enquit Evie.

— Je n'en suis pas certain, c'est pour cette raison que je dois en discuter avec Mme Shaw.

— Très bien.

Elle fit volte-face et se dirigea vers la porte, se retournant au niveau du seuil pour leur jeter à tous les deux un regard sérieux.

— Choisissez judicieusement. Mon bonheur en dépend.

Elle fit demi-tour et quitta la pièce en sautillant.

Un rire échappa à Jo alors qu'elle contemplait la fillette. Rapidement, elle toussa pour masquer sa réaction.

— Je me souviens vaguement d'avoir entendu ma jeune sœur proférer ce genre d'absurdités dramatiques, déclara M. Knighton. Est-ce ainsi avec toutes les filles ?

Jo aperçut une petite étincelle dans ses yeux.

— J'en ai bien peur. Nora et moi étions très théâtrales. Tout est d'une importance vitale quand on a presque six ans.

En tout cas, il en avait été ainsi pour elle, surtout après la mort de sa mère, quand Jo avait cinq ans. Elle avait le souvenir d'une tristesse profonde et envahissante, et de sa sœur qui s'efforçait de la faire sourire à la moindre occasion. Nora concevait des plans élaborés pour les amuser afin de les soulager de leur tristesse.

Le comte avait le regard fixe, les yeux dans le vide, comme s'il était en transe.

— *My lord* ? l'appela-t-elle.

Il secoua la tête et cligna des yeux.

— Oui, d'une importance vitale. Pourrions-nous discuter des candidates ?

Jo avait l'impression qu'il s'était perdu dans ses propres souvenirs. Étaient-ils tristes comme les siens ou complètement différents ? Elle doutait de le découvrir un jour.

— J'ai apprécié la dernière, Mme Poole.

Il se pencha en avant sur son fauteuil et posa le coude sur le bureau. Sa chemise bougea, laissa apparaître une plus grande surface de peau. Jo fit de son mieux pour l'ignorer.

— Qu'avez-vous aimé chez elle ? lui demanda-t-il.

— Elle…, commença-t-elle d'une voix enrouée qu'elle éclaircit en toussant délicatement. Elle était la plus compétente, à mon avis, étant donné qu'elle a élevé ses propres enfants.

— Vous pensez que cela a plus de poids que les deux autres qui, à elles deux, ont été employées durant plusieurs décennies dans des maisons exemplaires ?

— Je le pense. Mme Poole est chaleureuse, et je crois que c'est important pour Evie.

Jo voyait bien que la fillette avait besoin d'un lien féminin.

— Son ancienne nurse lui manque énormément, n'est-ce pas ?

Elle avait noté que le comte avait évoqué la femme à plusieurs reprises au cours des entretiens. Il avait évoqué des choses que faisait l'ancienne nurse, et demandé à la candidate si elle pouvait faire de même, comme chanter. Apparemment, Evie aimait qu'on lui chante des chansons. Mme Poole les avait aussitôt gratifiés d'une berceuse fredonnée d'une voix douce et agréable.

— Oui, beaucoup.

Il retira sa veste qu'il posa sur le bord de son bureau. À peine avait-il achevé son geste qu'il posa les yeux sur elle.

— Ceci aussi est inconvenant, n'est-ce pas ?

— Effectivement.

Oh, mais il était divin, avec les manches de sa chemise qui dépassaient de son gilet bleu foncé.

— Vous n'avez pas l'intention de retirer quoi que ce soit d'autre, n'est-ce pas ?

Il tapota le bureau du bout des doigts pendant un moment.

— Je ne sais pas. Mais je vais essayer de ne pas le faire. Je vous présente mes excuses, mais je… C'est nécessaire.

Parce que cela le démangeait. Elle se demandait comment il allait pouvoir tenir lors d'une session à la Chambre des Lords. Peut-être que cela n'aurait pas d'importance. D'après ce qu'elle en savait, ils étaient tous assis en manches de chemise.

— Quelle candidate a eu votre préférence ?

— Toutes étaient qualifiées. La première, Mlle Chambers, avait sans le moindre doute d'excellentes recommandations.

C'était celle que Jo avait le moins appréciée. La cinquantaine, le regard sombre et pénétrant, elle avait donné à Jo l'impression de *tout* voir. Et de juger.

— Oui, mais… bof.

Knighton écarquilla légèrement les yeux, puis laissa échapper un petit rire.

— Bof ?

Jo sentit la chaleur envahir son cou, mais elle soutint son regard.

— Elle m'a paru un peu… mielleuse.

— Voilà une description intéressante. Elle avait un air supérieur, et, pour cette raison, je suis d'accord avec votre choix de Mme Poole.

— Ah oui ? s'enquit Jo, soulagée. Je pense qu'elle complètera parfaitement votre maisonnée. Elle répond à tous vos critères, *et* elle est charmante. Plus important, encore, c'est quelqu'un qu'Evie pourrait aimer.

Jo avait ajouté la dernière phrase d'une voix douce, la gorge serrée en songeant aux enfants qu'elle n'avait jamais eus. Peut-être devrait-elle envisager une carrière de nurse ou de gouvernante.

— Je suis convaincu qu'elle sera la plus flexible et la plus compréhensive envers nos excentricités.

— Je suppose que vous faites référence à votre aversion pour les cravates ? Mais vous avez employé le pluriel. Y a-t-il d'autres… excentricités ?

— Oui, les cravates, et l'excès de vêtements en général. J'ai bien peur de me promener ainsi dans la maison la plupart du temps. Chose qu'une partie du personnel actuel n'approuve visiblement pas. Evie adore courir partout pieds nus, même si elle le fait moins ici, étant donné l'écart de température par rapport à chez nous.

Il se passa une main dans les cheveux, et ses mèches brunes se dressèrent pratiquement à la verticale. Ils étaient un peu longs, de toute façon, et ébouriffés. Ils lui donnaient un air sauvage et insouciant, en particulier avec sa tenue légèrement dévêtue.

— Il faut que j'arrête de penser à la Barbade comme à « chez nous ».

— Je ne peux pas imaginer à quel point une telle transition doit être difficile.

Il afficha un bref sourire en coin.

— C'était un choc.

Jo essaya de ne pas penser au choc que ce serait si quelqu'un les voyait. Attendez… serait-ce vraiment choquant ? Elle était veuve. Ne pouvait-elle s'autoriser certains comportements qu'une femme qui n'était pas mariée ne pouvait se permettre ? Cela n'avait pas grande importance à ses yeux, car elle n'avait aucune raison de préserver sa réputation. Sauf quand il s'agissait de sa sœur. Elle ne voudrait jamais qu'un scandale éclabousse Nora ou sa famille, d'autant plus après celui que son aînée avait déjà enduré au cours de sa deuxième saison[1] de jeune débutante.

Se contraignant à revenir à leur conversation et à cesser de rêvasser à propos de ses cheveux et de la beauté qu'ils lui conféraient, Jo préféra contempler la fenêtre plutôt que lui.

— Cela signifie-t-il que vous allez engager Mme Poole ?

— Oui. Vous avez raison, Evie a besoin de quelqu'un qui fera preuve de patience, et comprendra que sa vie a été bouleversée, dit-il en fronçant légèrement les sourcils. Mme Poole est la seule à avoir demandé comment Evie s'en sortait.

C'était vrai. Elle n'avait pas non plus paru s'inquiéter

outre mesure des habitudes alimentaires, sujet que Lord Knighton avait abordé avec chacune d'elle. La petite avait certaines lubies en matière de nourriture, et alors que les deux autres candidates avaient juré de faire en sorte qu'elle surmonte ce problème, Mme Poole avait ri et déclaré que tous les enfants avaient ce genre de manie à un moment ou un autre. Oui, il y avait *des* excentricités.

Il croisa les mains sur le bureau.

— Alors je suppose que cela met un terme à nos affaires.

Jo ressentit une pointe de déception. Aujourd'hui, c'était la première fois qu'elle se sentait utile depuis la mort de Matthias. Non pas qu'elle ne soit pas utile à Nora, ou qu'elle n'aime pas passer du temps avec elle ou sa famille. Mais Jo était la sœur, la tante. Ici, aujourd'hui, elle n'avait été que Jo.

Une idée lui vint.

— Oui, c'est exact. Cependant, vous devriez sûrement engager également une gouvernante. Je ne suis pas certaine que Mme Poole pourra ajouter des leçons à ses responsabilités. De plus, vous voudrez certainement avoir quelqu'un capable d'éduquer Evie dans les règles de la haute société. Après tout, elle est fille de comte.

Il grimaça.

— N'est-elle pas un peu jeune pour s'inquiéter de ce genre de choses ?

Jo secoua la tête.

— Ma sœur prévoit d'en embaucher une bientôt, et les filles ont le même âge.

— Ne pourrais-je pas simplement envoyer Evie chez eux plusieurs fois par semaine ?

Jo sentit l'exaspération dans sa voix et ne voulut pas l'accabler.

— Y a-t-il une raison pour laquelle vous ne voulez pas engager une gouvernante ?

— Il ne s'agit pas particulièrement de la gouvernante,

non. Je préfère une maisonnée plus simple. Il y a trop de domestiques ici.

Il posa les paumes à plat sur le bureau et inclina la tête de droite et de gauche. Il semblait mal à l'aise.

— Vous êtes le comte. Vous pouvez décider du nombre de domestiques dont vous avez besoin. Il n'y a aucune raison qui vous empêche de diminuer votre personnel.

— Oui. Je pourrais faire ça, répondit-il en plongeant son regard dans celui de Jo. Mais vous dites que j'ai *besoin* d'une gouvernante ?

— J'en ai bien peur.

Il expira en s'adossant à son fauteuil et il passa un moment à contempler le plafond. Quand il baissa de nouveau ses yeux sombres sur elle, ils brillaient d'un éclat intense.

— Alors, vous allez m'aider.

Son pouls s'emballa sous l'effet de la surprise.

— Moi ? Ne préféreriez-vous pas que ma sœur s'en charge ?

Il sortit une liasse de parchemins du tiroir supérieur de son bureau.

— Non. Je suis plus que satisfait de vous.

Ce qui ne constituait pas tout à fait un éloge retentissant.

— Je suis ravie de correspondre aux critères.

Il releva les yeux du document qu'il avait posé devant lui.

— Me serais-je encore mal exprimé ?

— Pas méchamment. Je vous taquine un peu. Mes excuses.

— Je vois. Vous me taquinez. Je ne savais pas que les gens faisaient ce genre de choses ici.

Il continuait à faire des comparaisons, ce qui était logique.

— Les gens le faisaient-ils à la Barbade ?

— Oui.

— Vous pensez que l'Angleterre est vraiment différente ?

Il hocha la tête.

— D'après mon expérience.

Et elle était prête à parier que la balance penchait en faveur de la Barbade pour tous ces points de comparaison.

— Vous n'aimez pas être ici.

Il haussa les épaules, mais la crispation de sa mâchoire lui révéla qu'il n'était pas indifférent.

— Ce n'était pas là que je m'imaginais.

Soudain, elle fut très désireuse d'apprendre son histoire. Pour quelle raison ? Elle n'en savait rien.

— Cela faisait plusieurs années que vous étiez parti, n'est-ce pas ?

— Quinze.

— J'ai entendu dire que vous n'aviez jamais eu l'intention de revenir.

Comme il ne répondait pas, elle comprit qu'elle était allée trop loin. Elle se leva brusquement.

— Je vous présente mes excuses. Je ne voulais pas me montrer indiscrète.

Il déplia ses jambes, se redressant de toute sa hauteur. Il devait dépasser son mètre soixante-dix de quinze ou vingt centimètres. Il lui donnait l'impression d'être toute petite. Ce qui était une sensation étrange après avoir été mariée à Matthias pendant huit ans. Il mesurait à peine quelques centimètres de plus qu'elle.

— Vous n'êtes pas indiscrète. Je n'avais pas prévu de revenir vivre ici, non. Ce qui ne signifie pas que je n'avais pas l'intention de faire des visites.

— Alors, l'avez-vous fait ?

— Me croiriez-vous si je vous disais n'y avoir jamais songé ? Je ne l'avais ni prévu ni rejeté l'idée. Je n'y avais simplement jamais réfléchi.

Il haussa les épaules.

— Je dirais que, lors de mon départ, je n'avais pas dans l'idée de ne plus jamais revoir ni mon père ni mes frères.

Elle perçut une légère nuance de regret dans sa voix.

— Je suis désolée pour vos pertes.

— J'apprécie votre sollicitude, mais je dois aussi clarifier une chose : si je m'attendais à les revoir un jour, je n'en avais pas particulièrement envie. Du moins, pas au moment de mon départ.

Sa révélation la surprit. Que s'était-il passé pour qu'il ne tienne pas à sa famille ?

Il fit le tour du bureau et s'arrêta à l'angle.

— Je vais demander à mon secrétaire de rechercher des gouvernantes.

— Souhaitez-vous que je demande des recommandations à Nora ?

— Les partagerait-elle ? Nous allons nous retrouver en compétition pour la meilleure candidate.

Jo rit doucement.

— Oui, c'est vrai. Même si, à mon sens, vous n'allez pas chercher la même personne. Nora aura besoin de quelqu'un capable de gérer plusieurs enfants. Au moins dans le futur, car Christopher ne commencera les leçons que dans plusieurs années. Je sais qu'ils veulent que leur gouvernante enseigne à leurs enfants jusqu'à un certain âge.

— C'est logique ; pour autant, je vais rechercher la même chose.

Jo se sentit légèrement perdue.

— Avez-vous d'autres enfants ?

— Pas encore. Mais j'espère me marier et en avoir d'autres. Apparemment, il m'incombe de fournir un héritier au comté.

Oui, évidemment. Jo repensa à la suggestion de Becky de l'épouser. Mais elle ne pouvait pas avoir d'enfants. Ce qui l'empêcherait de fait de devenir sa comtesse. Comme s'il pouvait vraiment envisager la suggestion d'un enfant au sujet d'une femme qu'il connaissait à peine. Néanmoins, Jo se rendit compte qu'au moment où il avait enlevé sa cravate, elle avait commencé à penser à lui d'une manière différente. Et cela ne fonctionnerait pas.

Elle serra son réticule.

— Je solliciterai les recommandations de Nora, et si vous préférez travailler avec elle, je comprendrai.

Elle se dirigea vers la porte où il la rejoignit.

— J'ai dit que je voulais que vous m'aidiez. Essayez-vous de vous dérober à la tâche ? Peut-être avez-vous quelque chose de mieux à faire ?

Son regard s'attarda sur elle, la submergeant d'une légère vague de chaleur.

— Cela ne me surprendrait pas.

— Je n'essaie pas de me dérober à quoi que ce soit. Et il se trouve que je n'ai rien de mieux à faire.

Intérieurement, elle grimaça : cela semblait bien pathétique. Elle s'était montrée bien trop oisive depuis la mort de Matthias. Peut-être avait-elle *besoin* de trouver quelque chose à faire. Soudain, elle se dit qu'*elle* pourrait devenir sa gouvernante. Evie était une enfant adorable…

— Très bien. Nous nous reverrons bientôt, alors.

Il lui fit signe de le précéder hors du bureau, puis la suivit un peu jusqu'à ce que le majordome les rejoigne et lui propose de la raccompagner.

Jo se retourna pour dire au revoir au comte, mais il regagnait déjà son bureau. Son gilet était superbement ajusté, épousant les muscles de son dos et ne laissant aucun doute sur sa condition physique. Elle n'avait jamais vu de dos d'homme nu : Matthias gardait toujours sa chemise quand il la rejoignait dans la chambre à coucher.

Alors qu'elle quittait la maison de Knighton, elle se rendit compte qu'elle ne reverrait sans doute jamais un homme nu, à moins d'avoir une liaison ou d'épouser quelqu'un qui ne voulait pas d'enfants ou qui avait déjà un héritier. Toutefois, elle ne comptait pas voir l'une ou l'autre de ces situations se produire. Elle avait appris très tôt que la vie était pleine de déceptions. Elle ne s'attendait pas à ce que cela change maintenant.

CHAPITRE TROIS

*B*ran entra dans le Brooks, un peu hésitant. Jamais il n'avait fréquenté de club de gentlemen avant. Il avait quitté l'Angleterre avant d'en avoir l'occasion. Ses frères ne lui avaient jamais proposé de se joindre à eux. Ils avaient fait tout leur possible pour l'exclure au maximum, et leurs parents ne les avaient pas poussés à agir autrement. En fait, leur mère leur avait spécifiquement dit qu'ils feraient mieux d'ignorer leur plus jeune frère, mal élever et *provocateur.*

L'air était chargé de l'odeur des bougies et de la bonne humeur qui régnait dans la célèbre salle du club. Un valet de pied le salua, et Bran repoussa ses sombres et douloureux souvenirs.

— Bonsoir, dit Bran. Le duc de Kendal m'attend.

L'homme l'avait invité, et même s'il aurait préféré refuser, il devait accepter son nouveau rôle. S'associer avec un duc serait bénéfique. En réalité, cette association aurait lieu que Bran le veuille ou non, car Evie avait décrété que la fille du duc était la meilleure chose qui existait en Angleterre.

Il lui semblait important d'essayer de nouer une amitié

avec le père de la fillette. Parce qu'en fin de compte il ferait n'importe quoi pour Evie.

Le valet de pied conduisit Bran dans la grande salle du club. Autour de lui, des hommes conversaient à table, buvant des verres, jouant. Quelques-uns levèrent les yeux à son passage : une myriade d'expressions défilaient sur leur visage, mais rien qui lui aurait confirmé que quelqu'un le reconnaissait. Bran était extrêmement heureux de ne pas retrouver le duc ici. Il y avait bien trop de monde et il savait qu'il se sentirait rapidement agité.

Juste avant qu'ils n'atteignent les escaliers, un homme assis à l'une des tables se leva brusquement et l'intercepta.

— Knighton, n'est-ce pas ?

Bran ne connaissait pas cet homme.

— Oui.

Le gentleman, mince, avec des cheveux bruns et un sourire affable, jeta un œil à la table qu'il venait de quitter.

— C'est bien ce que nous pensions. Je suis Talbot. Je connaissais vos frères. Des gars bien, amicaux. Ils nous manquent beaucoup.

Aussitôt, Bran ressentit de l'aversion pour l'homme devant lui. Si lui et ses compagnons avaient été amis avec ses frères, il n'était pas disposé à rechercher leur compagnie. De plus, « bien » et « amicaux » n'étaient pas des termes qu'il aurait employés pour décrire John et Wynn. Nés à douze mois d'intervalle, ils avaient été inséparables en grandissant au point d'exclure brutalement leur frère de six ans leur cadet. Ils ne s'étaient pas contentés de l'ignorer. Ils avaient tout fait pour qu'il sache qu'ils ne voulaient pas de lui, qu'il ne faisait pas partie de leur cercle fraternel. Sans même parler de la fille qui était née dix ans après Bran. John et Wynn étaient partis depuis longtemps à ce moment-là, évidemment, partis pour leur *grand tour*[1] qu'ils avaient décidé de faire ensemble. Bran n'en avait pas fait, du moins pas dans le sens traditionnel du terme. À la place, il avait simplement réservé une place sur un bateau sans en vérifier la destination, du moment qu'il allait loin d'ici. D'eux.

— Merci.

Bran ne trouva rien d'autre à dire. Il se dit que John et Wynn avaient pu devenir des hommes plus gentils, mais il en doutait. Jamais ils n'avaient cherché à entretenir une relation avec lui. Alors que sa sœur lui avait écrit à intervalles plus ou moins réguliers, les garçons avaient continué de l'exclure. À moins qu'ils aient simplement oublié son existence. Bran n'avait aucun mal à imaginer qu'une telle chose ait pu se produire.

Il voulut continuer d'avancer, mais Talbot lui barra un peu plus le chemin.

— Vous étiez sous les tropiques pendant tout ce temps ? s'enquit-il.

Bran hocha la tête.

— Oui.

— Et à présent, vous êtes le comte, lança Talbot en sifflant légèrement. Vous avez de la chance.

— Vous voulez dire que je devrais me réjouir de la mort de ma famille ? répliqua Bran en le dévisageant.

Le visage de Talbot rougit.

— Euh, non. Évidemment, non. Comme je vous l'ai dit, vos frères nous manquent beaucoup.

Il jeta un nouveau coup d'œil vers la table, et Bran surprit son air suppliant.

Profitant du fait que Talbot était concentré sur autre chose, et avant que quelqu'un ne lui vienne en aide, Bran le contourna.

— C'était un plaisir de vous rencontrer, j'en suis sûr, murmura-t-il.

Il inclina la tête vers le valet de pied qui s'était arrêté pour l'attendre, et ils se remirent en route vers les escaliers.

Les épaules de Bran tressaillirent en arrivant au palier. Il aurait donné n'importe quoi pour retrouver son père et ses frères, et pas parce qu'il était triste. Non, simplement il préférait son ancienne vie. Et cela le déstabilisait. Il *aurait* dû ressentir de la tristesse.

C'était peut-être le cas. Ses frères étaient morts en premier, il y a plus d'un an. Il avait appris la nouvelle environ deux mois après leur noyade dans un accident de bateau, et, à cet instant, il était devenu l'héritier présomptif. Ses frères n'avaient pas de fils, et leur père n'était pas éternel. Ce qui signifiait que Bran *devait* rentrer en Angleterre. Alors qu'il faisait ses préparatifs à contrecœur, il avait reçu une autre lettre de sa mère deux mois plus tard, l'informant que son père était mort d'un mélange de malaria et de chagrin. D'après elle, il avait eu le cœur brisé par la perte de John et Wynn.

Bran doutait que leur père ait été capable d'émotions aussi profondes. En tout cas, il n'en avait jamais fait la démonstration. Jusqu'à ce que Bran perde sa femme et devienne l'unique parent d'Evie, il ne s'était pas cru non plus capable d'une telle émotion.

Ils atteignirent une porte à laquelle le valet frappa doucement. Une voix masculine cria :

— Entrez !

Le valet de pied ouvrit la porte et attendit que Bran passe devant lui.

— Le très honorable comte de Knighton, Votre Grâce.

Le duc se leva.

— Bonsoir, Knighton.

— Bonsoir, Votre Grâce.

Bran se dirigea vers le coin salon, où le duc s'était levé de son fauteuil. Il serra la main de l'homme.

— Kendal, s'il vous plaît.

Le duc fit signe à Bran de s'asseoir.

— Je suis heureux que vous ayez pu vous joindre à moi ce soir.

— J'apprécie l'invitation.

— Cela me semblait nécessaire, étant donné qu'apparemment nos filles sont devenues inséparables, expliqua Kendal avec un petit rire. Chaque jour, Becky me supplie de voir Evie.

— C'est la même chose chez moi. Je suis ravi qu'elle ait trouvé une compagne. Cette transition vers l'Angleterre n'a pas été facile.

Kendal plissa le front.

— Je l'imagine sans peine. Voulez-vous du whisky ? Ou du brandy ?

— Je suppose que vous n'avez pas de rhum ? s'enquit Bran.

— J'aurais dû deviner que c'est ce que vous auriez choisi. J'ai bien peur que non.

— Je vous en enverrai une caisse si vous le voulez. J'en ai plein, et d'autres arriveront bientôt.

Il avait besoin de retrouver au moins le goût de la Barbade.

— Je vais prendre du whisky. Cela fait un moment que je n'ai pas eu de bonne bouteille.

Kendal se leva et sourit.

— J'ai justement ce qu'il faut.

Il se dirigea vers le buffet et servit un verre qu'il tendit à Bran. Puis il prit son propre verre sur la table à côté de son fauteuil, et le leva devant le comte.

— Aux nouvelles connaissances.

Bran leva son whisky.

— Et aux petites filles heureuses.

— D'ailleurs, en parlant de cela.

Kendal haussa un sourcil avant de boire une gorgée et de se réinstaller dans son fauteuil.

— Vous avez dit que la transition a été difficile. Nora m'a expliqué que vous avez récemment embauché une nurse. Cela devrait aider.

— C'est déjà le cas.

Mme Poole avait commencé quelques jours plus tôt. Au départ, Evie s'était montrée un peu renfermée et réticente. Elle avait fini par avouer que cela lui faisait bizarre d'aimer Mme Poole, qui avait fait preuve d'une grande chaleur et d'une extrême gentillesse envers la fillette. Après en avoir discuté avec elle, Bran en était venu à la conclusion qu'Evie se sentait coupable à l'idée que Mme Poole remplace Amalie. Il l'avait rassurée : personne n'était capable d'une telle chose. La situation s'était sommairement améliorée.

— Votre fille a aussi aidé, ajouta Bran. Je vous suis très reconnaissant de votre hospitalité. À présent que Mme Poole est arrivée, Becky devrait venir chez nous.

Hier encore, Evie l'avait harcelé pour la douzième fois pour que Becky vienne. Elle voulait montrer à son amie toutes les choses qu'elle avait rapportées de la Barbade.

— Je suis certain que Becky adorerait. Je vais demander à Nora de s'occuper d'arranger cela, dit-il, puis il but une gorgée de whisky avant de reposer son verre sur la table. Qui gère ce genre de choses pour vous, votre secrétaire ?

— Non.

Bran voyait où il voulait en venir. Kendal avait une femme pour gérer de tels détails.

— Je supervise tout ce qui a trait à Evie. Mais à présent que j'ai Mme Poole, je peux lui déléguer une partie de cette responsabilité.

— J'ai cru comprendre que ma belle-sœur, Joanna, vous avait assisté dans votre choix ? Nora était désolée de ne pas avoir pu aider. Christopher était un peu enrhumé.

Au cours des derniers jours, Bran avait pensé plusieurs fois à Mme Shaw. Evie s'était rendue à deux reprises chez les

Kendal depuis qu'ils avaient mené les entretiens ensemble, mais il ne l'avait pas vue à ces occasions. En fait, il n'avait pas eu de ses nouvelles au sujet de l'embauche d'une gouvernante.

— Oui, Mme Shaw m'a été d'une grande aide. Elle doit également m'assister dans le choix d'une gouvernante. J'ai cru comprendre que vous en recherchiez une également, je m'efforcerai donc de ne pas voler celle que vous convoiterez.

Kendal partit d'un rire saccadé et lança :

— Voilà le genre de conversation que je n'aurais jamais imaginé avoir !

— Vous n'aviez jamais pensé à avoir des enfants avant ? répondit Bran.

— Je n'avais pas vraiment réfléchi à tout ce qui gravitait autour du fait d'être parent. Pas seulement les responsabilités, mais cette émotion écrasante.

Il se renfrogna en tendant la main pour prendre son verre. Il but une autre gorgée.

— Je n'ai pas l'habitude de partager ce genre de choses.

Rien de ce qu'il avait dit n'aurait pu mettre Bran plus à l'aise.

— Moi non plus, et je ressens exactement la même chose.

Il leva son verre en guise de toast silencieux.

Kendal inclina la tête au moment où un coup fut frappé à la porte, les interrompant. Il tourna la tête.

— J'espère que cela ne vous dérange pas, mais j'ai invité quelques amis à se joindre à nous.

Bran se crispa immédiatement. Quelques amis, ce n'était pas une foule, mais c'étaient des étrangers malgré tout, et, pour l'instant, il commençait à peine à se sentir à l'aise avec *un seul* d'entre eux. Anciennement un étranger, en fait.

— Bien sûr que non, mentit-il. Je ne vais pas rester longtemps.

Il but un peu plus de whisky, sans pour autant vider son verre.

— Bon sang, je ne voulais pas vous faire fuir ! lança Kendal en regardant Bran d'un air curieux. Je peux leur demander de s'en aller. Ce sont des types bien, et ils décamperont si je le leur demande.

Jusqu'à présent, Bran avait apprécié la compagnie de Kendal ; il décida donc de faire l'effort d'essayer. S'il se sentait mal à l'aise, il partirait.

— Eh bien, si c'est le genre de types à qui l'on peut demander de décamper, comment pourrais-je m'en aller ?

Kendal sourit au moment où un autre coup était frappé.

— Entrez !

Le valet de pied ouvrit la porte, et trois hommes entrèrent.

— Il était temps ! dit en souriant un homme aux cheveux bruns et à la carrure athlétique.

— Nous étions au milieu d'une discussion, répondit Kendal, les yeux plissés, mais sur un ton léger. Et comment diable êtes-vous arrivés tous les trois ensemble ?

— Je suis passé les chercher, répondit l'autre homme aux cheveux bruns.

Il affichait un sourire moqueur et le regard de quelqu'un qui sait exactement qui il est et ne s'en cache pas. Bran avait espéré avoir un jour la même expression, mais il avait abandonné l'idée à l'âge de douze ans, quand sa famille avait décrété qu'il était un cas désespéré.

Kendal regarda Bran.

— Knighton, permettez-moi de vous présenter le duc de Clare, dit-il en pointant du doigt l'homme sûr de lui qui venait de parler. Nous l'appelons West, et, qu'il vous en donne l'autorisation ou non, vous ferez de même. Et voici le comte de Dartford. Nous l'appelons Dart.

Cette fois, il montra l'autre homme qui avait parlé. Il fit ensuite un geste vers le troisième gentleman, un grand blond.

— Enfin, voici le comte de Sutton. Ou plus simplement Sutton. Parfois, c'est un véritable emmerdeur. Mais c'est le cas de tous.

Dartford afficha un air innocent.

— Je croyais que c'était pour ça que tu nous aimais bien.

Kendal leva les yeux au ciel, mais en souriant.

— Servez-vous du whisky, et remplissez nos verres pendant que vous y êtes.

Clare, ou plutôt, West, s'inclina.

— À votre service, Votre Grâce.

Il se dirigea vers le buffet et prépara les boissons.

Sutton s'avança pour serrer la main de Bran.

— Enchanté de vous rencontrer. J'ai cru comprendre que nous devions vous souhaiter un bon retour en Angleterre ?

— Oui, merci.

— Je suis désolé pour les pertes ayant mené à votre situation actuelle.

Sutton parlait d'une voix sérieuse et prévenante, ce qui manquait dans les commentaires de Talbot.

— J'en suis le premier navré, répondit Bran.

— J'en suis certain. La famille est ce qu'il y a de plus important.

Bran était parfaitement d'accord avec lui, du moins en ce qui concernait Evie. Quant au reste de sa famille, c'était tout le contraire. Sa mère devait arriver d'ici une semaine, et le simple fait de penser à leurs retrouvailles menaçait de le faire sombrer dans une crise de démangeaisons. Il choisit donc de ne pas y penser.

West tendit des verres à Sutton et Dartford, puis remplit de nouveau ceux de Kendal et Bran. La carafe était vide.

— Eh bien, voilà qui est malheureux, dit West.

Kendal agita une main.

— Il y a en a une autre là-bas, et le valet de pied va la remplir.

Puis il jeta un regard amusé à Bran.

— Ou nous pouvons envoyer chercher chez Knighton une caisse de rhum qu'il m'a promise.

Dartford haussa les sourcils.

— Du rhum, vous dites ?

— De ma distillerie à la Barbade.

— Si jamais vous trouvez une caisse supplémentaire qui traîne, envoyez-la-moi ! dit West. Dieu sait que j'ai besoin d'alcool en ce moment. Ivy m'épuise. Qu'est-ce qui rend une femme insatiable quand elle porte un enfant ?

Les trois hommes prirent place sur divers sièges, Dartford s'étalant au bout d'un canapé. Il sirota son whisky et se mit à sourire.

— Tu dis ça comme si c'était une mauvaise chose, West, lança-t-il. J'aurais pensé que tu *apprécierais*, étant donné tes prédilections. Dartford regarda Bran.

— Il a le plus charmant des surnoms. Tout le monde l'appelle le duc des Désirs.

Ce genre de chose aurait fait grimacer Bran, mais West afficha un sourire d'autosatisfaction.

— Il avait une réputation plutôt délurée, expliqua Dartford. Mais aujourd'hui, c'est un époux dévoué, avec une femme apparemment très exigeante.

Il haussa un sourcil en regardant West.

— À ta place, je ne me plaindrais pas. Tu vas arriver à un stade où ta femme sera tellement mal à l'aise que la moindre indication d'intérêt sexuel la mettra en colère.

Kendal hocha la tête.

— Nora était comme ça quand elle était enceinte de Becky, et plutôt comme la femme de West avec Christopher. Nous verrons ce qui se passe cette fois-ci.

Il remua les sourcils en affichant un immense sourire fier.

Cette nouvelle fut accueillie par de chaleureuses félicitations de la part de tous.

— Voyons si je comprends bien, dit Bran. Vous, vous et vous, lança-t-il en pointant du doigt tour à tour Kendal, West et Dartford, vous attendez tous des enfants ?

— Ainsi que moi, intervint Sutton. En fait, nous nous rendons demain à Sutton Park pour attendre la naissance.

— Nous partirons le jour suivant, ajouta Dartford. Même si Lucy m'a répété plus d'une fois qu'Aquilla nous invitait à venir à Sutton Park pour qu'elles puissent se retrouver.

Dartford secoua la tête et regarda Bran.

— Nos femmes sont les meilleures amies, avec celles de West et de Kendal.

— Alors en réalité, vous quatre étiez destinés à être amis, remarqua Bran avec ironie.

Tous se mirent à rire.

— Oui, je suppose, admit Sutton. Heureusement, ils ne sont pas aussi agaçants que le reste des gens.

Bran avait le même sentiment, et il s'en sentait plus que soulagé. Leur camaraderie naturelle et leur affection manifeste les uns pour les autres étaient réconfortantes et tout à fait inhabituelles. Bran n'avait jamais eu d'ami jusqu'à ce qu'il déménage à la Barbade, et il avait laissé derrière lui le petit nombre qu'il s'était fait. Tous, à l'exception d'Hudson, son fidèle valet. Pouvait-on considérer son valet comme un ami ? Bran le faisait, et au diable les « règles ».

— Alors oui, pour répondre à votre question, dit Dartford, apparemment, nous sommes tous sur le point de devenir pères.

Il leva son verre vers Kendal.

— Encore une fois, à l'un d'entre nous !

Bran ressentit une pointe de jalousie. L'arrivée d'Evie dans son existence l'avait complètement déstabilisé. Il avait eu de l'affection pour sa femme, mais ce n'était rien en comparaison de l'amour qu'il ressentait pour sa fille. Il avait espéré revivre cette expérience, peut-être avec un fils, mais sa femme était morte deux ans après la naissance d'Ivy.

— Vos vies ne seront plus jamais les mêmes, constata Bran.

— Dieu merci ! s'exclama West. Je ne veux plus de mon ancienne vie.

La réponse de Dartford fut plus douce, et il baissa les yeux un moment.

— Amen.

— Ne deviens pas larmoyant, l'avertit Kendal. Tu vas faire fuir Knighton, et je l'aime bien. Et en plus, il est impératif que sa fille reste amie avec la mienne. Rien que pour ça, vous allez bien vous tenir.

Bran ne s'était pas formalisé de la réaction émotionnelle de Dartford, quelle qu'elle soit, et se mordit la langue avant de prendre la défense de l'homme. Il n'avait pas une grande expérience en matière d'amitié masculine, mais il avait senti la taquinerie de Kendal dans sa remarque. Et voilà. Une fois de plus, Londres lui paraissait être un endroit plus agréable que dans ses souvenirs. Ou peut-être était-ce lui qui était différent. Après tout, cela faisait quinze ans qu'il était parti. C'était une autre vie.

La conversation dériva sur leur future paternité, Kendal et Bran prodiguant des conseils, notamment pour survivre aux derniers jours de grossesse de leur épouse.

— Elles vont toutes être sacrément désagréables, dit Kendal. Ça ne change pas.

Bran s'éclaircit la gorge.

— En fait, ma femme ne l'était pas. Elle avait même une quantité d'énergie invraisemblable, jusqu'à ce qu'Evie vienne au monde.

Une image de sa femme très pâle, avec ses grands yeux

lumineux, lui vint à l'esprit. Il ne pensait plus que rarement à son visage. Pour quelle raison ?

— Aquilla est pareille, dit Sutton. Du moins pour le moment. Elle nettoie la maison avec le personnel.

Il rit.

— Je ne peux pas l'arrêter.

— Qu'est-il arrivé à votre femme ? demanda West. Si ça ne vous dérange pas d'en parler.

En temps normal, cela *aurait* dérangé Bran, mais il devait admettre qu'il se sentait à l'aise avec ces hommes.

— Elle est morte d'une fièvre il y a environ quatre ans.

Sutton le regarda avec compassion.

— Je suis vraiment désolé. Vous avez subi pas mal de pertes.

Il jeta un coup d'œil à Dartford qui le remarqua et sembla se raidir momentanément. Bran comprit à ce moment-là qu'il avait vécu une expérience similaire. Il perçut aussi que cela avait eu un impact bien plus fort sur Dartford que sur lui. Il n'allait pas le questionner à ce sujet.

Kendal s'éclaircit la gorge, ce qui brisa la tension soudaine.

— Il semble que notre nouvel ami soit à la recherche d'une épouse, lança-t-il en allongeant ses jambes qu'il croisa au niveau des chevilles. Ou préféreriez-vous rester célibataire ?

— Je devrais au moins essayer d'engendrer un héritier.

— Mmmh, il n'a pas l'air convaincu, intervint Dartford, retrouvant sa légèreté.

Peut-être parce qu'il ne l'était pas. Il avait eu envie de se remarier et d'avoir d'autres enfants, mais à présent, il avait le sentiment de le *devoir*. Il se souvenait du rôle d'entremetteuse de sa mère quand ses frères s'étaient mariés. Ils n'avaient quasiment pas eu leur mot à dire, et avaient terminé avec des femmes de leur rang, qui avaient accru leur fortune. Bran se disait que c'était sûrement par crainte de tomber dans le même piège, même s'il n'avait pas l'intention de laisser sa mère l'aider de quelque manière que ce soit. En réalité, la seule raison pour laquelle il avait accepté de la voir, c'était parce qu'Evie voulait rencontrer sa grand-mère.

— À présent que je suis comte, me marier semble une affaire bien différente. J'ai soudain l'impression d'une obligation.

— Je suppose que, d'une certaine manière, ça l'est, dit Sutton. J'avais des exigences très spécifiques pour ma comtesse.

— Oui, mais Sutton est un cas particulier, expliqua Dartford avant de finir son whisky. Il avait des *raisons* d'avoir ces exigences. Certains d'entre nous n'avaient pas prévu de se marier, mais ont découvert qu'ils *devaient* le faire.

Kendal et West hochèrent la tête.

— Je suis tombé éperdument amoureux, expliqua West.

Kendal sourit comme un jeune homme en mal d'amour.

— C'était écœurant.

Bran n'avait pas connu ça. Il avait épousé Louisa parce qu'il l'appréciait et l'admirait. Et parce qu'elle était la seule jeune femme de la Barbade pour laquelle il avait éprouvé autant de sentiments.

— Le marché du mariage à la Barbade n'a rien à voir avec celui de Londres. Je ne saurais même pas par où commencer.

— Vous n'aurez peut-être pas à le faire, suggéra West. Parfois, l'amour vous trouve tout simplement.

Sutton ricana.

— Oui, eh bien, nous ne sommes pas tous aussi chanceux que toi. Ou toi, dit-il en regardant Dartford.

Il se redressa et lissa son revers du plat de la main.

— Certains d'entre nous ont dû passer un temps fou dans des événements de la société pour dénicher la bonne épouse.

Kendal frissonna.

— Dieu merci, je n'ai pas eu à le faire ! dit-il avec un regard pour Bran. Je déteste les événements mondains. Je les fréquente rarement.

West gloussa.

— Ce qui est plutôt ironique, vu qu'il était plutôt débauché dans sa jeunesse. Mais ensuite, il s'est retiré et est devenu le « duc Inaccessible ».

Bran cilla en regardant Kendal.

— Le duc Inaccessible ?

Kendal inclina la tête.

— Exactement. À mon avis, c'est le plus fringant de tous nos titres, en réalité. Bien plus respectable et imposant que duc des Désirs. Ou le duc Audacieux.

Il se tourna vers Dartford.

— Je ne sais pas, ça me donne l'air plutôt décontracté.

Il afficha un sourire paresseux, le regard joyeux.

— Vous avez tous des surnoms ? leur demanda Bran, dont le regard se posa sur Sutton. En dehors de vous.

— Oh, non, il en a un aussi, intervint West. C'est le duc Malhonnête.

Bran ouvrit la bouche pour en demander la raison, mais West leva une main.

— C'est une longue histoire et c'est à Sutton de la raconter. Je me contenterai de dire qu'il ne le supporte pas, alors que j'adore mon surnom.

Il afficha encore ce sourire satisfait.

Bran n'apprécierait pas non plus.

— Qui invente ces bêtises ?

Ils échangèrent des regards avant d'éclater de rire.

— Pouvez-vous croire qu'il s'agit de nos femmes ? lui demanda Dartford. Elles faisaient tapisserie, et s'amusaient à nous attribuer des surnoms. Elles ont gardé le secret pendant un temps, mais cela a fini par se savoir. Même si je suis presque certain que ceux de Kendal et West sont de loin les plus célèbres.

— Quelle horreur ! s'exclama Bran, remuant le cou.

West haussa les épaules.

— Cela ne me dérange pas, d'autant plus que cela vient de nos femmes. À votre place, je ne m'inquiéterais pas, Knighton. Je doute fort qu'on vous ait donné un surnom. Personne ne sait rien de vous.

Et Bran espérait bien que cela ne changerait pas. Il soupira, soulagé.

— Je déteste la notoriété.

Sutton leva son verre.

— Je vous rejoins sur ce point.

— Moi aussi, acquiesça Kendal. Écoutez, notre nouvel ami ne sait pas par où commencer pour se trouver une comtesse. C'est à nous de l'aider.

Il regarda West.

— Apparemment, ce sera juste toi et moi, vu que ces deux-là nous abandonnent.

— J'en suis vraiment navré, répondit Sutton, qui n'en avait pas du tout l'air.

— Et quand tu dis « toi et moi », dit West à Kendal, tu veux simplement parler de moi.

La bouche de Kendal se releva en un sourire vif et moqueur.

— Exactement.

West leva les yeux au ciel avant de regarder Bran.

— Je vais vous aider.

— Il n'y a personne de mieux placé pour cette tâche, lança Sutton d'un ton jovial.

Bran était surpris de ne pas leur dire qu'il n'avait pas besoin de leur aide en tant qu'entremetteurs. Pour une raison qu'il ne s'expliquait pas, il ne se sentait pas mal à l'aise. Ces hommes possédaient une convivialité qui lui rappelait ses frères, mais ils étaient bien plus gentils. Bran avait l'impression de faire partie de la bande au lieu d'être constamment en dehors du groupe. Pour cette raison, il décida de baisser sa garde plus que d'habitude.

— Je pense effectivement que cela ferait du bien à ma fille d'avoir une mère.

Il songea à la sienne, et nuança immédiatement son propos.

— Une bonne mère, attentionnée.

— Ah ah ! dit Dartford avec un regard vers Sutton. Il a des exigences comme toi.

Kendal secoua la tête.

— J'ai du mal à considérer que vouloir quelqu'un de bon et d'attentionné soit une véritable exigence : n'importe quel gentleman sensé voudrait la même chose.

En fait, c'était *vraiment* important à ses yeux, et Bran refuserait de transiger à ce sujet.

— Je crois que je préférerais une veuve, peut-être une qui aurait des enfants. Je ne veux pas d'une jeune débutante, tout droit sortie des jupes de sa gouvernante.

— Je ne peux pas vous le reprocher, dit West. La maturité est une chose magnifique, ajouta-t-il avec un grand sourire.

— Sa femme est *mature*, ironisa Dartford.

— Aucune de nos femmes n'était dans la fleur de l'âge, précisa Sutton. Et je remercie le ciel pour ça. Vous êtes sur la bonne voie, Knighton. J'espère que les choses seront plus aisées pour vous que pour moi. Cela m'a pris des années pour trouver Aquilla. Je dois reconnaître à ma grande honte qu'elle était juste sous mon nez durant tout ce temps.

À l'idée de mettre des années à dénicher une nouvelle femme, la peau de Bran commença à le démanger. Ce n'était peut-être pas une bonne idée. Il pourrait sûrement rencontrer une femme sans avoir à assister à un interminable

cortège de bals, de cérémonials et de toutes les autres absurdités auxquelles il devrait se soumettre.

— Je pense qu'on peut oublier le club Almack, suggéra
West. Dans tous les cas, c'est une foutue perte de temps.

Il tourna la tête vers Bran.

— Les Harcourt organisent un bal vendredi. Avez-vous
reçu une invitation ?

— Je ne sais pas.

Son secrétaire l'avait informé qu'il en avait reçu plusieurs,
mais il ne les avait pas regardées.

— Je vais me renseigner.

— Si ce n'est pas le cas, je vous en trouverai une. Je suis
sûre que Lady Harcourt serait ravie de faire débuter le
nouveau comte de Knighton.

Bran grimaça intérieurement. Il n'avait pas envie de toute
cette attention. Mais il devait bien se rendre à l'évidence qu'il
ne pouvait pas tout éviter. Il ferait simplement de son mieux
pour se rendre le plus banal possible. Bon sang, sa cravate
commençait à être trop serrée, et la chemise que le nouveau
tailleur lui avait cousue n'était pas à la hauteur de ses
exigences… encore ce mot. Les coutures aux épaules étaient
trop volumineuses. Le tailleur allait devoir les refaire, et s'il
n'était pas capable d'atteindre le résultat voulu, Bran devrait
mettre un terme à son contrat temporaire.

Terminant son whisky, il se leva et posa son verre vide
sur le buffet. Il se tourna vers Kendal.

— Je vous remercie de votre hospitalité.

— Vous partez déjà ? demanda Dartford. Il est encore tôt.
Et nous n'avons pas encore vu si vous êtes bon aux cartes.

— Je joue rarement.

À la Barbade, il était toujours bien trop occupé pour ce
genre de choses.

— C'était un plaisir de vous rencontrer tous. West, je vous
enverrai un mot au sujet du bal Harcourt.

West hocha la tête.

— Bonsoir, Knighton.

Bran quitta le club, traversant rapidement la grande salle. Une fois installé dans sa berline, il retira sa cravate et arracha sa veste. Il tira sur ses manches, mais s'arrêta avant de se déshabiller au-dessus de la taille.

Il n'est pas convenable pour un gentleman de se dévêtir devant une dame.

Les mots de Mme Shaw lui revinrent. Elle avait parlé d'un ton guindé, mais il aurait juré voir une étincelle de chaleur dans son regard. Ou au moins de l'intérêt. Il l'avait peut-être choquée, mais il n'était pas convaincu qu'elle n'avait pas apprécié.

Il songea à West qui allait l'aider à trouver une femme. La nausée lui retourna les tripes. Il doutait qu'il existe en Angleterre une femme qui ne le trouverait pas inconvenant, étrange, voire carrément affligeant. Au départ, Louisa n'était pas à l'aise avec lui, mais après avoir établi une routine, elle avait fini par accepter ses bizarreries, même si elle ne les comprenait pas.

Il aurait tellement aimé trouver une femme capable de faire tout cela !

CHAPITRE QUATRE

*J*o entra dans le salon pour rejoindre sa sœur.

— Désolée de t'avoir fait attendre. Les filles me montraient une pièce qu'elles avaient écrite.

Nora leva les yeux de la table sur laquelle étaient empilées plusieurs feuilles de papier, probablement des lettres de recommandation pour la gouvernante qu'elle souhaitait engager, puisque c'était ce dont elles étaient censées discuter. Nora sourit à Jo, les yeux brillants.

— C'est celle de la servante qui épouse le prince ?

— Oui. La petite scène que Titus a construite pour les poupées est merveilleuse.

— J'adore ces voix qu'elles font, dit Nora. Evie prendre une voix vraiment grave pour le roi.

Jo gloussa en s'asseyant à côté de Nora.

— Elles ont toutes les deux un talent pour le théâtre.

— Je suis tellement heureuse qu'elles se soient trouvées ! Maintenant je dois dénicher un ami pour Christopher.

Pour l'instant, le petit garçon dormait, mais il trottait derrière sa sœur et son amie à la moindre occasion. Parfois, les filles étaient heureuses de l'amuser, surtout quand il se montrait un spectateur enthousiaste de leurs jeux de poupées, et à d'autres moments, elles l'ignoraient sans pitié. Jo se disait que c'était ainsi qu'allaient les choses, mais elle n'avait pas souvenir d'une seule fois où Nora et elle n'avaient pas joué ensemble.

Elle jeta un coup d'œil aux papiers.

— Tu trouves quelqu'un parmi celles-ci ?

— Il y a quelques candidates excellentes.

Elle désigna une petite pile à sa gauche d'un signe de tête.

— Rien que quelques-unes ? l'interrogea Jo, songeant à Lord Knighton qui voulait aussi embaucher une gouvernante.

— Jusqu'à présent, oui. Il y en a trois que j'aimerais recevoir. L'une d'entre elles semble particulièrement prometteuse : c'est la plus jeune fille de l'une des amies les plus proches de Lady Satterfield.

Nora inclina la tête sur le côté, et la lumière venant de la fenêtre fit ressortir les tons rouges de ses cheveux auburn.

— Parfois, je me demande ce qui se serait passé si j'avais pris un travail de gouvernante plutôt que de dame de compagnie. J'y ai songé.

Nora était retournée à Londres six ans plus tôt, après que leur père eut perdu tout leur argent, ce qui l'avait obligée à trouver une occupation. Jo aurait bien accueilli sa sœur, mais son mari avait insisté sur le fait qu'il ne pouvait pas tolérer au presbytère le comportement scandaleux qu'avait eu Nora neuf ans auparavant.

Nora n'avait fait qu'autoriser un gentleman à l'embrasser. Malheureusement, quelqu'un les avait vus, ce qui avait ruiné la réputation de la jeune femme. Et limité les choix de Jo. Elle n'avait pas pu avoir sa propre saison, et elle avait même eu de la chance que Matthias Shaw la demande en mariage.

Neuf ans plus tard, Jo ne se sentait pas particulièrement chanceuse. Non, c'étaient les rêves de Nora qui s'étaient réalisés. Mais aurait-ce été le cas si elle avait emprunté une autre voie ?

— Tu devais être destinée à devenir dame de compagnie, celle de Lady Satterfield en tout cas.

C'était ainsi que Nora avait rencontré son époux.

Celle-ci secoua la tête en souriant.

— Oui, je suppose que c'était le destin.

Elle regarda Jo, plissant légèrement les yeux.

— Je me pose toujours des questions au sujet des dames de compagnie et des gouvernantes. Aiment-elles leur travail, ou est-ce que c'est par dépit uniquement ? Malheureusement, je penche pour la seconde solution.

— Ton amie la duchesse n'a-t-elle pas choisi de devenir dame de compagnie ?

Jo l'avait rencontrée à plusieurs reprises et elle avait appris qu'elle était tout à fait heureuse dans son emploi jusqu'à ce qu'elle rencontre son mari.

— Oui, et Aquilla s'apprêtait à suivre cette voie jusqu'à ce qu'elle rencontre Sutton, précisa Nora, prenant une autre lettre sur sa pile pour la parcourir. Mais je ne suis toujours pas convaincue que cela aurait vraiment été leur choix, si les femmes l'avaient vraiment, dit-elle avec une pointe de mépris.

Jo savait que Nora s'était sentie prise au piège par son erreur, tandis que le gentleman en question en avait à peine été affecté. Oui, les femmes souffraient de nombreuses injustices, et, en général, on ne leur accordait pas beaucoup d'indépendance. Toutefois, en tant que veuve, Jo disposait d'un minimum de liberté et elle était consciente qu'elle ne manquerait pas de sécurité financière. Nora l'en avait assurée.

Pourtant, dépendre de sa sœur et rester dans son foyer en tant que membre secondaire donnait à Jo un sentiment d'inutilité. Et elle s'ennuyait. Elle avait l'habitude de gérer sa propre maison telle qu'elle était. Comme Nora l'avait dit, les options de Jo étaient limitées. Elle pourrait probablement installer sa propre petite maison à l'extérieur de Londres, mais c'était une perspective plutôt solitaire. Elle pourrait essayer de se remarier, mais devrait trouver un mari qui ne se formaliserait pas du fait qu'elle soit stérile, ce qui semblait peu probable. De plus, elle n'avait absolument pas l'intention d'épouser quelqu'un de qui elle ne serait pas follement et désespérément amoureuse. Elle n'avait aucune raison de se contenter d'autre chose. Si son mariage avait eu un côté positif, c'était de lui avoir permis de ne plus avoir à faire ce choix.

Peut-être devrait-elle se trouver une place de dame de compagnie ou de gouvernante. Ce ne serait ni ennuyeux ni solitaire. Et si elle devenait gouvernante, cela pourrait satisfaire son désir d'avoir des enfants. L'idée fit son chemin dans l'esprit de Jo, et s'y imposa fermement.

— Et si je devenais gouvernante ? lâcha-t-elle.

Nora releva brusquement la tête et fixa Jo.

— Tu es sérieuse ?

Jo haussa une épaule.

— Pourquoi pas ? J'aime les enfants, et je ne peux pas en avoir.

— Et le mariage ? Je t'ai déjà posé la question, et tu m'avais répondu ne pas être prête à l'envisager à ce moment-là. Cela fait un an que Matthias est mort.

Elle posa les yeux sur la robe gris colombe de sa sœur.

— Tu ne portes toujours pas de couleurs.

C'était parce que Jo méprisait la plus grande partie de sa garde-robe. Matthias lui avait imposé de s'habiller de vêtements simples, sévères, et franchement *laids*. Effectivement, elle n'avait pas eu besoin de vêtements de deuil, puisque la majeure partie de ses vêtements étaient incroyablement ternes.

Des plis profonds creusèrent le front de Nora.

— Tu n'es pas encore... Es-tu toujours dévouée à Matthias ?

Jo n'avait pas discuté avec Nora de la gravité des problèmes de son mariage. Avant que Nora n'épouse Titus, elle avait vécu une vie isolée et solitaire à la campagne. Jo n'avait pas voulu l'accabler de ses problèmes, car elle au moins était mariée, et son avenir était assuré, contrairement à Nora. Puis cette dernière avait trouvé le bonheur, et Jo s'en était bien trop réjouie pour vouloir inquiéter sa sœur. Aujourd'hui... aujourd'hui elle pouvait lui révéler toute la vérité. Mais Nora en serait horrifiée. Et elle se sentirait désolée pour Jo, qui n'avait que faire de sa pitié. De toute manière, cette partie de son existence était terminée. Quel intérêt d'en parler maintenant ?

— Je ne suis *plus* dévouée. Ni même triste. Je suppose que je devrais me commander de nouvelles robes.

Les yeux de Nora s'illuminèrent.

— Lady Satterfield sera aux anges. Elle m'a demandé l'autre jour si tu serais bientôt prête à te rendre à Bond Street.

Jo ne put s'empêcher de rire. Le penchant de Lady Satterfield pour le shopping était bien connu.

— Dis-lui que oui, et que ce serait un honneur si elle voulait bien m'accompagner.

Elle insistera pour le faire, et vraiment, tu ne voudrais personne d'autre avec toi. Fais-moi confiance.

Il n'y avait personne en qui Jo avait plus confiance. Alors, pourquoi ne pas lui raconter pour Matthias ? Parce que c'était trop humiliant.

Nora scruta sa sœur pendant un moment.

— Si tu n'es plus triste pour le décès de Matthias, qu'est-ce qui t'empêche de chercher un nouveau mari ? À mon avis, tu n'aurais aucun mal à en trouver un. Tu es belle et intelligente, et beaucoup de gentlemen préfèrent les femmes mûres.

On aurait dit qu'elle parlait d'une ancêtre. Jo arqua un sourcil.

— *Mûre ?*

Nora éclata de rire.

— Tu vois ce que je veux dire. Je pense que ça joue en ta faveur.

— Je ne suis pas d'accord. À mon avis, la plupart des hommes veulent une demoiselle jeune avec un visage frais.

Jo regarda vers la fenêtre qui donnait sur la rue en contrebas.

— Ils veulent surtout quelqu'un qui soit capable de porter des enfants, et tu sais que je ne peux pas.

Le contact de la main de Nora sur la sienne poussa Jo à tourner la tête vers sa sœur.

— J'en suis vraiment désolée. Mais peut-être que tu *peux* avoir des enfants, avec quelqu'un d'autre.

— Quel gentleman voudrait prendre ce risque ? s'enquit Jo.

C'était une question inutile puisque Jo était certaine d'être stérile. Elle avait été mariée pendant huit ans, et ce n'était pas comme s'ils n'avaient pas essayé de concevoir, surtout au cours des premières années. Après qu'elle avait échoué à plusieurs reprises à lui faire un enfant, Matthias était devenu de plus en plus furieux contre elle et avait fini par s'éloigner.

— Un gentleman qui a peut-être déjà des enfants, ou qui n'en veut pas du tout, suggéra Nora.

Jo ne songeait pas à trouver un mari qui ne voudrait pas d'enfant. Elle pensa à Lord Knighton et son dévouement pour Evie, ainsi que son désir d'avoir d'autres enfants. C'était ce genre de mari qu'elle voulait. Mais pas lui en particulier, puisqu'il prévoyait d'agrandir sa famille.

— Je pense qu'un gentleman qui a déjà des enfants, mais

ne veut pas forcément en avoir d'autres pourrait faire l'affaire.

— Faire l'affaire ?

Nora fronça les sourcils, mais son regard était plein d'empathie.

— Ce n'est rien si tu n'as pas envie de te remarier, dit-elle doucement.

Ce n'était pas ça.

— Je ne crois tout simplement pas que ce soit probable.

Nora serra la main de Jo quand le majordome entra pour annoncer l'arrivée de Lord Knighton.

Nora se leva.

— S'il te plaît, montre-lui. Je vais juste aller chercher Evie.

Elle quitta la pièce, et Jo se leva pour accueillir le comte.

Quelques instants plus tard, il entra, et elle sursauta en le voyant. C'était un homme séduisant, même si on aurait pu juger que ses cheveux étaient trop longs. Mais elle aimait cette longueur. Elle semblait lui aller parfaitement, surtout qu'il aimait se prélasser à moitié habillé. C'était pour cela qu'elle avait été surprise par son apparence, comprit-elle. Dans son esprit, elle le voyait en manches de chemise. Ce qui était totalement scandaleux, et tout à fait séduisant.

Elle chassa les pensées inutiles de son cerveau.

— Bon après-midi, *my lord.*

Elle lui fit une révérence.

Il s'inclina en retour.

— Madame Shaw. J'espère que mon apparence d'aujourd'hui vous satisfait.

Elle faillit rire de la précision de ses pensées.

— Vous plaisantez, j'espère ?

— Ça ne se voit pas ?

Il secoua la tête.

— Peu importe. On m'a souvent dit que mon humour était bien trop brut.

Elle aimait l'humour, brut ou non. C'était de loin préférable à la cruauté à laquelle elle avait été habituée au cours des dernières années.

— Je commence à m'y faire. À compter de maintenant, si je ne suis pas certaine de vos intentions, je pencherai pour l'humour.

— Un plan judicieux.

Elle le contempla, admirant à nouveau sa silhouette tout en s'efforçant de ne pas le montrer.

— Votre tenue est plus qu'adéquate. Vous ne sortez pas vraiment de chez vous en tenue négligée, n'est-ce pas ?

Il secoua la tête.

— Pas ici. Je me demande si je pourrais partir comme ça dans ma propriété du Pays de Galles. Je déteste rouler dans des vêtements contraignants. À la Barbade, je ne portais qu'une chemise, et je dois avouer que la sensation du vent qui la traverse est grisante.

Jo tenta de l'imaginer, mais en vain. Cependant, elle entendait et voyait la joie que cela lui avait procurée, et elle l'imaginait en train de courir sur une plage comme celle qu'Evie avait décrite. Grisant, en effet.

— Je suis certaine que vous pourrez faire ce que vous voulez sur votre domaine.

— Je l'espère. Je suppose que cela dépendra de mon personnel. Je commence à prendre conscience qu'ils parlent. Qu'ils font des ragots, je veux dire.

— Oui, parfois. Rencontrez-vous des difficultés ?

— Mon majordome ne semble pas approuver mes excentricités, lança-t-il avec un regard complice, car ils avaient déjà discuté de ce terme. Je me contenterai de dire qu'il ne semble pas m'apprécier. Et je dois avouer que c'est un sentiment réciproque.

— Vous devriez peut-être le remplacer, suggéra Jo.

— Il a travaillé pour mon père pendant vingt ans.

— Vous pourrez donc lui fournir d'excellentes références. Rien ne vous oblige à le garder, si ? demanda-t-elle en le dévisageant.

— Non, rien. Et mon valet m'a donné le même conseil que vous. J'y songe. Cependant, il me faudrait en engager un autre. En plus de la gouvernante. Avez-vous des nouvelles à ce sujet ?

— Nora et moi étions justement en train d'en discuter. Elle souhaiterait recevoir quelques candidates. Je pense qu'il y en a d'autres qu'elle pourrait vous communiquer.

— Ses rejets ?

Jo gloussa.

— Vous plaisantez encore, mais il y a un fond de vérité là-dedans. Je crois qu'elle ne les a rejetées que parce que celles qu'elle a choisies correspondent mieux à ses exigences. Comme je vous l'expliquais la semaine dernière, les vôtres peuvent être différentes. Vous pourrez en discuter avec Nora quand elle reviendra.

— Je veux toujours que vous m'aidiez pour les entretiens.

Jo était contente. Cela lui donnait quelque chose à attendre avec impatience, et c'était rare pour elle.

— Et je serai toujours ravie de le faire.

Nora revint avec les filles. Evie courut pour embrasser son père, et lui parla aussitôt des poupées et de la pièce qu'elles avaient créée.

— Jo a dit que c'était la meilleure représentation qu'elle ait jamais vue ! s'exclama fièrement Evie.

Knighton regarda Jo, qui hocha la tête.

— Cela l'était vraiment. Les filles ont un réel don pour les voix, et l'intensité dramatique qu'elles insufflent à l'action.

— La meilleure partie, ce sont les costumes, papa, lui dit Evie.

— Jo a fabriqué la plus belle des robes pour le moment où la servante devient princesse.

— Mon moment préféré est celui où le prince la voit pour la première fois, dit Becky, les yeux brillants de joie.

Ce que préférait Jo, c'était de les voir si heureuses.

Knighton sourit aux filles.

— Eh bien, je n'ai pas encore assisté à la pièce, mais je dirais que mon moment préféré, c'est quand vous en parlez toutes les deux.

Jo tourna les yeux vers lui, et sentit fondre un petit bout de son cœur. Oui, elle voudrait un mari tel que lui.

Quelle idée stupide ! Il fallait qu'elle se concentre sur les choses qu'elle pouvait contrôler, comme cette idée de devenir gouvernante. L'idée d'essayer de convaincre un homme avec des enfants de se marier semblait intimidante. De plus, elle n'était pas certaine d'avoir envie de se marier avec quelqu'un. Pas après son expérience avec Matthias. Elle réprima un frisson à l'idée de se retrouver de nouveau piégée.

Le comte tourna les yeux vers Nora.

— Duchesse, Mme Shaw m'a dit que vous aviez peut-être quelques candidatures de gouvernantes à me transmettre ?

Nora se rendit à la table où se trouvait le paquet de lettres de recommandation.

— Oui, répondit-elle, avant de se tourner vers les filles. Allez vous servir des biscuits si vous voulez.

Elle montra d'un signe de tête l'endroit où un plateau à thé avait été posé. Les filles se ruèrent sur les pâtisseries.

Jo et Knighton rejoignirent Nora autour de la table.

— Il croit que tu vas lui donner tes rejets, dit Jo avec un sourire à l'attention du comte.

Il la regarda en clignant des yeux, et elle eut un instant de panique, rapidement remplacée par du soulagement quand elle vit sa lèvre se relever en un timide sourire. Qui lui était adressé. Elle l'avait vu sourire à Evie, mais à personne d'autre. Il y avait quelque chose de légèrement exaltant à en être la destinataire.

— Il plaisantait, clarifia Jo en réponse à sa subtile réaction.

Nora souffla.

— Oh ! Parfait. Ce ne sont pas de mauvaises candidates. J'ai simplement sélectionné les trois personnes que j'avais le plus envie de rencontrer. Soit elles possèdent une compétence particulière qui me plaît, soit c'est une personne de ma connaissance qui me les a recommandées.

— Je ne connais personne, répondit Knighton, mais Mme Shaw m'aidera à cet égard.

Nora sourit à Jo.

— Sans le moindre doute, dit-elle, ramassant les lettres qu'elle avait mises de côté pour les tendre au comte. Celles-ci sont pour vous, alors.

— Pourquoi ne pas les donner à Mme Shaw ? Elle pourrait réduire la liste et me transmettre des noms pour que mon secrétaire prenne contact avec elles.

Nora interrogea Jo du regard, et celle-ci acquiesça. Elle tendit la main pour prendre les lettres.

— Je serais ravie de m'en charger.

— Excellent.

Lorsqu'il déposa la liasse de feuilles dans sa main, les doigts du comte frôlèrent les siens, et elle se rendit compte qu'il ne portait pas de gants. Elle nota intérieurement de lui indiquer qu'il était censé en porter lorsqu'il rendait des visites.

Il se tourna vers sa fille et Becky.

— Evie, il est temps de partir.

— Vraiment ? insista Evie, l'air dépité.

— Oui, tu verras Becky bientôt.

Evie rejoignit son père à contrecœur.

— Ce sera chez nous la prochaine fois, vu que nous avons Mme Poole maintenant ?

— Je vais arranger cela avec la duchesse.

— Après-demain, ce serait parfait, si cela vous convient, dit Nora en rejoignant Becky près du plateau à thé.

— Parfait, dit-il avec un sourire encourageant pour Evie. Tu vois ? C'est déjà réglé.

Elle serra encore son père dans ses bras.

— Merci, papa.

Elle se retourna pour faire un signe de la main à Becky.

— On se voit vendredi, dit-elle, puis, marquant une pause, elle se tourna vers Jo. Merci encore d'avoir regardé notre pièce.

Jo s'approcha et s'accroupit pour la regarder dans les yeux.

— C'était un plaisir. J'attends avec impatience ta prochaine visite. Souviens-toi, j'ai promis de lire Shakespeare.

Evie sourit.

— Oui, c'est vrai !

Puis elle leva les yeux vers son père.

— N'est-elle pas merveilleuse ?

Les lèvres de Knighton se courbèrent en un léger sourire.

— Vous devriez peut-être être sa gouvernante, murmura-t-il.

Cette fois, elle était certaine qu'il la taquinait.

Alors qu'ils s'en allaient, Jo se demanda comment ce serait d'être gouvernante dans une telle maison. Elle ne serait pas une servante, mais pas non plus un membre de la famille. Elle comprit que d'une certaine manière, elle se sentirait un peu comme dans son mariage avec Matthias. Ils n'avaient pas vraiment formé une famille, surtout après…

Elle stoppa net le cours de ses pensées, de peur qu'elles ne l'entraînent dans une région sauvage où elle n'avait aucune envie de se perdre.

~

— *A*h ah ! chantonna Evie en encerclant le renard de Bran avec ses oies. Tu es enfermé, maintenant !

Bran contempla le plateau, et constata qu'il était totalement encerclé.

— C'est une victoire bien méritée.

— Enfin ! s'exclama Evie qui bondit sur ses pieds et se mit à danser dans le salon en scandant, j'ai enfermé papa ! J'ai enfermé papa !

Souriant, Bran secoua la tête en se rasseyant. Cela faisait un certain temps qu'il était allongé sur le ventre, et son corps était raide.

Au moment où Evie s'approcha de la porte ouverte, Kerr franchit le seuil. Elle se cogna sur ses jambes et lui marcha sur le pied.

— Aïe !

Kerr bondit en arrière.

Bran ne savait pas que l'homme, âgé d'une cinquantaine d'années, était capable de bouger aussi vite.

Le comte se leva.

— Vous allez bien, Kerr ?

Le majordome souleva son pied du sol et le fit bouger.

— Elle a marché dessus assez fort.

Pour l'amour du ciel, c'était une enfant, et elle était *pieds nus* ! Bran se mordit la langue.

Evie avait cessé de danser, et se tenait à présent près de Kerr.

— Je suis terriblement désolée, Kerr. Cela ne devrait pas vous faire mal. Je ne porte même pas de chaussures.

Elle remua ses orteils.

Kerr la toisa.

— Je vois ça. C'est atroce.

Bran se mit en colère.

— Kerr, il est hors de question que vous vous adressiez à ma fille de cette manière !

Le majordome écarquilla les yeux et inclina la tête.

— Je vous présente mes excuses. Cependant, le port de chaussures devrait être obligatoire.

Il reporta son attention sur les pieds de Bran. Puis, constatant qu'il n'en portait pas non plus, il se renfrogna. Lui, au moins, portait des chaussettes. Kerr leva les yeux, et fronça davantage les sourcils.

— Ainsi qu'une veste, ou au bas mot un gilet.

La patience de Bran était presque à bout.

— Je vous ai déjà expliqué que lorsqu'il n'y a qu'Evie et moi, nous porterons ce que je jugerai acceptable. Il n'y a absolument aucune raison qu'elle porte des chaussures ou des bas. Et je m'habillerai comme bon me semble.

Kerr se redressa, son corps prenant la couleur de la fleur d'hibiscus qui poussait devant la fenêtre de Bran à la Barbade.

— Eh bien, il n'y a pas que vous et Lady Evangeline. Lady Dunn est arrivée.

Bon sang ! Il avait oublié qu'elle venait aujourd'hui. Il s'amusait trop avec Evie.

— Je vais lui dire que vous avez besoin de quelques minutes, lança Kerr d'un ton sec.

— Balivernes, dit la voix de Lady Dunn juste à l'extérieur du salon.

Un instant plus tard, elle apparaissait dans l'embrasure de la porte, faisant claquer sa canne contre le sol alors qu'elle arrivait près de Kerr, qui la regardait à présent avec une pointe d'horreur. Bran en conclut que Lady Dunn avait dû commettre un grave péché en se montrant au salon.

La vicomtesse jeta un regard hautain à Kerr.

— Je ne comprends pas pourquoi vous m'avez laissée attendre dans le hall. Je suis de la famille, espèce de nigaud.

Les narines de Kerr se dilatèrent, et son visage reprit sa teinte hibiscus. Il pinça les lèvres avant de prononcer la phrase la plus concise que Bran ait jamais entendue.

— Je vais apporter du thé.

— Faites donc, je vous prie, répondit Lady Dunn dans son dos.

Elle se tourna vers Bran et fit claquer sa langue.

— Il se pourrait que tu doives le laisser s'en aller.

— Je l'envisage.

Sa marraine reporta ensuite son attention sur Evie avec un grand sourire.

— Si ce n'est pas ma petite fille préférée ! Je t'ai apporté quelque chose.

Evie se fit instantanément timide dès que Lady Dunn s'intéressa à elle. Bran le constatait dans le léger affaissement des épaules de sa fille et la courbure de ses orteils contre le sol. Il se plaça à côté d'elle et posa une main réconfortante sur sa nuque. Elle n'avait rencontré Lady Dunn qu'une seule fois auparavant, et Evie avait souvent besoin de quelques rencontres avant de se sentir à l'aise. Sauf dans le cas de Becky. Elles étaient rapidement devenues amies. En fait, Evie s'était rapidement rapprochée de tous les membres de la maison Kendal, y compris Mme Shaw. Pourquoi diable pensait-il à elle en particulier ?

Lady Dunn interrompit ses pensées vagabondes.

— Viens, ma petite, laisse-moi m'asseoir et je vais te montrer.

La marraine de Bran se dirigea vers un canapé où elle

s'installa, posant sa canne sur le côté. Elle tenait à la main un petit sac en papier qu'elle posa sur ses genoux.

Evie l'avait suivie et était à présent assise à côté d'elle. Bran croisa les bras pour les observer.

— Tu aimes les choses sucrées ? s'enquit Lady Dunn.

Devant le hochement de tête d'Evie, elle continua.

— Et les châteaux ?

— Je ne sais pas si j'ai déjà vu un vrai château. Pas de près.

Lady Dunn releva la tête et posa un œil noir sur Bran.

— Tu l'as emmenée voir la Tour, au moins ?

Il n'y avait pas pensé.

— Euh, pas encore.

Il demanderait à Mme Poole de lui établir une liste des choses qu'il devrait aller voir avec Evie. Mieux encore, il demanderait à Mme Shaw.

— C'est quoi la Tour ? demanda la petite fille.

— C'est un très vieux château ici à Londres, chargé d'histoire, et il y a beaucoup de choses à y voir, notamment *la Maison des Joyaux.*

Lady Dunn prononça les derniers mots avec emphase.

Evie haleta.

— Des joyaux ? s'exclama-t-elle en relevant les yeux sur son père. Papa, on pourrait y aller ?

— Oui.

— Tu veux voir ce que je t'ai apporté ? l'interrogea Lady Dunn.

Evie hocha la tête avec enthousiasme.

— Est-ce un joyau ?

Lady Dunn gloussa.

— Non.

Elle ouvrit le sac et en sortit un petit objet qu'elle plaça dans la main d'Evie.

— C'est un château.

Evie baissa les yeux dessus, ses lèvres formant un O parfait.

— C'est un très petit château. C'est adorable.

— C'est du massepain. Tu peux le manger ! lui dit Lady Dunn.

Les yeux d'Evie s'écarquillèrent d'horreur.

— Oh non, je ne ferai jamais ça ! C'est bien trop joli !

Elle se mit à étudier le bâtiment miniature.

Mme Poole entra dans le salon, suivie de Kerr portant un plateau à thé. Il entreprit de l'installer sur la table devant Lady Dunn.

— Lady Dunn, permettez-moi de vous présenter la nouvelle nurse d'Evie, Mme Poole.

Cette dernière fit une révérence.

— Un plaisir de faire votre connaissance, ma dame.

— Et bon après-midi à vous, madame Poole. Quelle charmante jeune protégée vous avez là !

Lady Dunn inclina la tête en direction d'Evie.

La nurse afficha un sourire rayonnant.

— Oui, c'est une joie.

Evie sauta du canapé pour se précipiter sur Mme Poole.

— Regardez ce que Lady Dunn m'a apporté ! C'est un petit château !

La nurse s'accroupit et étudia le bonbon.

— Est-ce du massepain ?

— Oui, mais je ne vais pas le manger. J'ai hâte de le montrer à Becky demain.

— Voilà un excellent plan, confirma Mme Poole en se redressant.

— Viens, c'est l'heure de notre lecture de l'après-midi.

Evie commença à partir, puis se tourna vers Lady Dunn.

— Merci beaucoup. Je le garderai toujours précieusement.

Elle fit volte-face et sortit en sautillant de la pièce, la nurse sur ses talons. Kerr était parti juste avant elles, aussi discrètement qu'il était entré, à la grande satisfaction de Bran.

Lady Dunn fit de nouveau claquer sa langue et sourit.

— Evie est adorable. Quelle merveilleuse relation vous avez !

Puis elle posa les yeux sur Bran.

— Ta tenue vestimentaire est-elle à l'origine de la pique de Kerr ? Je vois que tu es toujours aussi provocateur.

Il réprima une grimace. Il détestait qu'on l'appelle ainsi.

— C'est faux. Je vais te dire ce que je lui ai répondu : il s'agit de ma foutue maison, et je m'habillerai comme bon me semblera !

— Oui, oui, bien sûr !

Heureusement, Hudson arriva à cet instant, avec un gilet et d'autres vêtements. Il ne dit rien, s'approcha simplement de Bran et tendit les objets par-dessus son bras. Bran enfila le gilet.

— Tu n'avais pas besoin de faire ça pour moi, lui dit Lady Dunn. Te voir en manches de chemise ne va pas me terroriser. Comme je l'ai dit à Kerr, nous sommes une famille.

Hudson haussa un sourcil interrogateur, demandant en silence à Bran s'il préférait la cravate ou la veste. Bran secoua légèrement la tête, et le valet quitta la pièce. Bon sang, que cela faisait du bien d'avoir au moins un membre de son personnel qui soit exceptionnel !

Lorsqu'ils furent seuls, Bran s'assit dans un fauteuil près du canapé.

— Je peux te servir du thé ?

— Oui, s'il te plaît.

Elle le regarda remplir sa tasse.

— Juste un peu de sucre, merci.

Il termina, lui tendit sa tasse et la soucoupe.

— Merci, mon garçon.

Elle but une gorgée, puis reposa la tasse.

— Je tiens à m'excuser pour mon commentaire de tout à l'heure. Je ne cherchais pas à t'insulter en te qualifiant de provocateur.

Cette description, mise au point par sa mère, l'avait poursuivi toute son enfance. Il faisait rarement ce que l'on attendait de lui, ou ce qu'on lui demandait, surtout parce qu'il ne pouvait tout simplement pas. En dehors de son intolérance aux vêtements, il refusait de manger certains aliments. Ou de rester assis. Ou de rester au lit toute la nuit.

Lorsque sa nurse ne parvenait pas à le faire obéir, sa mère s'emportait et le battait jusqu'à ce qu'il cède. Et dans certains cas, il ne le faisait pas. Elle l'avait puni dans un petit placard à de nombreuses reprises, et cela lui convenait bien. Là, au moins, il pouvait porter ce qu'il voulait. Ou ne rien porter, comme il préférait.

Petit à petit, il avait appris à dissimuler sa… *provocation.* Cependant, elle n'avait jamais totalement disparu.

— Tu n'as pas besoin de t'excuser, lui dit-il. J'ai peur d'avoir été un peu énervé à cause de mon accrochage avec Kerr.

Elle but encore un peu de thé.

— Je vais te le redire : j'espère que tu vas songer à le remplacer.

Peut-être après avoir engagé une gouvernante. Il avait l'impression d'être perpétuellement à la recherche de personnel.

— Quand j'en trouverai le temps.

— J'imagine que tu dois être terriblement occupé. Sans compter que tu es père. Pardon de te poser la question, mais quand prévois-tu de faire tes débuts dans la société en tant que comte ? La haute société est en ébullition, elle s'interroge sur toi. J'ai entendu dire que tu étais chez Brooks l'autre soir.

L'idée que ses activités puissent faire l'objet de commérages était assez troublante.

— Comment l'as-tu su ?

Elle lui offrit un sourire de conspiratrice, et ses yeux bruns brillèrent.

— Mon ancienne dame de compagnie, une femme adorable, est la duchesse de Clare. Elle m'a dit que tu avais rencontré son mari dans la salle à manger privée de Kendal, et que ce dernier t'avait invité.

Il posa les coudes sur les bras du fauteuil.

— Alors je suis surpris que tu ne saches pas aussi que j'ai l'intention de faire mes débuts au bal Harcourt demain soir.

— Non, je n'avais pas entendu ça, mais quel plan brillant ! Veux-tu que je vienne avec toi ?

Il appréciait sa gentillesse, mais il voulait être libre de partir quand il le voulait. Il se doutait qu'il ne tiendrait pas bien longtemps, et détesterait lui faire écourter sa soirée.

— Merci, mais je vais sans doute arriver plus tard que tu ne le souhaiterais.

— Oui, c'est le cas de beaucoup de gentlemen. Comment trouves-tu Londres ?

Elle but une gorgée de sa tasse, puis la reposa avec la soucoupe sur la table.

— Grand. Et froid.

— Cela doit être un choc. Comment Evie s'adapte-t-elle ?

— Elle trouve aussi qu'il fait froid.

Elle le fixa d'un regard patient.

— Je voulais savoir comment vous vous en sortez, tous les deux. Êtes-vous heureux ici, ou détestez-vous l'endroit ? Jamais je n'aurais pensé que tu reviendrais un jour.

— Je ne suis pas sûr d'en avoir eu l'intention.

Lady Dunn se tourna pour lui faire face, et croisa les mains sur ses genoux.

— Je suis ta marraine, et pour moi, cela fait de nous une famille. Je sais que tu ne t'entendais pas avec ta famille de sang, et je me doute que c'est pour cette raison que tu n'avais pas envisagé de revenir. Cependant, le destin a décidé de te rappeler à la Mère Angleterre. Ce doit être une situation très étrange pour toi.

Elle inclina la tête sur le côté.

— Est-ce que la nouvelle de leur décès t'a attristé ? lui demanda-t-elle avant d'agiter la main. Peu importe, c'est une question épouvantable à poser. Bien sûr que tu étais triste.

Elle lui jeta un regard compréhensif. Jamais un membre de sa famille ne l'avait fait.

Penser qu'*elle* pourrait être de la famille…

Il toussa doucement.

— Tu sembles parfaitement saisir la situation.

— Peut-être. J'aurais aimé en savoir plus, mais j'ai bien peur de n'avoir pas pu jouer un très grand rôle dans ta vie. Ta mère ne m'aimait pas beaucoup, comme tu le sais peut-être.

— J'étais au courant, même si je n'ai jamais compris pourquoi.

Elle le surprit en éclatant d'un rire franc qui emplit la pièce.

— Oh, c'est toute une histoire. Elle était persuadée que j'avais eu une liaison avec ton père. Ce qui était parfaitement faux, évidemment. Néanmoins, elle était catégorique. Je suis navrée de te dire qu'elle était plutôt habile pour m'empêcher de te voir. J'ai essayé, mais ton père ne voulait pas la contrarier.

Bran n'avait aucun mal à imaginer sa mère s'en prendre à son père au sujet de Lady Dunn. Et maintenant, il avait une autre raison de la détester, comme s'il en avait besoin : elle l'avait privé d'une bonne influence à un jeune âge.

— Elle arrive de Durham la semaine prochaine.

Le simple fait de prononcer ces mots lui donnait envie de se gratter jusqu'à l'os.

Le visage de Lady Dunn se crispa.

— Je suis désolée d'entendre ça. Elle ne séjourne pas ici, n'est-ce pas ?

— Non, je ne l'ai pas invitée. La seule raison pour laquelle je l'autorise à venir, c'est pour Evie.

— Je pense que c'est pour le mieux, lui dit-elle avec un regard approbateur. Tu es un bon fils. Souviens-toi juste que tu es le comte maintenant. Si tu ne souhaites pas tolérer sa présence, rien ne t'oblige à le faire.

Elle avait raison. Bran n'avait même pas songé à l'affronter maintenant qu'il était le comte. Les choses étaient complètement différentes. *Lui* était totalement différent. Mais cela n'avait en fait rien à voir avec le fait de devenir comte, et tout à voir avec le fait qu'il s'était éloigné de son éducation toxique.

— J'apprécie le conseil, merci. Et le château que tu as apporté à Evie. C'était incroyablement attentionné.

— J'ai hâte de la gâter avec toutes sortes de choses, pour compenser tout ce que je n'ai pas pu faire avec toi.

Son regard devint triste, et les rides au coin de sa bouche et de ses yeux se creusèrent.

— J'espère que tu m'autoriseras à la choyer. Et toi aussi. Je pense que vous le méritez tous les deux.

L'émotion étreignit la gorge de Bran. Il se versa une tasse de thé dont il n'avait pas particulièrement envie, et en but une gorgée pour s'hydrater la bouche.

— Ce qui signifie que tu vas devoir supporter mes interférences, ou du moins mon intérêt pour vos vies. Dis-moi, as-tu l'intention de te remarier ? Si c'est le cas, je serais ravie de t'aider à trouver une épouse.

Il appréciait sa prévenance, mais peut-être pas la partie où elle interférait dans sa vie.

— J'aimerais trouver une mère pour Evie, mais je ne suis pas particulièrement pressé.

— Bien sûr que non. Il ne faut pas précipiter ce genre de

choses. Le bal Harcourt te servira d'introduction. À moins que tu ne souhaites faire l'objet de ragots, évite de danser avec des jeunes filles. Je te guiderai dans la bonne direction.

C'était le genre de chose qu'il appréciait sincèrement.

— Merci. Je crois avoir trouvé une alliée formidable.

Ainsi qu'en Kendal, sa femme et sa charmante sœur, la brillante et spirituelle Mme Shaw. Il se demandait si elle serait au bal. Il l'espérait. Ce n'était plus une jeune fille, elle serait donc une partenaire de danse sûre. Oui, il la chercherait dès son arrivée.

— Maintenant, parlons de ta garde-robe, dit-elle en posant les yeux sur ses bras presque nus. Je veux être certaine que tu seras vêtu comme il se doit pour le bal. Tu n'es plus sous les tropiques.

Non, certainement pas.

CHAPITRE CINQ

*P*etite fille, Jo avait rêvé de son premier bal londonien. Elle aurait porté une robe qui aurait scintillé sous les milliers de bougies, les cheveux ornés de perles. Elle n'aurait jamais été à court de partenaires de danse, et la soirée serait passée dans un flou magnifique et bouleversant. Jamais elle n'aurait imaginé qu'elle serait alors une veuve de trente et un ans.

Au moins, elle avait une nouvelle robe.

Elle jeta un coup d'œil à la soie rose et au voile transparent qui la recouvrait. C'était, de loin, la plus belle chose qu'elle ait jamais portée. Après avoir discuté de sa garde-robe avec Nora l'autre jour, Lady Satterfield et elle avaient décidé qu'il lui fallait une robe de bal *immédiatement,* puisqu'elles avaient également décrété qu'elle devait assister au bal Harcourt ce soir. Le fait qu'ils aient pu trouver une robe déjà faite et ne nécessitant que quelques retouches tenait du miracle.

Ce n'est pas *un miracle,* lui aurait dit Matthias en ricanant. Sa religion lui servait de prétexte et s'adaptait à ses humeurs changeantes. Si seulement les paroissiens avaient su la vérité... mais évidemment, cela n'arriverait jamais.

Jo se renfrogna en repoussant cette pensée.

— Qu'est-ce qui ne va pas ? lui demanda Nora.

Jo afficha un sourire éclatant, probablement pour compenser, ce qui attira encore plus l'attention sur elle.

— Tout va bien.

La duchesse fit la moue.

— Je ne te crois pas. Tu as été nerveuse, ou quelque chose comme ça, toute la soirée.

Jo et elle étaient arrivées au bal environ une heure plus tôt en compagnie de Lady Satterfield, qui s'était employée à présenter Jo à tous ceux qui méritaient d'être rencontrés. Du moins, telle était la description que Lady Satterfield en avait faite. Les deux sœurs étaient postées dans la périphérie de la piste, pas tout à fait contre le mur, mais pas non plus dans le feu de l'action.

Lady Satterfield était partie à la recherche d'un gentleman pour danser avec Jo. Elle avait l'impression d'être une œuvre de bienfaisance. Mais c'était sûrement le cas, accrochée comme elle l'était aux jupes de sa sœur.

Était-ce ainsi qu'elle se voyait ? Ce n'était pas comme si elle devait être ici. Elle avait perçu un petit héritage de Matthias, et pourrait mener une vie modeste à St Ives, en habitant un minuscule cottage juste à l'extérieur du village. Cependant, ce genre d'existence semblait douloureusement morne et tragiquement triste.

De toute manière, ce n'était pas comme si sa sœur, ou même Titus d'ailleurs, la traitaient comme si elle n'était pas la bienvenue. Ils ne voudraient pas qu'elle vive seule.

Nora souffla et détourna son regard inquisiteur de Jo.

— Tu peux toujours essayer de m'ignorer, mais je te connais trop bien. Si tu préfères rentrer à la maison, nous pouvons le faire.

— Je ne t'ignorais pas. J'essayais de comprendre pourquoi je suis ici.

— Pour rencontrer des gens ? proposa Nora.

— Oui, mais dans quel but ?

— Doit-il nécessairement y avoir un but ? Oublie ces discussions sur le mariage, ou même sur l'avenir. Pourquoi ne pas simplement profiter de la soirée ? lui suggéra-t-elle, des étincelles dans le regard. Après tout, c'est ton premier bal.

— Oui, je me disais que c'était vraiment différent de ce à quoi je m'attendais. Tu te souviens comment on imaginait cela ?

— Évidemment. Nous devions épouser des Insaisissables. Nous avions de si grands projets !

Le regard de Nora s'assombrit.

— Ensuite, j'ai tout gâché.

Jo se rapprocha de sa sœur et lui toucha l'avant-bras.

— C'est faux.

— Comment peux-tu dire ça ? Il a fallu que je rentre à la maison, couverte de honte, et tu n'as pas eu droit à ta saison.

Même si le scandale de Nora n'avait pas éclaboussé Jo, la cousine qui avait parrainé l'aînée avait refusé d'en faire de même avec la cadette.

— Non, mais les choses se sont bien passées pour moi, non ?

Des larmes s'accumulèrent dans les yeux de Nora, mais elle les chassa rapidement d'un battement de cils, et appuya les doigts de chaque côté de son nez.

— Je ne pleurerai pas ici, dit-elle en esquissant un sourire hésitant. Je pensais que ça allait, mais je sais que tu n'étais pas heureuse.

Oui, Jo avait parlé de sa déception quelques années plus tôt, peu de temps après le mariage de Nora. Mais c'était avant qu'elle ne découvre les secrets de Matthias. Après cela, elle n'avait plus du tout parlé de lui.

— Nous n'étions pas très bien assortis, confirma Jo, qui préférait que les choses restent simples.

— Je sais, et je me sens responsable. Tu ne l'as jamais dit, mais je pense que tu ne l'aurais pas épousé si tu avais eu d'autres choix.

Évidemment que non. Elle avait prévu d'avoir sa saison. Elle avait *prévu* d'épouser un Insaisissable. Nora avait *effectivement* tout gâché pour elle, mais jamais Jo ne le lui dirait. Elle n'en voulait pas à sa sœur. Quand bien même, elle ne voulait pas l'accabler en le lui disant.

Jo se détourna de sa sœur de peur qu'elle ne lise la vérité dans ses yeux. Elle sursauta quand elle reconnut Lord Knighton qui se dirigeait vers elles.

Oh ! Il était magnifique en tenue de soirée, avec sa veste anthracite sombre rehaussée par son gilet à fils d'argent et sa cravate immaculée. Était-il mal à l'aise ? Elle se demanda combien de temps il pourrait supporter ces vêtements et l'imagina en train de les enlever. Soudain, la salle de bal lui sembla d'une chaleur étouffante.

Il s'avança directement vers elle et s'inclina d'abord vers Nora, comme l'exigeait son rang, puis vers Jo.

— Bonsoir. Vous êtes ravissante, dit-il en la balayant du regard.

— Merci.

— Je me disais que nous pourrions discuter des entretiens des gouvernantes, lui dit-il. Mon secrétaire les a programmés pour mardi.

Jo hocha la tête.

— Bien.

— Lord Knighton, pourquoi ne pas inviter Jo à valser ? La musique commence tout juste.

Une valse ? Sur l'insistance de Nora, Jo avait répété les pas plus tôt dans la journée, mais elle n'avait jamais vraiment valsé.

— Je ne crois pas que cela soit nécessaire.

Lord Knighton lui offrit son bras.

— Me feriez-vous l'honneur ?

À présent, elle était piégée. Bien que, s'il y avait bien un homme à qui elle pouvait opposer un refus sans qu'il s'en offusque, c'était Knighton. Une fois qu'elle lui aurait expliqué son inquiétude, il comprendrait sans doute, vu ses propres faiblesses.

Finalement, elle se contenta de poser sa main sur son bras et de le laisser l'escorter jusqu'à la piste de danse. C'était peut-être sa seule chance.

— Je n'ai jamais valsé, avoua-t-elle d'une voix douce.

— Moi non plus.

Elle tourna brusquement la tête vers lui.

— Oh, mon Dieu !

— Ça ne doit pas être si difficile que ça, si ? demanda-t-il alors qu'ils s'avançaient sur la piste.

Il la tint par la taille, et serra l'une des mains de Jo. Elle posa l'autre sur l'épaule de Bran, et, en dépit des couches de vêtements, elle sentit ses muscles.

— Vous voyez, nous sommes des experts !

Les couples autour d'eux se mirent à se mouvoir en musique, et, pendant un moment, ils se dévisagèrent. Puis il fit un bond en avant, et Jo parvint à se rappeler de l'entraîne-ment qu'elle avait suivi plus tôt dans la journée.

— Heureusement, ce n'est pas très fatigant, dit Bran. À condition de savoir compter.

— Il se trouve que je suis très douée avec les chiffres.

— Je n'en attendais pas moins de votre part, car vous semblez être une femme d'une grande intelligence.

Une douce chaleur envahit Jo à la suite de son éloge.

— Merci.

Ils changèrent de direction, et son parfum se répandit sur elle. Il sentait le frais et les agrumes.

— Je vous remercie de vous joindre à moi pour les entretiens de mardi. Y a-t-il quelque chose que je dois préparer ?

Elle songea à leur dernière tentative.

— Non. Mais je vais demander à Nora si elle me recommande de poser des questions particulières. Promettez-moi simplement de garder tous vos vêtements jusqu'à ce que nous en ayons terminé.

— Je l'ai fait, la dernière fois, répondit-il en la faisant évoluer sans effort sur le parquet.

En vérité, elle n'avait pas grand-chose d'autre à faire que de savourer son contact.

— Et je suis complètement habillé ce soir. Je pense que je m'en suis admirablement bien sorti. Enfin, plutôt mon valet.

— Vous êtes splendide.

Elle baissa les yeux sur la cravate, et un peu plus bas. Son gilet argenté brillait à la lueur des bougies, tout comme sa robe de bal rêvée.

— Merci, murmura-t-il. Je dois dire que je fais pâle figure à côté de vous. Je m'étais habitué à vous voir vêtue de gris. Vous êtes bien plus adorable en rose. J'espère que vous ne reviendrez pas à des couleurs plus ternes.

Elle s'était fait la même réflexion, mais n'avait jamais agi en ce sens jusqu'à maintenant. Lady Satterfield avait insisté sur le fait qu'il lui fallait une nouvelle garde-robe, et Nora avait proposé de la payer. Ce qui avait ramené Jo à cette idée qu'elle avait besoin de leur charité… et c'était le cas.

Arrête de penser comme ça, se réprimanda-t-elle.

— Je crains de vous avoir encore insultée, dit-il. Je ne voulais pas dire que vous étiez terne.

— Oh, mais je l'étais ! Entre votre aversion pour certains vêtements, et ma garde-robe déprimante, nous formons un sacré duo !

Venait-elle de parler d'eux en tant que *duo* ? Elle s'empressa de dire autre chose.

— En parlant de garde-robe, je voulais vous signaler qu'il faut que vous portiez des gants quand vous sortez.

Il regarda leurs mains jointes.

— J'en porte. Non pas que cela me plaise.

— Je faisais référence à l'autre jour quand vous êtes passé récupérer Evie. Vous ne portiez pas de gants à ce moment-là.

— Non, effectivement. Dois-je vraiment en porter quand je viens récupérer mon enfant chez vous ?

— Ce n'est pas *chez moi*. C'est la maison du duc de Kendal.

Il lui jeta un regard ironique.

— Je ne crois pas que cela le dérange, affirma-t-il en secouant la tête. Je ne suis pas très doué pour être comte.

— N'importe quoi ! Vous avez simplement besoin d'un peu plus de pratique. La plupart des hommes se préparent à hériter du titre. Vous n'avez pas eu cet avantage.

Il la regarda avec reconnaissance.

— C'est peut-être *moi* qui ai besoin d'une gouvernante. Une qui pourrait m'apprendre à être un comte.

Elle rit en l'imaginant étudier la bienséance.

— Je pense que vous tenez là une grande idée. Il devrait y avoir au moins une école pour ça.

— Oh, mais c'est le cas. Ça s'appelle Oxford. Mais je préférerais me perdre en mer que d'y retourner.

Elle le sentit frissonner.

— Pourquoi ?

Sa mâchoire se contracta.

— J'étais… maladroit dans ma jeunesse, expliqua-t-il avec un rictus d'autodérision. Je suis certain que d'aucuns diraient que c'est toujours le cas. Je n'étais pas à ma place à Oxford. Mes frères y sont allés avant moi, et se sont assurés de me faire la réputation d'un type bizarre. Nombre de mes camarades étaient les frères de leurs amis. Ils étaient prédisposés à me détester, et à me ridiculiser.

Il n'y avait pas la moindre trace de douleur dans sa révélation, mais de la distance dans sa voix, comme s'il parlait de quelqu'un d'autre.

— Quelle horreur ! Pourquoi vos frères ont-ils fait une telle chose ?

Il haussa une épaule, et elle prit conscience des endroits où ils se touchaient. Elle le serra plus fort et regretta que, dans cette circonstance, les gants ne *soient pas* facultatifs.

— Parce que c'est ainsi qu'ils me traitaient toujours. Ils étaient les meilleurs amis, et moi, j'étais… une nuisance.

Une nuisance ? Comment pouvait-on penser une telle chose de son frère ou de sa sœur ? Ou d'un membre de sa famille ? Le père de Jo et Nora était un crétin et leur relation était distante, mais s'il avait besoin d'elles, elles seraient là pour lui.

Il pivota de nouveau, les entraînant dans une nouvelle direction.

— Je crois que Becky s'est amusée chez nous aujourd'hui.

Le changement soudain de sujet surprit Jo, mais elle n'en dit rien. S'il préférait ne pas aborder la souffrance du traitement infligé par ses frères, surtout au beau milieu d'une salle de bal, qui était-elle pour le contredire ? Cependant, cela n'apaisa pas sa curiosité.

— Oui, j'ai entendu parler du château miniature en massepain. Becky insiste pour en avoir un aussi.

— J'aurais dû en prendre un pour elle.

— C'est très gentil de votre part, mais ce n'est pas nécessaire. Il se trouve que la cuisinière de Nora est assez douée avec le massepain. Elle s'est donc arrangée pour que les filles passent un après-midi avec elle en cuisine.

Il sourit.

— Evie va adorer ça. Quelle excellente idée !

— En fait, c'était la mienne.

Jo ne savait pas vraiment pour quelle raison elle le lui avait dit, cela avait peu d'importance de savoir qui en avait eu l'idée. En fait, elle savait peut-être pourquoi. Il avait souri avec tant d'enthousiasme, et elle avait eu envie que ce sourire lui soit adressé.

— Évidemment que c'était votre idée. Quand j'ai dit l'autre jour que vous devriez être ma gouvernante, je ne plaisantais qu'à moitié.

Et dire qu'elle était persuadée que ce n'était qu'une boutade.

— Mais je pense que vous devriez être mère, en fait.

Il la fixait, ses yeux bleu foncé la transperçant et lui coupant le souffle.

À moins que ce ne fût à cause de ce qu'il avait dit. Oui, sans le moindre doute, c'était cela.

Elle devrait être mère.

Cette douleur si souvent enfouie au fond de ses tripes remonta à la surface. Elle faillit trébucher, mais il la serra plus fermement, une main posée à plat sur sa colonne et l'autre serrant délicatement ses doigts.

— Ça va ? lui demanda-t-il doucement.

Elle hocha la tête.

— Cela devait arriver, répondit-elle un peu sèchement, luttant toujours contre le flot d'émotions qui bouillonnait en elle.

— Je suppose que oui, étant donné que nous sommes novices tous les deux.

Heureusement, la musique s'arrêta. Jo avait hâte d'échapper à la soudaine sensation d'oppression qui régnait dans la salle de bal. La chaleur, ses yeux… l'attente. Elle avait besoin d'air.

— Vous vous êtes bien acquitté de votre tâche.

Sa voix parut faible à ses propres oreilles, mais avec un peu de chance, il ne remarquerait pas.

— Un grand éloge qui semble un peu bancal, mais c'est probablement grossier de ma part de vous contredire, dit-il avec un petit sourire. Mais vous savez déjà que je suis un mufle en privé.

Elle posa la main sur son bras alors qu'il l'escortait hors de la piste de danse.

— Je ne vous qualifierais pas de mufle, *my lord.*

— Si nous étions à la Barbade, je vous demanderais de m'appeler Bran.

— Les gens ne vous appelaient pas *my lord* ?

— Après avoir hérité, je leur ai demandé de ne pas le faire. À quoi bon, puisque de toute manière, je m'en allais ?

Il était totalement différent de toutes les personnes qu'elle avait déjà rencontrées dans sa vie.

— Vous vivez suivant vos propres règles, n'est-ce pas ? lui demanda-t-elle.

— Les règles, tout comme les cravates, sont étouffantes. Je préfère vivre dans le confort et la satisfaction.

Il la ramena à Nora et Lady Satterfield, qui étaient revenues.

Elle retira sa main et le remercia pour la danse. Elle aimait sa manière de voir les choses, surtout maintenant qu'elle se sentait tellement nerveuse dans cette salle de bal. En fait, alors que la bienséance exigeait qu'elle reste là à bavarder pendant quelques minutes, elle ne put le supporter. Un son sourd résonnait dans ses oreilles, et elle avait l'impression de ne plus pouvoir respirer.

Il fallait qu'elle aille dehors, ou au moins à la salle de repos.

— Si vous voulez bien m'excuser.

Elle vit la lueur d'inquiétude dans les yeux de Nora, mais

quitta précipitamment la salle de bal sans un regard en arrière.

❧

*A*lors qu'il regardait les jupes roses de Mme Shaw voler autour de ses chevilles pendant qu'elle s'enfuyait, Bran était certain d'avoir dit quelque chose de mal. Une fois de plus. S'était-il montré désobligeant quand elle lui avait fait un compliment sur sa danse ? Il avait simplement voulu la mettre à l'aise, car il lui avait semblé que son faux pas l'avait perturbée.

C'était peut-être cela. Elle était simplement gênée. Les gens, les femmes en particulier, avaient toujours été un mystère pour Bran. Dès qu'il pensait avoir compris quelque chose, il se trouvait de nouveau déstabilisé. Au moins, il semblait s'améliorer. Les choses avaient été bien pires dans sa jeunesse. Lui avait-il vraiment parlé de cela ?

Et *voilà* pourquoi il préférait éviter les événements tels que ce bal.

Ainsi que les satanés vêtements qu'il était obligé de porter. Hudson avait insisté pour que sa cravate contienne plus d'amidon que d'ordinaire, où il n'y en avait presque pas, donc ce soir il était particulièrement torturé. En conséquence, Bran avait la sensation de subir le nœud coulant du bourreau.

Qui plus est, il abhorrait les foules compactes, et la masse dans la salle de bal avait augmenté pendant qu'ils dansaient. Torture était le mot qui correspondait le mieux à ce qu'il ressentait. Il enviait la fuite de Mme Shaw.

— La danse a-t-elle été agréable ? s'enquit poliment Lady Satterfield.

Bran voyait bien que la duchesse était impatiente d'aller

chercher sa sœur, mais elle n'en fit rien. Il allait lui en laisser l'opportunité en s'en allant.

— C'était le cas, je vous remercie. Si vous voulez bien m'excuser.

Les deux femmes le regardèrent en clignant des yeux, un peu interdites. Il pouvait l'imputer au brusque départ de Mᵐᵉ Shaw, mais peut-être aussi au sien ? Il aurait dû rester pour échanger quelques banalités. Au lieu de cela, il s'éclipsa le plus vite possible.

Bon sang, peut-être ne valait-il pas mieux que dans sa jeunesse.

Il traversa la salle de bal sans vraiment savoir où il allait. Soudain, il croisa le regard d'un gentleman. Il lui paraissait familier… Bon sang, c'était cet abruti de Talbot qu'il avait rencontré chez Brooks l'autre soir.

Pressé d'éviter l'homme, Bran vit la porte ouverte sur la terrasse et changea de direction. Accélérant le pas, il sortit. La terrasse était éclairée par des appliques et plusieurs personnes y déambulaient. Il y avait toujours trop de monde. Sans compter que Talbot n'aurait qu'à le suivre dehors.

Cherchant une issue, Bran remarqua les escaliers qui descendaient au jardin. Plusieurs chemins se présentaient à lui, chacun éclairé de torches vacillantes, mais seulement sur une certaine distance. Plus on avançait, plus la lumière faiblissait, jusqu'à l'obscurité.

Bran courut pratiquement vers le chemin le plus proche.

Une fois dépassée la dernière lumière, il retira ses gants et les fourra dans les poches de sa veste. Puis il dégagea son cou de sa cravate, laissant les extrémités retomber sur le devant de sa chemise. Autant pour un simple desserrage.

Pourquoi s'était-il donné la peine de venir ce soir ? Parce qu'il s'était laissé convaincre par ces maudits Clare et Kendal. Et ce dernier n'était même pas présent. Et Clare ? Bran ne l'avait pas vu, et il n'en avait plus rien à faire.

Ce bal était-il réellement une perte de temps ? Après tout, il avait réussi à danser une valse.

Oui, une unique valse. Il se félicita de sa médiocrité.

Il était censé être à la recherche d'une épouse. Mais il se sentait incapable de le faire. Il n'avait même pas été capable d'avoir une conversation avec Mme Shaw sans ressasser son passé misérable. C'était compliqué d'être ici à Londres, surtout lors d'un événement social comme celui-ci, et de ne pas penser à ses frères, à la manière dont ils l'avaient chassé d'Angleterre.

Non pas qu'il le regrettait. Son navire avait à peine quitté le port qu'il s'était senti libre. Et heureux. Il n'avait jamais imaginé revenir ici un jour.

Il y avait suffisamment de lumière dans le jardin pour qu'il puisse se diriger le long du chemin. Mais il y eut un virage, et il fut plongé dans l'obscurité totale.

Il entendit une brusque inspiration, comme le bruit d'une voile dans le vent. Il n'était pas seul. Puis il entendit le bruissement du tissu, et sut que c'était une femme.

— Je vous entends, dit-il doucement. Je ne voulais pas m'imposer.

Il se rendit compte un peu tard qu'elle n'était peut-être pas seule et qu'il pouvait y avoir un gentleman avec elle. Il se retourna pour partir, espérant trouver un moyen de s'en aller sans retourner à la salle de bal.

— Lord Knighton ?

La voix était familière. Il se détendit alors même que tous ses sens se mettaient en éveil.

— Madame Shaw.

— Je… j'avais juste besoin d'air frais.

— Moi aussi, dit-il, se déplaçant vers là d'où venait la voix. Je suis content de vous avoir trouvée. Maintenant, je peux m'excuser de vous avoir perturbée. Je ne suis pas sûr de ce que j'ai dit ou fait, mais je me doute que c'était à cause de mon incapacité à accepter votre gentil compliment.

— Quoi ? demanda-t-elle, l'air sincèrement perplexe. Vous ne m'avez pas perturbée.

Il entendit un frémissement dans sa voix. Il n'était pas certain de la croire, mais si elle essayait de ménager ses sentiments, il ferait tout pour qu'elle se sente à l'aise.

— C'est moi qui devrais m'excuser, dit-elle d'assez près, ce qui signifiait qu'il avait réussi à se rapprocher. Parler de votre passé, d'Oxford, semblait vous déranger. Je ne voulais pas *vous* contrarier.

— Vous ne l'avez pas fait. C'est moi qui en ai parlé.

Et il ne savait toujours pas pourquoi, sauf qu'il se sentait très à l'aise avec elle.

— J'ai passé quinze ans à mettre tout cela derrière moi. Le fait d'être de retour en Angleterre fait tout remonter à la surface.

— Si vous souhaitez me parler de ce « tout », je serais heureuse de vous écouter.

Il y songea, mais revivre la torture de ses frères et l'ambivalence de sa mère ne lui faisait pas envie. Se sentant aussi oppressé que dans la salle de bal, il retira son veston et le drapa sur son bras.

— Êtes-vous à nouveau en train de vous déshabiller ? lui demanda-t-elle.

— Vous m'entendez ?

— J'en ai bien peur. Mais comme je ne peux pas vous voir, ça n'a pas vraiment d'importance.

Il gloussa, satisfait de sa logique.

— Il se trouve que j'avais déjà dénoué ma cravate avant d'arriver ici.

— Je n'arrive même pas à faire semblant d'être choquée.

Sa voix recelait à présent une touche d'humour, comme si elle souriait.

Il rit à nouveau et une fraîche brise printanière souffla sur lui. La chaleur de la Barbade lui manquait vraiment.

— Vous m'en parlerez ? s'enquit-elle.

Avait-il prononcé sa remarque au sujet de la Barbade à voix haute ? Apparemment, oui.

— Je pourrais rester ici toute la nuit et ne pas parvenir à tout vous raconter.

— Alors, dites-moi simplement *une chose.*

Il ferma les yeux et visualisa sa maison.

— Les couleurs de cette île ne ressemblent à rien de ce que vous avez pu voir : l'eau bleu-vert, le sable blanc-or, des couleurs auxquelles même l'arc-en-ciel ne peut rendre justice.

— Ça a l'air magnifique, dit-elle d'une voix douce, presque révérencieuse. Comment avez-vous décidé d'y aller ?

Il ouvrit les yeux, mais il ne pouvait toujours pas la voir.

— C'était la destination de mon bateau. Je me fichais d'où j'allais, du moment que ce n'était pas ici.

— Vous avez dû être terriblement malheureux.

Elle semblait s'être rapprochée davantage.

— On n'avait pas besoin de moi ici. Du moins, personne ne voulait de moi.

Toute sa famille l'avait encouragé à acheter une commission dans l'armée, ou à devenir vicaire. Il avait envisagé les deux possibilités, mais avait fini par embarquer sur le premier bateau quittant l'Angleterre. Et il n'avait jamais regardé en arrière.

— Et maintenant ?

Sa question posée tout bas le berçait par sa douce curiosité.

— Maintenant, je suis le comte. On a besoin de moi.

— Et vos frères ne sont plus là.

Il expira, comme s'il se rendait compte pour la première fois qu'ils étaient réellement *partis.* Qu'il pourrait peut-être vivre ici et être heureux. Ou du moins, pas malheureux. Pourtant, ce n'était pas sa maison. Pas encore.

— Le soleil brûlant me manque.

— Surtout en ce moment, je parie.

Il entendit un tremblement dans sa voix.

— Attendez, avez-vous froid ? Où êtes-vous ?

Il tendit sa main libre et la toucha.

Il s'avança de quelques pas, elle n'était pas très loin, et déposa son veston sur ses épaules.

— Ça va mieux ? demanda-t-il.

— Oui, merci.

Il ne retira pas ses mains.

— Pourquoi êtes-vous sortie ?

— Je…

Il entendit l'hésitation dans sa voix, et la sentit frissonner. Il n'avait pas l'impression que c'était dû à l'air nocturne.

— Vous pouvez me le dire. Si vous en avez envie.

— Je me suis sentie… accablée. Comme si je ne pouvais pas respirer. J'avais juste besoin de sortir.

Mon Dieu, il avait ressenti la même chose toute sa vie.

— Quand j'étais plus jeune, j'étais incapable de rester assis. Ou de porter des vêtements. J'ai souvent eu comme l'envie de ramper hors de ma propre peau. Je me grattais jusqu'au sang.

— Cela m'a l'air horrible. Comment avez-vous réussi à arrêter ?

— Je ne sais pas. Partir d'ici m'a aidé.

— Et maintenant que vous êtes de retour ? Les choses sont moins terribles qu'avant ?

Oui, elles l'étaient sûrement. Tout comme quelques instants plus tôt, lorsqu'elle lui avait fait remarquer que ses frères étaient bel et bien partis, il s'était senti plus léger. Grâce à elle.

Sans réfléchir, il approcha ses mains de son cou, et

caressa la peau nue au-dessus du col de sa veste, caressant sa mâchoire avec ses pouces. Il sentit les muscles de son cou se contracter quand elle déglutit.

Le pouls de Jo s'emballa sous ses doigts. Il se rapprocha jusqu'à ce que leurs corps se frôlent.

— Je vais t'embrasser.

— Oui.

Il abaissa sa bouche et rencontra ses lèvres, d'un mouvement doux, mais déterminé. Il se rendit compte qu'il n'avait pas demandé sa permission. Pourtant, elle la lui avait accordée.

Il prit son visage entre ses mains et lui inclina délicatement la tête. Les mains de Jo se rapprochèrent de sa poitrine, mais pas pour le repousser. Non, elle appuya le bout de ses doigts contre lui et les enroula autour de sa cravate, pour le tirer vers elle.

Avec un doux gémissement, il passa la main autour de son cou et approfondit le baiser, ses lèvres se collant à celles de la jeune femme. Elle remonta ses mains sur la cravate et les passa autour de ses épaules, tout en rapprochant sa poitrine de la sienne.

La sentir si proche de lui attisa une passion qui était restée en sommeil en lui au cours des dernières années, depuis la mort de Louisa. Il n'avait pas vécu comme un moine, mais il n'avait pas non plus ressenti *cela*.

Le désir lui saisit les tripes et durcit son sexe. Il déplaça une main le long de son dos et écarta les doigts à la base de sa colonne vertébrale, caressant le haut de son postérieur.

Elle colla les hanches contre les siennes, et haleta. Jo ouvrit la bouche sous la sienne, et il accepta l'invitation – en priant pour que cela en soit une – en passant sa langue le long de ses lèvres. Elle enfonça les doigts dans ses épaules et fit danser sa langue avec celle de Bran.

Ce n'était pas ce qu'il avait prévu. Bon sang, il avait juste eu envie de s'échapper de la salle de bal pour avoir un moment de paix. Au lieu de cela, il avait trouvé le paradis.

Leurs corps se rapprochèrent alors que le désir se répandait en lui comme une traînée de poudre, brûlante, imprévisible et totalement incontrôlable. La situation aurait pu si facilement échapper à son contrôle... Il se retira, juste un peu, pour tempérer le baiser.

Elle tira à nouveau sur sa cravate et prit le contrôle, ses lèvres glissant sur celles du comte avant de s'ouvrir à nouveau. Si elle ne reculait pas, il ne le ferait pas non plus.

Il s'introduisit dans sa bouche, et elle gémit, un bruit sombre et sensuel qui ne fit qu'attiser son désir. Il ne savait pas pendant combien de temps ils s'étaient embrassés, mais lorsqu'ils se séparèrent enfin, son cœur battait à tout rompre dans sa poitrine et sa respiration était courte et rapide.

Elle semblait dans le même état, et il lutta pour ne pas l'attirer à nouveau dans ses bras.

— Je suis désolée, dit-elle. Je ne sais pas ce qui m'a pris.

— La même chose qui m'a pris. De toute manière, c'est moi qui ai commencé.

— Et vous avez essayé d'y mettre fin aussi, je crois. Mais je ne vous ai pas laissé faire.

Sa voix était un peu tremblante, et il ne savait pas si c'était dû à l'incertitude, à la gêne ou à quelque chose d'autre.

— Heureusement, vous voyez que ça ne m'a pas dérangé. Au contraire. Madame Shaw, c'était extraordinaire.

Son corps réclamait la jouissance, et s'il avait été un autre homme, il aurait pu envisager de poursuivre leur séduction mutuelle ici même, dans ce coin sombre et privé du jardin. Sa réaction n'était pas exagérée. Il la désirait avec une passion qu'il n'avait pas ressentie depuis des années.

Il l'attira à nouveau vers lui, leurs corps plaqués l'un contre l'autre.

— *Tu* es extraordinaire.

— Je suis… Merci.

Il avait l'impression qu'elle allait le contredire. Il commençait à la connaître, elle avait tendance à se sous-estimer, il s'en rendait bien compte. Elle était incroyablement intelligente, sage et attentionnée, et pourtant elle ne semblait pas le savoir. Ni le projeter. D'une certaine manière, cela lui faisait penser à lui quand il était plus jeune, avant qu'il ne s'enfuie.

Et la regarder avec Evie le faisait sourire. Sa fille parlait souvent d'elle, du temps qu'elle passait toujours avec elle et Becky, qu'il s'agisse de confectionner des vêtements pour les poupées, de leur lire des histoires, ou encore de s'arranger pour qu'elles moulent du massepain avec la cuisinière.

Oui, il *fallait* qu'elle soit mère. Pourquoi pas celle d'Evie ? Il avait besoin d'une femme, et il l'appréciait. Et bon sang, qu'il avait aimé l'embrasser ! Il savait qu'il prendrait du plaisir à coucher avec elle aussi.

— Épouse-moi ! lâcha-t-il.

Elle se raidit, mais même si elle ne l'avait pas fait, il se rendit aussitôt compte qu'il avait raté sa demande.

Elle recula d'un pas.

— Je ne peux pas.

Oui, il avait fait une énorme bourde. Il lui serra la main, il ne voulait pas qu'elle s'en aille.

— Je suis navré, c'était incroyablement maladroit. Comme je l'ai déjà dit plus tôt, c'est un exercice pour lequel je suis plutôt doué. Madame Shaw, me feriez-vous le grand honneur de devenir ma comtesse ?

— Nous nous connaissons à peine. Je ne peux pas…

Elle retira sa main de la sienne.

— Non.

— Pourquoi pas ? Ça tombe sous le sens. J'ai besoin d'une mère pour Evie, et tu as développé une excellente relation avec elle. Si tu ajoutes à cela cette apparente attirance que nous éprouvons mutuellement, c'est une association logique.

— Logique ?

Il entendit sa stupéfaction dans son timbre et se douta que ce n'était pas la bonne chose à dire. Bon sang, il n'avait jamais été vraiment romantique. Louisa avait essayé de l'éduquer un peu en ce sens. Au moins, il avait appris à lui apporter des fleurs à l'occasion. Oui, il enverrait des fleurs à Mme Shaw, *Joanna*, demain.

— Je veux dire que tu ferais une merveilleuse comtesse et mère.

— Non, pas du tout, répondit-elle d'un ton froid. J'ai été mariée pendant huit ans, Lord Knighton, et je n'ai pas d'enfants. Vous dites que c'est une association logique, mais vous voulez des enfants, un héritier, et je ne peux pas vous en donner. Alors, vous voyez, c'est une association *impossible.*

Soudain, elle lui flanqua sa veste dans les bras. Il la prit contre lui alors qu'elle passait devant lui et s'enfuyait sur le chemin, vers la lumière.

Bran resta dans l'obscurité. C'était le seul endroit où il se sentait vraiment à sa place.

CHAPTER SIX

Jo termina de signer sa correspondance et plia le parchemin. Elle avait écrit à son père, à un ami de St Ives, et à quelques villageois qui avaient commencé à lui envoyer des messages de sympathie et d'encouragement après la mort de Matthias. Maintenant qu'elle était à Londres, leurs lettres évoquaient le manque de sa présence et de celle de son époux, et expliquaient que le nouveau vicaire était terriblement ennuyeux en comparaison. Ils ne tarissaient pas d'éloges sur Matthias, et Jo devait faire tout son possible pour ne pas leur dire que leur foi et leur dévotion n'allaient pas à la bonne personne. Son mari avait été un menteur et un misérable. Si seulement ils connaissaient la vérité...

— Tu écris ton courrier ?

Nora débarqua dans le salon avec un petit ouvrage de couture.

Jo remua sur sa chaise.

— Oui, j'ai écrit à père.

C'était un piètre correspondant, mais elles faisaient en sorte de lui écrire plusieurs fois par mois.

Nora s'assit près des fenêtres, posant son ouvrage sur ses genoux en regardant Jo.

— Je dois organiser sa visite annuelle.

Jo ne l'avait vu qu'une seule fois au cours des six années écoulées depuis qu'il avait déménagé dans le Dorset, mais il avait réussi à rendre visite à Nora chaque mois de juin après qu'elle était devenue duchesse.

— Je suppose que ça veut dire que je pourrai le voir cette année.

En supposant qu'elle vive toujours avec Nora. La sensation d'un futur incertain était très étrange. Au moins, son union avec Matthias lui avait apporté la sécurité de savoir où elle serait et ce qu'elle ferait. Peut-être que la sécurité était quelque chose de surfait.

— Oui, dit Nora. Sauf si tu décidais de te marier.

Elle fit un grand sourire à Jo.

Le ventre de Jo se noua, et elle tourna les yeux vers les fenêtres. Elle ne cessait de penser à la proposition de Knighton depuis le bal, trois soirs plus tôt. Ainsi qu'aux baisers qu'ils avaient échangés. Il avait dit d'elle qu'elle était extraordinaire. Elle ne savait toujours pas comment réagir. C'était sûrement de la flagornerie. Elle était l'incarnation même du mot « ordinaire ». Ou même morose, si l'on en croyait Matthias. Son bon sens lui disait qu'il ne *fallait pas* le croire, que ce n'était qu'un menteur sans cœur. Pourtant, elle ne pouvait s'empêcher de penser qu'il y avait une part de vérité dans les critiques que Matthias lui adressait. Sinon, elle serait sûrement *déjà* mère...

Mais elle ne pouvait pas. Comme Matthias avait tant aimé le lui répéter, elle n'était qu'une moitié de femme. Incapable de satisfaire un homme au lit ou de porter un enfant, elle n'était même pas sûre que *moitié* était une estimation adéquate.

— Jo ?

L'appel de Nora, lancé d'une voix douce, lui fit tourner de nouveau la tête.

— Oui ?

— Tu sembles bien loin. Tu es comme ça depuis plusieurs jours. Depuis le bal, en fait. Je sais qu'il a dû se passer quelque chose. J'aimerais que tu m'en parles.

Après avoir fui Knighton, Jo avait trouvé la salle de repos, où elle s'était cachée durant près d'une heure. Lorsqu'elle était venue retrouver Nora, elle avait invoqué un terrible mal de tête, et demandé à rentrer à la maison. Nora avait insisté pour l'accompagner, inquiète que Jo ait disparu si longtemps, elle se sentait aussi mal.

— Il ne s'est rien passé. Je t'ai dit que c'était un mal de tête, rien de plus. Je suis simplement d'humeur introspective en pensant à l'avenir. Je ne peux pas me contenter de rester dans tes jupes pendant les cinquante prochaines années.

Nora plissa le front.

— Ce n'est pas ce que tu fais *aujourd'hui*.

Elles avaient eu cette conversation tant de fois que le sujet était totalement épuisé. Jo reporta son attention sur le bureau, où elle rassembla sa correspondance pour la confier à Abbott.

— Tu vas m'ignorer, n'est-ce pas ?

Jo soupira pour marquer son exaspération.

— Je n'ai aucune envie d'en discuter. Il faut que tu cesses de t'inquiéter pour moi.

— Je suis ta grande sœur. Je me suis toujours inquiétée pour toi.

Alors pourquoi as-tu gâché ma vie ?

La question surgit dans l'esprit de Jo, et elle regretta aussitôt de l'avoir pensée. Mais elle persistait. Elle n'en voulait pas à Nora pour ce qui lui était arrivé. Du moins, pas consciemment. Oh, bon sang, elle avait du mal à savoir ce qu'elle pensait vraiment !

Becky et Evie débarquèrent à ce moment-là dans le salon, avec des sourires aussi larges que la Tamise.

Nora gloussa en les voyant, et Jo ne put s'empêcher de sourire à son tour. Toutes les deux semblaient très heureuses.

— Comment était le massepain ?

— C'était toujours aussi amusant ! s'exclama Becky. Nous avons façonné des animaux et des fleurs, et même un cottage ! Il faut qu'ils reposent un peu, ensuite Abbott les montera pour que vous les voyiez.

Nora se pencha vers les filles, les yeux pétillants.

— Oh, c'est parfait ! J'ai hâte de voir vos créations.

— J'ai essayé de faire un château, mais c'était trop difficile, dit Becky, pinçant ensuite la bouche d'un air déterminé. Mais je vais y travailler. La prochaine fois, j'essaierai quelque chose d'un peu moins compliqué, et j'irai jusqu'aux tourelles.

— Il y aura donc une prochaine fois ? demanda Jo.

Les deux fillettes hochèrent la tête.

— C'est ce qu'a dit Cook ! s'exclama Becky. Elle a dit une fois par mois, si maman est d'accord.

— C'est bon pour moi. Nous allons juste vérifier avec Lord Knighton.

— Papa sera d'accord ! lança Evie avant de jeter un œil à Jo. Tu ne crois pas ?

Jo se sentit soudain gênée. Pourquoi la fillette lui posait-elle la question ?

— Probablement.

Evie haussa les épaules.

— Tu es déjà venue chez nous. Tu sais comment il est.

Jo ne savait pas non plus vraiment ce que cela signifiait, ou ce que cela venait faire dans cette conversation. Elle savait qu'il aimait se promener avec beaucoup trop de chair apparente. Et ça n'avait absolument rien à voir avec le massepain. Même si elle imaginait que le goût en était aussi délicieux.

Doux Jésus ! Mais elle n'avait donc *aucun* contrôle sur ses propres pensées ? Elle espérait que la chaleur qui montait dans son cou n'irait pas jusqu'à son visage.

Evie s'assit sur le canapé en face de Nora, et Becky se laissa tomber à côté d'elle.

— Papa dit qu'il va m'emmener voir des châteaux.

— Lesquels ? s'enquit Nora.

— La Tour de Londres, répondit Becky. Maman, on peut y aller aussi ? Je sais que tu as dit que j'y étais déjà allée, mais je m'en souviens à peine.

— Bien sûr que nous pouvons y aller, dit Nora.

— Avec *Evie*.

Nora sourit.

— Nous verrons.

Evie se rapprocha de son amie, et chuchota, pas vraiment discrètement :

— Ça veut dire « peut-être, mais probablement pas » en langage de parent. Papa me le dit tout le temps, et souvent, ça ne se produit pas.

Becky plissa les yeux.

— Tu as raison.

Elle croisa les bras et fit la moue.

Nora rit.

— Dans ce cas précis, je voulais vraiment dire que nous devrons patienter et voir si c'est possible. Je vais devoir en discuter avec Lord Knighton et ton père, et voir si nous pouvons trouver un moment qui nous convient à tous.

Becky expira bruyamment.

— Je suppose que tu as raison.

— J'espère que l'on pourra ! dit Evie. Ce ne sera pas aussi amusant si vous ne venez pas tous.

Elle leva les yeux vers Jo, qui se tenait toujours près du bureau.

— Y compris toi, Jo.

Les yeux de la fille étaient limpides et très sérieux : elle désirait vraiment la présence de Jo. Dire qu'elle aurait pu être la mère de cette fillette si seulement elle avait accepté la demande de Knighton...

Son ventre se noua de nouveau, et sa gorge se serra. Elle n'aurait pas pu dire oui, même si les choses ou *elle* avaient été différentes. Elle le connaissait à peine, n'avait aucune idée du genre de mari qu'il serait. Elle avait enduré un mariage malheureux et horrible et n'avait aucune envie de recommencer.

— Maman, y a-t-il d'autres châteaux où nous pourrions aller ? s'enquit Becky.

— Eh bien, il y a Hampton Court, mais il s'agit plus d'un palais que d'un château. Il y a un grand labyrinthe.

Les filles échangèrent des regards excités.

Abbott entra et annonça l'arrivée de Lord Knighton. Le majordome s'écarta du chemin, et le comte entra dans le salon. Il sembla dominer immédiatement tout l'espace et l'air, si bien que Jo eut l'impression de ne plus pouvoir respirer. Il était d'une beauté à couper le souffle avec ses cheveux trop longs et ses yeux bleu sombre. Sans parler de sa bouche. Elle ne pouvait s'empêcher de le fixer et de se représenter le mouvement de ses lèvres sur les siennes, la poussée de sa langue...

— Papa !

Evie sauta du canapé et l'étreignit.

— Nous avons fait du massepain ! Ils sont dans la cuisine, mais je crois qu'Abbott est allé les chercher pour que je puisse rapporter le mien à la maison.

Knighton baissa le regard sur sa fille.

— Qu'est-ce que tu as fabriqué ?

— Un chat, une tortue, et des fleurs comme nous avions à la maison. J'ai tenté un château, mais c'était trop difficile, alors j'en ai fait un cottage à la place. Je vais travailler à maîtriser les éléments d'un château la prochaine fois. Nous allons en refaire une fois par mois.

— Je vois.

Le comte jeta un coup d'œil à Nora qui lui adressa un signe de tête.

— Eh bien, c'est très généreux de la part de la cuisinière des Kendal d'offrir de son temps.

Evie fit la grimace.

— Je n'imagine pas *notre* cuisinière faire la même chose !

Knighton gloussa.

— Non, je ne la vois pas faire ça non plus.

Jo continua de fixer sa bouche en dépit de ses efforts. Pas que cela avait de l'importance puisqu'il ne l'avait pas regardée une seule fois depuis qu'il était entré dans le salon. En fait, elle se demandait même s'il se rendait compte de sa présence. Oui, c'était bien moins douloureux d'imaginer cela, plutôt que de se dire qu'il l'ignorait. Pourrait-elle lui en vouloir si c'était le cas ? Elle avait refusé sa demande en mariage après l'avoir embrassé comme une dévergondée.

Bon sang, qu'elle aurait voulu ne pas être là !

En fait, elle pourrait peut-être quitter la pièce sur la pointe des pieds...

— Papa, nous devons inviter les Kendal à visiter la Tour avec nous. Et Jo.

Evie la regarda alors qu'elle commençait à s'approcher de la porte.

— Ce serait charmant, répondit Knighton en se tournant vers Nora. Je vais voir si nous pouvons prévoir quelque chose ensemble.

À cet instant, il dévisagea Jo. Et la force de son regard faillit lui couper le souffle, comme il l'avait fait un peu plus tôt en entrant simplement dans la pièce.

— Nous nous voyons demain à midi ?

Pour les entretiens des gouvernantes. Elle s'était demandé s'il allait annuler l'invitation, après ce qui s'était passé au bal.

— Si vous souhaitez toujours que je vienne.

Peut-être avait-il simplement besoin d'une opportunité pour la relever de son obligation.

Il fronça légèrement les sourcils, et cilla.

— Évidemment. Que sais-je de ces choses-là ?

— Vous en savez à peu près autant que moi.

Elle ne voulait pas paraître acerbe, mais craignit de l'avoir été.

Nora tourna vivement les yeux vers elle, et Jo ressentit l'intensité de sa réaction silencieuse aussi clairement que si elle avait crié : « *Qu'est-ce qui ne va pas chez toi ?* »

— Êtes-vous en train de me dire que vous préféreriez ne pas venir ? s'enquit-il.

À présent, il lui donnait à *elle* l'opportunité de se retirer. Comme c'était gentil de sa part. Et elle avait l'intention d'en profiter.

— Bien sûr qu'elle va venir, répondit Nora à sa place, avec un sourire tranquille. Joanna est ravie de vous apporter son aide.

Knighton semblait toujours un peu indécis, mais finit par hocher la tête.

— Très bien. Nous nous verrons à midi. Viens, Evie.

Abbott revint à ce moment-là avec un sachet contenant son massepain.

— Et voilà, Lady Evangeline.

La fillette prit le sac.

— Merci, Abbott. Sont-ils tous là ou en avez-vous mangé un ?

Elle lui fit un clin d'œil, et Jo tomba de nouveau sous le charme.

Abbott gloussa.

— J'ai été tenté, mais je ne l'ai pas fait.

Il lui adressa un clin d'œil à son tour.

Evie se tourna vers son père.

— Papa, nous avons besoin d'un majordome comme Abbott. Il est tellement plus gentil que Kerr.

Jo était navrée d'entendre que la situation ne s'améliorait pas avec ses domestiques. Elle en discuterait peut-être avec lui demain.

Quoi ? Elle avait cherché à éviter le rendez-vous de demain, ainsi que toutes les futures rencontres avec le comte, pas à s'impliquer davantage dans sa vie.

Les filles se firent leurs adieux, et Knighton et Evie s'en allèrent.

Nora se tourna aussitôt vers Becky.

— Il est l'heure de monter pour lire.

Becky glissa au bas du canapé.

— Oui, maman. Tu ne veux pas voir mon massepain ?

— Oh que si, ma chérie. Après la lecture. Je viendrai te chercher dans un moment.

La fillette acquiesça et se retira.

Jo voulut la suivre, mais Nora la stoppa net en employant son impitoyable voix de grande sœur.

— Il est *hors de question* que tu t'enfuies. Tu ne veux peut-être pas me dire ce qui te tracasse, mais si tu ne le fais pas, c'est sûrement parce que cela a à voir avec Lord Knighton. Tu as commencé à te comporter bizarrement après avoir dansé avec lui. Tu as disparu juste après, *pendant un certain temps*, et tu as le cafard depuis. Est-ce qu'il s'est passé quelque chose ?

Jo crispa la main sur les lettres, et elle dut se rappeler mentalement de se détendre avant de les froisser.

— Non. C'est juste que… danser avec lui m'a fait penser à Matthias.

Nora pâlit légèrement.

— Je suis désolée. Je ne voulais pas raviver de vieux souvenirs. Mais tu m'as dit que tu n'avais plus de tendresse pour lui.

— Non, c'est vrai.

Jo rejeta les épaules en arrière, et se décida à se laisser aller, ne serait-ce qu'un peu.

— Matthias était un mari pitoyable. Il ne me manque pas le moins du monde. Il se fichait pas mal de moi. En fait, il se montrait souvent cruel.

Les yeux de sa sœur s'arrondirent, et Jo lut la question qu'elle ne poserait pas dans son regard troublé.

— Je t'en prie, ne me demande pas de t'expliquer. Je préfère laisser tout ce qui le concerne là où est sa place, mort et enterré avec lui. Danser avec Lord Knighton ou même simplement assister au bal m'a mise en position de recevoir les attentions d'un homme, et je ne préfère pas.

Nora lui adressa un signe de tête compatissant.

— Je comprends. Tu as besoin de temps.

Jo avait envie de lui rétorquer qu'il était impossible qu'elle comprenne, mais cela n'aurait fait qu'attiser sa curiosité.

— Je n'aurai peut-être plus jamais envie de me marier. C'est mieux d'être seul.

Si elle avait eu des enfants, ce serait même parfait.

Nora garda la mâchoire crispée un long moment.

— J'essaie de comprendre, dit-elle d'une voix douce, et Jo apprécia qu'elle commence enfin à prendre en compte qu'elles avaient vécu des vies très différentes. Elles avaient beau être des sœurs et meilleures amies qui s'aimaient tendrement, leurs expériences étaient dissemblables, et elles ne partageaient pas, ni ne pouvaient partager certaines choses.

— Merci, dit simplement Jo. Je vais poster ces lettres.

Elle quitta le salon avant de se sentir tentée de baisser davantage sa garde. Et une fois qu'elle l'aurait fait, elle craignait que le barrage qu'elle avait travaillé si dur à ériger ne s'effondre totalement.

～

*H*udson entra dans le bureau de Bran avec un veston, un gilet et une cravate juste avant midi.

— Je crains qu'il soit temps de s'habiller, *my lord*.

Le valet affichait une expression vaguement peinée qui reflétait le sentiment de Bran.

— Je suppose que oui.

Résigné, il se leva de derrière son bureau et laissa Hudson l'habiller. Pendant ce temps, Bran compta en silence les heures qui lui restait à tenir avant de pouvoir retirer tout ce qu'il portait actuellement. Au moins, le tailleur travaillait bien après les soucis de départ. Il avait appris à imiter la manière dont l'ancien artisan de la Barbade fabriquait ses chemises. Bran était aux anges. C'était, à ce jour, la meilleure chose qui lui soit arrivée à Londres.

Juste après avoir embrassé Mme Shaw.

Joanna.

Mme Shaw, c'était tellement formel ! Dans son esprit, il avait décidé de penser à elle en tant que Joanna. Après l'intimité qu'ils avaient partagée, cela lui paraissait tout à fait normal. Et pourtant non, puisque cette intimité ne semblait pas avoir de lendemain. Elle avait refusé sa demande en mariage de manière rapide et cinglante.

Il s'était senti un peu nerveux à l'idée de la voir hier, et il avait remarqué qu'elle avait cherché à s'échapper du salon, sans même lui adresser la parole. Ensuite, elle avait clairement essayé d'éviter de venir ici aujourd'hui. Il ne cessait de se dire qu'il avait complètement dépassé les bornes en l'embrassant. Mais elle ne l'avait pas arrêté. En fait, elle l'avait même embrassé en retour. *Avec enthousiasme.*

Il fronça les sourcils.

— *My lord ?* demanda Hudson.

Bran secoua la tête.

— C'est bon.

Il racontait énormément de choses à son valet, mais il ne lui avait pas encore révélé sa rencontre avec Mme Shaw. Il avait l'impression d'un secret entre eux deux, surtout au vu de son rejet et de son comportement par la suite.

— S'il vous plaît, transmettez mes compliments à Jenkins. Cette chemise est encore mieux que la dernière.

— Il sera heureux de l'entendre. Je sais qu'il a travaillé dur pour vous satisfaire.

— C'est bien dommage que ce sentiment ne soit pas partagé par plus de monde au sein de mon personnel, marmonna Bran.

— En effet.

Hudson était bien conscient des problèmes concernant plusieurs membres du personnel. Hormis Kerr, la femme de chambre de l'étage, Foster, affichait une rigidité qui rendait Bran fou, et la cuisinière ne cessait de se plaindre des changements qu'il demandait. Elle n'appliquait pas non plus ses instructions, à son grand désespoir et celui d'Evie.

Il ne cessait de songer aux remarques que la fillette avait faites la veille.

— Hudson, je pense qu'il est temps de procéder à quelques changements dans le personnel.

Le valet écarquilla brièvement les yeux, puis souffla.

— Pendant un instant, j'ai cru que vous parliez de moi. Vous ne parlez pas de moi, n'est-ce pas ?

— Bien sûr que non. Quel genre de personne serais-je pour vous faire venir de la Barbade et vous licencier ? J'ai bien peur que vous ne soyez coincé avec moi.

— Excellent. Qui se fait jeter ?

— Foster. Je n'aime pas la manière dont elle traite Evie. Et la cuisinière, probablement. J'ai eu beau lui dire d'innombrables fois de ne pas servir de soupe à la tortue à Evie, elle continue de le faire. Ainsi qu'un certain nombre d'autres plats, mais celui-ci a été le plus traumatisant.

Hudson secoua la tête.

— Épouvantable.

— Et puis il y a Kerr, enchaîna Bran avec une grimace. J'avais espéré qu'il s'adapterait à notre routine, mais son mépris est palpable, et franchement il met une ambiance lugubre dans la maison.

Hudson ouvrit la bouche pour répondre au moment où Kerr apparut dans l'embrasure de la porte. Bran craignit qu'il ait entendu ce qu'il venait de dire, mais son expression était parfaitement impassible. C'était toujours le même air méprisant qui crispait tout son visage.

— Mme Shaw est ici, annonça Kerr d'un ton hautain, faisant un pas de côté alors qu'elle passait devant lui pour entrer dans le bureau.

Elle s'arrêta net en voyant Hudson et cilla.

— Je ne voulais pas vous interrompre.

— Et c'est bien pourquoi je préférerais ne pas introduire les gens dans votre bureau, lança Kerr froidement. Comme ce serait le cas chez les gens *normaux*, marmonna-t-il avant de se retirer.

Hudson toussa doucement.

— Ravi de faire votre connaissance, madame Shaw.

Il lança à Bran un regard indiquant que la situation était sans doute catastrophique, puis s'enfuit rapidement. Le lâche.

Jamais Bran n'avait eu l'impression que sa cravate était si serrée. Il fit tourner son cou, puis inclina sa tête d'un côté et de l'autre.

— Bon après-midi. Je suppose que, euh… vous n'avez pas entendu de quoi nous parlions ?

Si c'était le cas pour elle, alors pour Kerr aussi.

Elle le regarda d'un air compatissant.

— J'ai bien peur que si.

Elle s'assit sur la même chaise que la dernière fois, posant son réticule sur ses genoux.

— Mais j'ai bien l'impression qu'il fallait que ce soit dit, même si la manière n'était pas idéale.

Bran passa derrière son bureau et se jeta dans son fauteuil, étirant ses jambes devant lui.

— Évidemment, ce n'était pas mon intention. Mais oui, il était plus que temps. Vous avez entendu Evie hier le comparer à Abbott. Je suis capable de supporter son odieux caractère, mais quand il s'agit de ma fille, je ne peux tolérer ce genre de comportement. Et si elle-même le remarque... Alors il est temps pour lui de s'en aller.

— Vous avez l'intention de le congédier officiellement, alors ?

— Oui. Avec Foster. C'est la femme de chambre de l'étage.

— Je me souviens avoir entendu son nom la dernière fois que je suis venue. Je n'avais pas apprécié son attitude au sujet du doigt coupé d'Evie.

C'était bon d'entendre qu'il n'était pas le seul à penser que Foster avait des manquements. Des manquements ? Elle était au bord de l'insubordination. Tout comme la cuisinière qui, elle, l'était *carrément*.

— La cuisinière pose aussi problème.

— Ses plats ne sont pas très bons ? s'enquit-elle. Ou c'est juste parce qu'elle ne fait pas de massepain avec Evie ?

Elle sourit à la fin de sa phrase, et il sut qu'elle plaisantait.

— Eh bien, *j'aimerais* avoir une cuisinière capable de faire ce genre de choses. Je crains que votre sœur n'ait fixé des exigences que je ne peux guère satisfaire, surtout dans ma situation actuelle. Je n'arrive même pas à obtenir de la cuisinière qu'elle fasse la nourriture que je veux, ou de la manière que je veux.

Mme Shaw grimaça.

— Ce n'est *vraiment* pas bien. Lui avez-vous parlé ?

— À plusieurs reprises.

— Alors oui, il est peut-être temps de vous séparer d'elle aussi.

Son regard se fit compatissant.

— Je suis vraiment désolée. Mais à la fin, vous en serez plus heureux.

Il en était déjà convaincu. Il était également assez convaincu que cette conversation était incroyablement aisée et confortable, et permettait de dissiper quelque peu son sentiment d'inquiétude de la veille.

Il la contempla un moment, constatant qu'elle avait délaissé ses habituelles tenues mornes. Elle avait fait la même chose hier.

— Vous êtes ravissante aujourd'hui. Cette robe vous va à ravir.

Ses joues se colorèrent, et elle baissa la tête.

— Merci.

L'atmosphère inconfortable de la veille envahit la pièce, et il regretta d'avoir fait des commentaires sur son apparence.

Mais elle devait bien savoir qu'il la trouvait attirante ? Il l'avait embrassée, pour l'amour du ciel ! Elle avait également refusé sa demande en mariage, alors peut-être que cette gêne était le mieux qu'il pouvait espérer. Il envisagea de mettre la question sur le tapis, histoire d'atténuer la sensation de malaise. Mais il songea alors à ce qu'elle lui avait dit avant de s'enfuir : qu'elle ne pouvait pas avoir d'enfants. Il en voulait d'autres, et si elle était stérile, elle ne pouvait pas devenir sa comtesse. Sa déception était aussi puissante aujourd'hui qu'elle l'avait été au bal.

Il décida de poursuivre comme si de rien n'était, puisqu'elle semblait vouloir faire de même.

— Devons-nous passer en revue les candidates avant qu'elles n'arrivent ?

Elle hocha la tête, serrant fermement son réticule.

— Oui, s'il vous plaît.

Quelques heures plus tard, Bran libéra sa gorge de l'étroitesse de sa cravate. Il avait balancé sa veste dès qu'ils avaient achevé le dernier entretien, mais il était parvenu à garder le reste de ses vêtements jusqu'après le départ de Mme Shaw. Ce qui n'était pas un mince exploit. Tout cela pour éviter cette gêne qu'ils s'efforçaient tous deux d'ignorer. Ou de faire semblant d'ignorer.

— Papa ? l'appela Evie en entrant dans le bureau, fouillant la pièce du regard. Mme Shaw est-elle toujours là ?

— Non, ma chérie. Elle est partie après que nous avons terminé de recevoir les gouvernantes potentielles.

Elle s'assit sur la chaise dont Mme Shaw s'était servie.

— L'une d'elles va-t-elle devenir ma nouvelle gouvernante ?

Bran réprima un gémissement de frustration.

— Non.

Aucune d'elle n'avait attiré son attention ni celle de Mme Shaw. Ce qui signifiait qu'il allait devoir conduire plus d'entretiens. Sans compter tous ceux qu'il devrait mener pour combler les nouveaux trous dans son effectif de domestiques. Bran laissa retomber sa tête sur le bureau, et massa ses tempes soudain palpitantes.

— Pourquoi tu n'engagerais tout simplement pas Mme Shaw ?

Il releva les yeux sur Evie.

— Elle n'est pas gouvernante.

— Non, mais pourquoi ne le deviendrait-elle pas ? Je l'aime beaucoup, et je pense qu'elle m'aime bien. Je suis certaine qu'elle pourrait m'apprendre comment être une dame. Evie balança ses pieds, comme pour lui rappeler visuellement *pourquoi* elle avait besoin d'une gouvernante.

Bran fronça les sourcils. Elle était encore si jeune. Il voulait qu'elle balance ses pieds !

— Je ne suis pas certain que tu aies besoin d'une gouvernante pour le moment.

— Mais papa, Becky va en avoir une ! J'en aurai besoin aussi.

— Ce n'est pas une raison pour en avoir une. Becky a également un petit frère. As-tu l'intention d'en réclamer un aussi ?

— Non, mais peut-être une petite sœur. Becky dit que sa maman va avoir un autre bébé.

Elle plissa les yeux.

— Elle dit que ça a intérêt à être une sœur.

Bran réprima un rire. Comme si on pouvait choisir. Il songea à Mme Shaw et dégrisa immédiatement. Apparemment, elle ne pouvait même pas *choisir* d'avoir un enfant. Il se sentait mal pour elle. À l'observer agir avec sa nièce et son neveu, et aussi avec Evie, elle semblait avoir un penchant naturel pour les enfants.

Alors peut-être qu'elle aimerait vraiment être gouvernante, suggéra son cerveau.

Evie sauta de son fauteuil et fit le tour du bureau jusqu'à lui.

— S'il te plaît, papa ? demanda-t-elle en clignant des yeux, avec une petite moue attendrissante. Je t'en prie, demande à Mme Shaw.

Une image d'elle en train de s'affairer dans sa maison, donnant son avis sur son personnel et organisant des leçons de massepain pour sa fille, envahit son esprit. Il s'adossa à sa chaise et laissa son rêve se dérouler. L'avoir près de lui mettrait leur attirance à l'épreuve. Il aurait très certainement envie de l'embrasser de nouveau. Ce qui serait une mauvaise chose. Il n'était peut-être pas très au fait du rôle de comte, mais il était plutôt certain qu'on ne devait pas embrasser sa gouvernante.

Il se concentra sur le visage implorant de sa fille.

— Evie, je ne pense vraiment pas qu'elle voudrait devenir gouvernante. Elle n'a pas besoin d'un emploi. Sa sœur est duchesse.

— Mais peut-être qu'elle en *voudrait* un. Tu ne pourrais pas simplement lui poser la question ?

Il pourrait…

— Et si elle dit non ? Pourras-tu l'accepter ?

Elle releva légèrement le menton.

— Je l'accepterai. Je suis tout à fait adulte, papa.

Il gloussa et l'attira sur ses genoux.

— Pas si vite, ma chérie.

Il déposa un baiser sur sa joue et souffla de l'air contre sa peau douce, avec un bruit plutôt impoli. Elle adorait ça.

Evie se mit à rire.

— Papa ! Est-ce que cela signifie que tu vas le faire ?

— Oui.

Comment pouvait-il refuser cela à son cœur ? Ou à la logique de la fillette. En effet, quel mal y avait-il à poser la question ?

— Mais rappelle-toi bien de ne pas te faire de faux espoirs. Promis ?

Elle posa la main sur son cœur.

— C'est *promis.*

— Très bien.

Maintenant, c'était à Bran de ne pas se faire de faux espoirs.

CHAPITRE SEPT

— *D*es nouvelles de Lucy ou d'Aquilla ? demanda Nora à leur hôtesse, la duchesse de Clare, qui était tout simplement « Ivy » pour elles.

Celle-ci posa sa tasse de thé sur la table.

— Rien pour le moment. Toutes les deux m'écrivent presque tous les jours.

Elle laissa échapper un petit rire.

— À dire vrai, le volume de leur correspondance a augmenté en même temps que leur ventre.

Nora hocha la tête d'un air entendu.

— C'est parce qu'elles doivent rester assises plus longtemps qu'à l'ordinaire, du moins, c'était ce que je ressentais. Et à ce stade, c'est particulièrement frustrant, parce qu'elles doivent avoir des bouffées d'énergie.

Ivy posa une main sur son ventre rond.

— Oui, je commence à ressentir la même chose.

Comme toujours, Jo se sentit exclue de la conversation, car elle n'avait aucune expérience personnelle qui aurait pu apporter une valeur ajoutée. Elle mangea un autre gâteau, et se demanda si ce serait la seule manière pour que son ventre s'arrondisse un jour. Beurk, quelle pensée déprimante ! Elle se mit alors à envisager tous les problèmes qui pouvaient survenir, allant jusqu'à sa propre mort en couches. C'était une tactique plutôt impitoyable, mais la seule qu'elle avait pour lutter contre la déception et la tristesse.

— C'est très différent de la dernière fois, dit doucement Ivy.

Jo reporta son attention sur elle, pas certaine d'avoir bien entendu. Elle jeta un coup d'œil à sa sœur, qui offrait un sourire chaleureux à son amie.

— Es-tu nerveuse ? lui demanda Nora.

Ivy hocha la tête, prenant un moment pour répondre.

— J'essaie de ne pas trop y penser. Comme je te l'ai dit, les choses étaient très différentes. Je n'étais jamais rassasiée, et j'étais malade.

Elle regarda Jo.

— Cela ne me dérange pas de partager mon secret avec toi, mais très peu de personnes sont au courant. J'ai eu un enfant il y a environ dix ans. Elle est née prématurément et n'a pas survécu. À l'époque, je vivais dans un foyer.

Elle se caressa le ventre, et Jo se demanda si elle s'en rendait compte.

— Je suis vraiment désolée pour ta perte, lui dit Jo, se disant que si par miracle elle tombait enceinte et qu'elle perdait ensuite son enfant, elle pourrait ne jamais s'en remettre.

Et c'était pourtant une possibilité.

— Au fil des ans, je me suis persuadée que c'était pour le mieux, pour tout le monde. La vie qu'elle aurait endurée en tant que bâtarde avec une mère qui vivait dans un foyer…

Sa voix se brisa, et elle détourna le regard.

— Je vous présente mes excuses. Je pleure à la moindre occasion ces derniers jours.

Elle laissa échapper un rire tremblant en plaquant ses doigts sur les coins de ses yeux.

— Mais tu n'es pas restée au foyer, répliqua Jo, énonçant une évidence, espérant qu'Ivy lui dirait ce qui s'était passé.

Elle semblait avoir totalement changé de destinée.

Ivy secoua la tête.

— J'ai déménagé dans une autre ville après cela et j'ai trouvé une bienfaitrice qui a su voir que j'avais de l'éducation et de la prestance. Elle m'a aidée à trouver un emploi de dame de compagnie. J'ai changé de nom et laissé cette vie derrière moi.

Jo cligna des yeux. Elle se disait que cela avait dû être merveilleux dans sa situation.

— Et tu as aimé être dame de compagnie ?

— Effectivement, beaucoup, même. Je serais encore ravie de travailler pour Vady Dunn s'il n'y avait pas eu West.

Elle retroussa les lèvres.

— J'ai vraiment essayé de le dissuader, mais il s'est montré très insistant.

Jo souhaitait tout de même obtenir davantage d'informations. Elle décida donc de parler franchement, en espérant que sa sœur ne ferait pas de commentaires.

— J'ai envisagé de trouver un emploi, comme dame de compagnie ou gouvernante.

Ivy se tourna vers elle.

— Vraiment ? Le plus important, c'est de trouver le bon employeur. J'ai eu la chance de travailler pour des femmes qui se sont montrées assez généreuses pour me laisser du temps libre à consacrer à mes intérêts personnels. Elles m'ont traitée comme une personne, pas comme une domestique. Après mon expérience et la gentillesse de ma bienfaitrice, je me suis dit qu'il était de mon devoir de consacrer mon énergie à soutenir les foyers quand je le pouvais. Mes employeurs ont soutenu ces efforts.

— Tu as eu de la chance. Comment as-tu réussi à faire cela ?

— Cela n'a pas été facile, et j'ai refusé plusieurs offres d'emploi.

Elle souffla, et redressa le dos.

— J'avais décidé que je vivrais ma vie comme je l'entendais.

C'était un luxe que Jo avait. Elle n'était pas *obligée* de prendre un emploi, alors elle pouvait se permettre d'être sélective.

— C'est dommage que Lady Dunn ne soit plus à la recherche d'une dame de compagnie. Je crois qu'elle est très heureuse avec Sarah. Il me semble que l'une de ses amies en cherche une. Si tu veux que je me renseigne, ce sera avec plaisir.

— J'essaie toujours d'encourager Jo à se remarier, expliqua Nora avec un sourire nerveux à l'intention de sa sœur, comme si elle se rendait compte qu'elle jouait le rôle de l'aînée pénible. Je sais qu'elle aimerait avoir une famille à elle.

— Eh bien, le mariage n'est pas pour tout le monde, répliqua Ivy, et Jo se retint de faire un sourire narquois à sa sœur. Je n'avais jamais imaginé me marier, et je n'ai pas peur de dire que West est un spécimen unique. Il fallait au moins cela pour me convaincre.

Ivy adressa un clin d'œil à Jo.

Nora prit sa tasse de thé.

— Qui dit que Jo ne pourra pas trouver son propre West ou son Titus ?

Elle jeta un œil à sa sœur par-dessus le bord de sa tasse dont elle but une gorgée.

— Qui dit que je ne pourrai pas trouver d'emploi comme celui qu'avait trouvé Ivy ? répliqua Jo, légèrement irritée. En tout cas, j'ai déjà donné en matière de mariage, et je n'ai pas aimé.

Ivy lui jeta un regard compréhensif.

— Je suis navrée de l'entendre. Il est difficile de ne pas rejeter tous les hommes en fonction de nos premières expériences. Le père de mon premier enfant m'avait promis de m'épouser, et il ne l'a pas fait. Ce qui permet de comprendre pour quelle raison j'avais juré de ne plus jamais faire confiance à un autre homme.

Facilement. Jo savait que tous les hommes n'étaient pas comme Matthias. En fait, la plupart d'entre eux ne l'étaient pas. Mais comment être certaine de ne pas tomber sur l'un des rares à l'être ? Ou potentiellement encore pire ?

— Et pourtant, tu as fini par faire confiance, dit Nora. Qu'est-ce qui t'a fait changer d'avis ?

Jo ne savait pas si Nora se montrait sincèrement curieuse, ou si elle essayait de prouver quelque chose à sa sœur. C'était évidemment la première option, mais si cela permettait d'assouvir la seconde, Nora ne se gênerait pas.

— C'était vraiment juste West, répondit-elle avec un sourire doux. Il n'arrêtait pas de dire que je passais à côté de quelque chose, et que si j'avais le courage d'essayer, je m'en rendrais compte. Il avait raison. Jamais je n'aurais imaginé trouver un tel bonheur. Je m'étais résignée à ce que ce soit pour les autres, et qu'il ne tenait qu'à moi de me créer ma propre satisfaction. C'est pour cela que je suis devenue dame de compagnie.

Elle regarda Jo.

— Comme je te l'ai dit, je serais encore heureuse dans ce rôle si je devais l'exercer aujourd'hui.

Mais elle avait été tentée par quelque chose de plus. Jo repensa à la demande de Knighton. Elle n'avait pas été tentée. Simplement effrayée. Et cela lui avait brisé le cœur. Mais même si elle avait été capable d'avoir des enfants, elle ne le connaissait pas suffisamment pour accepter sa demande.

Elle doutait beaucoup qu'il ressemble à Matthias, mais en

réalité comment en être sûre ? Jusqu'à ce qu'elle pénètre dans sa chambre à coucher, elle n'en saurait rien. L'idée de s'ouvrir à un autre homme de cette façon... Elle n'était pas certaine d'en être capable. Embrasser Knighton l'autre soir avait été une grave erreur.

Ivy s'en alla peu de temps après, et Nora vint s'asseoir sur le canapé à côté de Jo.

— Je suis désolée de m'en être mêlée.

— Merci.

— C'est juste que je ne suis pas certaine que tu trouveras le bonheur en tant que dame de compagnie ou gouvernante. Mais, ce n'est pas à moi de prendre cette décision. J'espère que tu sais que tu auras toujours un foyer ici.

L'agacement ressenti plus tôt par Jo laissa place à du regret. Quand Nora avait eu besoin d'un foyer, elle n'avait pas été en mesure de lui en offrir un.

— Cela signifie tellement pour moi. Surtout que je n'ai pas fait la même chose pour toi.

La honte étreignit la poitrine de Jo, mais qu'aurait-elle pu faire différemment ? Matthias n'aurait jamais laissé Nora venir habiter avec eux, pas avec son passé scandaleux. Quand Jo repensait à celui que *lui* aurait pu causer, elle regrettait de ne pas pouvoir lui dire quel hypocrite il avait été.

Nora serra la main de Jo.

— Je ne t'en veux pas *du tout* pour ça. Je sais que Matthias ne m'aimait pas.

Jo partit d'un petit rire acerbe.

— C'est allé un peu plus loin que ça. Pour un vicaire, il n'était pas particulièrement chrétien.

— J'espère qu'un jour tu te confieras à moi. Si tu en as envie, dit Nora, l'étreignant brièvement avant de se lever. Je vais aller voir les enfants.

Jo resta assise une minute, songeant à ce qu'Ivy avait dit

au sujet du fait de trouver un emploi. Peut-être pourrait-elle simplement discuter avec l'amie de Lady Dunn...

Sa pensée fut interrompue par l'arrivée d'Abbott.

— Lord Knighton est ici pour vous voir, Mme Shaw.

Jo se leva. Que pouvait-il donc vouloir ? Evie n'était pas là.

— Moi, vous dites ?

Abbott fit un léger signe de tête.

— Oui. Dois-je le faire monter, ou êtes-vous indisposée ?

— Faites-le monter, s'il vous plaît.

Peut-être souhaitait-il simplement passer en revue les entretiens de la veille. Même si elle ne voyait pas bien ce qu'il pourrait y avoir à en dire. Ils s'étaient mis d'accord sur le fait qu'aucune ne faisait l'affaire. Cependant, Nora avait mené ses entretiens hier et aujourd'hui et, avant l'arrivée d'Ivy, elle avait suggéré une autre candidate.

Knighton entra dans le salon quelques instants plus tard, séduisant sans avoir l'air de faire un effort. Il portait également des gants. Elle réprima un sourire.

Il s'inclina.

— Bon après-midi, madame Shaw. J'espère ne pas vous rendre visite à un moment inopportun.

— Absolument pas. Voulez-vous vous asseoir ? lui proposa-t-elle en lui montrant les sièges dont elle venait de se relever. Je crains que nous n'ayons plus que les restes d'un plateau à thé, mais je peux en faire apporter un nouveau, si vous voulez.

— Ce ne sera pas nécessaire, merci.

Il s'avança vers elle, se déplaçant avec une grâce facile et quelque peu animale. Presque comme un chat.

— Je voulais vous parler du poste de gouvernante.

Jo se rassit sur le canapé et le regretta presque aussitôt, car il s'assit juste à côté d'elle.

— J'ai de bonnes nouvelles à ce sujet, en fait, dit-elle en

s'écartant légèrement de lui. Ma sœur a eu du mal à choisir une gouvernante. Apparemment, deux de ses candidates étaient aussi qualifiées l'une que l'autre. Elle était ravie d'apprendre qu'elle pouvait vous recommander l'une d'entre elles puisque vous n'avez pas eu autant de succès avec vos candidatures. Voulez-vous que j'organise un entretien ?

— Je n'ai pas besoin de mener d'autres entretiens. J'ai trouvé qui je veux engager.

Jo se redressa.

— Ah oui ? Avez-vous fait passer un nouvel entretien à quelqu'un aujourd'hui ?

Il secoua la tête.

— Non. Je vous veux.

Ces trois simples mots lui donnèrent des frissons dans le cou.

— Je vous demande pardon ?

— Je vous veux, vous.

Ses yeux sombres la transperçaient avec une intensité particulière. Soudain, la pièce sembla se réchauffer.

— En tant que gouvernante d'Evie.

Ah, oui, cette clarification expliquait tout. Elle souffla, se rendant compte qu'elle avait retenu sa respiration.

— Je suis… surprise.

Elle ressentait tout un tas d'autres choses aussi, mais se dit que cette description suffirait.

— Evie m'a supplié, je l'admets, mais une fois que j'ai commencé à y réfléchir, j'ai dû convenir que c'était une idée épatante. Vous connaissez Evie, et je crois que vous l'aimez…

— Énormément.

Jo ne voulait pas qu'il en doute.

Il lui fit un petit sourire.

— Très bien. Elle vous apprécie vraiment. Je ne peux imaginer quelqu'un de mieux. Vous êtes intelligente, vous avez des relations, et cela semble important, même si je m'en fiche un peu, et vous m'avez été d'une grande aide hier avec mes… problèmes domestiques. En outre, vous semblez être à la hauteur de nos travers. Je n'ai pas l'impression que nos pieds nus ou nos habitudes alimentaires vous perturberont.

Elle croisa les mains sur ses genoux.

— Je ne suis pas vraiment certaine de vouloir prendre un emploi. J'essaie toujours de trouver ma voie.

Il posa son bras le long du dossier du canapé, plaçant sa main à portée de son épaule si elle se penchait seulement un peu en arrière.

— Vous jouiriez de toutes les libertés que vous avez aujourd'hui. Vous pourrez aller et venir à votre guise, et je mettrai à votre disposition une grande chambre à coucher dans les quartiers d'habitation principaux. J'ai cru comprendre que les gouvernantes dormaient souvent dans les quartiers des domestiques, mais pas vous.

Les remarques d'Ivy flottaient dans son esprit.

Elles m'ont traitée comme une personne, pas comme une domestique. Ce que Knighton lui proposait était sûrement la meilleure des places imaginables.

Il poursuivit son offensive verbale. Et c'était vraiment une offensive, car elle était de moins en moins capable de faire valoir les raisons pour lesquelles cela ne marcherait pas.

— Je veux surtout offrir un environnement stable et heureux à Evie. Venir en Angleterre a été un énorme changement pour elle, et, jusqu'à présent, Mme Poole a dépassé mes attentes. Ce qui est une bonne chose étant donné les problèmes que nous avons eus avec d'autres membres du personnel. Avec vous, je sais à quoi m'attendre et elle aussi.

Comment pouvait-elle le contredire quand il présentait les choses ainsi ? De plus, comment aurait-elle pu dire non à Evie ? Cette fillette avait perdu sa mère et son foyer. Si le fait de prendre Jo comme gouvernante pouvait atténuer son stress, cette dernière ne pouvait pas refuser.

Pourtant, il restait des… soucis.

Elle chercha la meilleure manière d'exprimer ses craintes. Pendant tout ce temps, il la scrutait avec impatience, lui procurant une sensation de chaleur, ce qui était loin d'être désagréable. Au contraire, se trouver si près de lui rappelait ses mains et sa bouche sur elle. Et bon sang, cette chaleur qui la traversait commençait à devenir un problème.

— Vous ne croyez pas que les choses pourraient être étranges ?

Comme il ne répondait, pas, elle insista.

— Après ce qui s'est passé au bal.

Dans son regard, elle vit qu'il comprenait.

— Oui, le bal. Les choses n'ont pas à être bizarres. Nous sommes amis, n'est-ce pas ?

Des amis qui s'étaient embrassés, avaient fait des demandes en mariage et les avaient rejetées.

— Je crois, oui. Mais il ne peut pas y avoir…

Elle toussa, puis releva le menton, ne voulant pas se laisser abattre par un quelconque sentiment de gêne.

— Je me suis montrée claire l'autre jour au sujet d'un éventuel avenir romantique.

Il haussa légèrement les sourcils, ce qui la détendit.

— Oui, tout à fait.

— Bien.

— Est-ce que c'est un oui ?

Ce n'était pas un non. Mais elle avait tellement de réserves ! Elle se sentait aussi légèrement excitée. Avoir un but chaque jour et consacrer du temps à une enfant adorable était précisément ce dont elle avait besoin. Ce qu'elle *voulait*.

— Je suppose que nous pourrions essayer, dit-elle timidement tandis que l'émotion envahissait sa poitrine.

Le moment d'excitation laissa place à un sentiment de crainte. Il avait l'intention de se remarier. Et ensuite ? Elle le regarderait trouver une comtesse et resterait les bras croisés ? Évidemment qu'elle le ferait. Elle avait eu sa chance et avait rejeté Knighton. Cela ne changeait rien au fait qu'elle *était* attirée par lui. Même si la peur de ce qui se produirait si elle donnait suite à cette attirance allait sans doute l'empêcher de le faire.

— Et si les choses ne fonctionnent pas ? lui demanda-t-elle. Je ne voudrais pas décevoir Evie.

Il hocha la tête une fois.

— Je comprends. Je ne le voudrais pas non plus.

— Il faudrait que nous en fassions un arrangement temporaire, le temps d'être sûrs.

La bataille qui faisait rage dans sa tête ne trouvait pas d'issue. Il lui fallait du temps pour peser le pour et le contre.

— Je vais devoir y réfléchir.

— Ce n'est toujours pas un non. Ce qui signifie que je peux garder espoir, dit-il en se levant. Je n'en demande pas plus.

Elle se leva à son tour.

— Je vous ferai savoir quand j'aurai pris ma décision.

Il s'inclina à nouveau et partit rapidement, la laissant avec le sentiment que sa vie venait de basculer. Encore.

~

Cela ne faisait même pas encore une journée entière que Bran avait proposé le poste de gouvernante à Mme Shaw, mais chaque heure qui passait augmentait sa crainte qu'elle refuse. C'était une impression étrange, mais familière, le sentiment que les choses échappaient à son contrôle. C'était ce qu'il avait ressenti pendant une grande partie de sa vie, jusqu'à ce qu'il parte à la Barbade, où il n'était redevable envers personne. Mais aujourd'hui, de retour ici, cette vieille anxiété était de retour.

Enfin, pas la *vieille* anxiété. Il devait bien admettre que ce sentiment était nouveau. Il voulait que Mme Shaw accepte le poste pour tout un tas de raisons.

— Papa, papa ! s'écria Evie qui pleurait en débarquant dans son bureau, ses pieds nus dérapant sur le sol. Des larmes coulaient sur ses joues, et elle avait du sang sur la lèvre.

Bran bondit de sa chaise et se précipita pour la prendre dans ses bras.

— Qu'y a-t-il, ma chérie ?

Il la tint contre sa hanche, en se disant qu'il ne la portait plus beaucoup de cette manière.

— J'ai perdu ma dent.

Joignant le geste à la parole, elle recourba sa lèvre inférieure vers le bas, révélant un nouveau trou, plus grand, au milieu de ses dents.

— Foster dit que je vais avoir de la malchance pour toujours !

Elle se remit à pleurer de grosses larmes qui lui coulaient sur le visage.

Il la tint tout contre sa poitrine alors que la femme de chambre atteignait le seuil et jetait un coup d'œil dans le bureau, les lèvres pincées et les yeux plissés.

— Je n'ai rien dit de tel. J'ai dit qu'elle *pourrait* avoir de la malchance si on ne se débarrassait pas correctement de la dent.

Bon sang, mais de quoi parlait-elle ? Bran caressa le dos d'Evie alors qu'elle s'accrochait à son cou.

— Pourquoi diable faites-vous peur à mon enfant ?

— Je ne lui fais pas peur.

— De toute évidence, *si*. Même si ce n'est pas votre intention. N'avez-vous donc aucun bon sens ?

Foster plissa davantage les yeux.

— Je pourrais vous retourner la question, étant donné que

vous n'avez pas trouvé bon de faire ce qu'il fallait avec la première dent.

Evie hurla plus fort, le corps secoué de tremblements.

— Elle a dit que si on ne brûle pas la dent, de mauvaises choses vont m'arriver, et on ne *peut pas* brûler la première que j'ai perdue.

Bran jeta un regard furieux à la femme de chambre, sa patience épuisée.

— Votre emploi ici prend fin à partir de maintenant. Emballez vos affaires et partez avant la fin de la journée. Et ne demandez pas de références.

Le visage de Foster perdit toutes ses couleurs. Elle s'appuya sur le cadre de la porte au moment où Kerr apparaissait dans son dos.

— *My lord*, dit-il sèchement. Vous ne pouvez pas la renvoyer de cette manière. Ce n'est pas ainsi que les choses se font.

— Oui, je suis bien conscient que ma manière de faire ne vous satisfait pas, Kerr. Comment pourrait-il en être autrement ? répliqua le comte sans chercher à atténuer son ton acerbe. Cependant, il est hors de question que l'on me dicte ma conduite lorsqu'il est question de ma fille.

Sa voix grimpa jusqu'à ce qu'il crie le dernier mot.

Evie le serra plus fort dans ses bras, et enfouit son visage dans le creux de son cou. Ses larmes chaudes trempèrent sa chemise.

— Kerr, vous êtes également congédié. Immédiatement.

Bran jeta un regard noir au majordome et à la femme de chambre, ou plutôt à l'*ancien* majordome et à l'*ancienne* femme de chambre, jusqu'à ce qu'ils se retournent et partent.

Evie releva la tête, et Bran pivota sur ses pieds pour la déposer doucement sur le fauteuil près de la cheminée.

— Que dois-je faire, Papa ?

Elle tendit la main, et il se rendit compte qu'elle serrait sa petite dent pleine de sang.

— Je n'ai que cette dent à brûler, ou peu importe ce que c'est. Foster ne m'a pas dit ce qu'il fallait faire, seulement que c'était d'une importance vitale.

Elle parlait d'une voix tremblante, et son visage était marbré. Bran avait envie de ramener Foster dans la pièce pour pouvoir lui crier à nouveau dessus.

Evie avait perdu sa première dent au cours du voyage en provenance de la Barbade. Il n'avait aucune idée de ce qu'elle était devenue.

— Nous allons simplement faire de notre mieux avec cette dent, lui dit-il. Je parie que Mme Poole saura quoi faire. Nous lui poserons la question quand elle reviendra.

C'était son après-midi de congé.

De nouvelles larmes roulèrent sur les joues d'Evie.

— Papa, je suis nerveuse. On ne pourrait pas trouver quelqu'un pour nous aider ?

Nerveuse. C'était un mot qu'il n'aimait pas entendre dans la bouche d'Evie. Elle ne souffrait pas des mêmes frustrations que celles qu'il avait ressenties dans son enfance, comportement qui lui avait valu le surnom de « Bran le provocateur », mais lorsqu'elle était très agitée, comme c'était le cas maintenant, elle devenait inconsolable. Elle avait commencé à signaler ces épisodes en disant qu'elle était « nerveuse ».

Il chercha une solution, et les mots qu'Evie avait prononcés plus tôt lui revinrent à l'esprit : « d'une importance vitale ». Cette phrase lui fit penser à Mme Shaw.

Mais évidemment, c'était trop simple.

— Et si nous allions chez les Kendal ? Je parie que la duchesse ou Mme Shaw pourraient nous aider.

Les larmes d'Evie commencèrent à se tarir, et elle essuya ses joues du revers de sa main libre.

— Oui, papa. Allons-y tout de suite.

— Dès que nous serons correctement habillés.

Il lui chatouilla les orteils, déclenchant un petit rire qui sonna comme de la musique à ses oreilles.

Après avoir confié à Hudson la responsabilité de la maison, ce qui provoqua quelques haussements de sourcils, mais heureusement, aucun débordement comme ceux de Foster et Kerr, occupés à faire leurs bagages, Bran conduisit Evie à la maison de ville des Kendal dans son phaéton.

Cependant, ils furent déçus en arrivant à la porte, quand Abbott les informa que la famille était sortie. Désappointée, Evie demanda si cela incluait Mme Shaw.

— En fait, non, répondit Abbott avec une étincelle dans les yeux. Voulez-vous que je vérifie si elle est disponible ?

— Oh, oui, s'il vous plaît !

Evie sautilla avec une énergie à peine réprimée.

Abbott les fit entrer.

— Patientez ici dans le hall.

À cet instant, Mme Shaw descendait les escaliers. Son regard se posa sur eux.

— Bon après-midi, *my lord*, Evie, les salua-t-elle avec un sourire. Je crains que Becky et les autres ne soient au parc.

Bran s'avança, la main posée sur la nuque d'Evie. Il sentait le léger tremblement qui s'était emparé d'elle.

— Ce n'est pas grave, je suis sûr que vous pouvez nous aider.

Evie couru vers Mme Shaw, la main tendue.

— J'ai perdu ma dent, et Foster a dit que nous devions la brûler avec une cérémonie spéciale ou quelque chose comme ça, et nous ne savons pas ce que c'est. Mme Poole est en congé cet après-midi. Et nous n'avons absolument pas brûlé ma première dent. Je l'ai perdue sur le bateau, et maintenant je ne sais pas où elle est. Foster a dit que j'aurais de la malchance, surtout que c'était ma première dent de lait.

Bran s'approcha d'elles au pied de l'escalier et vit que la

lèvre d'Evie tremblait et que de nouvelles larmes s'étaient accumulées dans ses yeux.

Il lui caressa la nuque, une fois encore, et lui dit d'un ton apaisant :

— Foster raconte plein d'idioties. Mme Shaw va nous aider.

Il regarda cette dernière avec impatience, espérant qu'elle pourrait *vraiment* leur venir en aide. Ses muscles se tendirent dans l'attente de sa réponse.

Mme Shaw s'accroupit pour se mettre au niveau d'Evie.

— Oui, Foster raconte plein d'idioties. Laisse-moi voir.

Elle regarda la bouche d'Evie.

Evie abaissa de nouveau sa lèvre pour lui montrer le trou.

— Impressionnant, dit Jo.

Elle ramassa avec précaution la dent dans la main d'Evie.

— La première chose à faire est de frotter la dent avec du sel.

— Mais qu'en est-il de ma première dent ? pleurnicha Evie, le front creusé par l'inquiétude. Foster a dit que j'allais jouer de malchance pour toujours parce que je ne l'ai pas brûlée.

Mme Shaw fronça les sourcils.

— Foster est mal informée et ne devrait pas parler de choses qu'elle ne comprend manifestement pas. Brûler une dent est important ici en Angleterre, mais ce n'est pas dans ce pays que tu l'as perdue, n'est-ce pas ? Les règles ne s'appliquent pas à cette dent.

L'espoir jaillit dans le regard d'Evie tandis que l'âme de Bran était submergée par la gratitude et l'émerveillement.

— Ah non ? interrogea Evie.

Mme Shaw secoua fermement la tête.

— Absolument pas. Tout le monde le sait. Enfin, tout le monde à part Foster, apparemment.

Les coins de la bouche d'Evie se relevèrent en un petit sourire.

— Papa l'a renvoyée.

Mme Shaw regarda Bran droit dans les yeux.

— C'est une bonne nouvelle pour ton papa, dit-elle doucement, et le comte se sentit une nouvelle fois frémir intérieurement.

— Viens, allons à la cuisine. Je parie que Cook sera ravie de nous aider.

Évidemment, se dit Bran. Elle faisait du massepain avec les enfants. Il allait devoir lui demander si elle avait une sœur, parce qu'il était sur le point de devoir embaucher une cuisinière. Maintenant qu'il avait limogé Kerr et Foster, il avait envie de se débarrasser d'elle aussi.

Mme Shaw prit Evie par la main et les conduisit en bas à la cuisine. La cuisinière, une grande femme élancée aux cheveux noirs et aux yeux gris lumineux, les accueillit avec un sourire.

— Eh bien, voilà Lady Evie ! l'accueillit-elle avec un léger accent irlandais. Qu'est-ce qui vous amène ici aujourd'hui ? Ce n'est pas encore le moment de faire du massepain.

— Non, dit Mme Shaw. Nous sommes ici pour une autre mission. Lady Evie a perdu une dent de lait, et nous devons la saler.

Les yeux de la cuisinière brillèrent, et elle fit un grand sourire, révélant une bouche pleine de dents de travers.

— Savez-vous quelle chanson vous allez chanter ? demanda-t-elle à Evie.

Evie jeta un coup d'œil à Bran, fronçant à nouveau les sourcils, avant de se tourner vers Mme Shaw.

— Tu n'as pas parlé de chanter.

— Effectivement, pas encore.

Elle traîna un petit tabouret près de la cheminée, et fit signe à Evie de la rejoindre.

— Assieds-toi, je vais tout t'expliquer.

Evie s'assit et leva la tête, attendant captivée qu'on lui donne des instructions. Bran vint se placer à côté d'elle, impatient lui aussi de connaître la suite des événements.

Mme Shaw posa la dent à plat sur sa paume ouverte.

— D'abord, je vais frotter du sel dessus, et, pendant que je fais ça, tu dois chanter une chanson. N'importe quelle chanson fera l'affaire. En as-tu une préférée ?

Evie jeta un coup d'œil à son père.

— J'ai appris quelques chansons sur notre bateau, mais papa n'apprécierait sûrement pas que je les chante.

Bran savait précisément à quels chants elle faisait référence.

— Non, ce ne serait pas approprié, confirma-t-il avec une petite toux. Que dirais-tu de *Baa Baa mouton noir* ?

Evie hocha la tête et reporta son attention sur Mme Shaw qui semblait se retenir de rire.

— C'est parfait ! dit-elle.

La cuisinière apporta la salière à Mme Shaw.

— Votre mère est censée frotter du sel dessus, mais comme vous n'en avez pas, peut-être que votre père pourrait s'en charger.

Son regard oscilla entre Evie, Bran et Mme Shaw.

— Non, non, dit Bran rapidement. Je n'ai aucune idée de ce qu'il faut faire. Je vais laisser ça à Mme Shaw.

Quelque chose brilla dans ses yeux marron-vert. Elle déglutit, et ses paupières se fermèrent un instant.

— Pendant que tu chantes, je vais frotter le sel dessus. Quand tu auras fini la chanson, nous jetterons la dent au feu.

— C'est tout ? insista Evie.

Mme Shaw hocha la tête.

— C'est tout.

La silhouette de la fillette se détendit visiblement, et ses épaules s'abaissèrent.

— Ça n'a pas l'air horrible. J'ai cru que ce le serait, vu la colère de Foster.

Mme Shaw coula un regard vers Bran et murmura :

— Je suis ravie qu'elle soit partie.

— Pas autant que moi, chuchota-t-il à son tour.

Jo mit un peu de sel dans sa main et regarda Evie.

— Tu es prête ?

Evie se mit à chantonner doucement les paroles de *Baa Baa mouton noir* qui emplirent la cuisine. L'aide-cuisinière et la fille de cuisine interrompirent leur tâche pour écouter, tandis que Mme Shaw recouvrait la dent de sel et frottait la surface d'ivoire avec son pouce et son index.

Quand Evie eut terminé, Jo sourit.

— C'est l'heure du feu, alors.

Elle reprit la main de la fillette et la mena devant la cheminée. Bran les suivit, légèrement fasciné par le scénario.

Mme Shaw s'accroupit à côté d'elle.

— Je n'ai pas eu de mère non plus, alors c'est ma sœur qui faisait ça pour moi. Et elle ajoutait quelque chose de spécial. Quand nous jetions la dent dans le feu, je faisais un vœu. As-tu envie d'en faire un ?

Evie l'écoutait avec de grands yeux.

— Oui ! souffla-t-elle comme si elle était en admiration.

Bran devait bien admettre qu'il l'était aussi.

— Nous allons le faire ensemble, dit Mme Shaw. Place ta main autour de la mienne, et je vais compter jusqu'à trois.

Evie enroula les doigts autour de ceux de Jo alors qu'elle comptait.

— Un, deux, trois !

Elles jetèrent la dent au feu.

Mme Shaw se tourna vers Evie.

— Tu as fait ton vœu ?

— Oui, répondit-elle, les yeux rivés sur ceux de Jo. Est-ce

que tu vas devenir ma gouvernante ? Papa a dit que tu y songeais.

Bran se tenait sur le côté. Mme Shaw ne tourna pas la tête pour le regarder, mais perçut le subtil mouvement de son épaule. Il ferma brièvement les yeux, regrettant qu'Evie ait parlé. Il ne voulait pas effrayer Mme Shaw.

— J'y *ai songé*, et j'ai décidé de dire oui.

Le pouls de Bran s'emballa.

Un immense sourire s'épanouit sur le visage d'Evie.

— Alors mon souhait s'est déjà réalisé !

Comme celui de Bran.

CHAPITRE HUIT

Trois jours plus tard, après l'église, Jo arriva à la maison de Lord Knighton. Sa maison maintenant. Elle était aussi nerveuse qu'elle était excitée. Nora, Titus et Becky étaient venus pour la déposer.

Le valet de pied ouvrit la porte du carrosse, et Nora inclina la tête vers Jo avec un sourire encourageant.

— Tu y vas en premier. Nous te suivrons dans un instant.

Jo sortit sous la pluie, qui tombait doucement, et leva les yeux sur la façade de pierre. C'était l'une des plus grandes maisons qu'elle ait visitées, avec presque autant de pièces que celle des Kendal. Du moins, c'est ce qu'elle pensait. Elle aurait sûrement droit à une visite complète.

Elle grimpa la petite volée de marches, et la porte s'ouvrit. Un valet de pied, vêtu d'une livrée élégante, se tenait debout, la main sur le loquet.

— Bon après-midi, madame Shaw.

— Bon après-midi.

Elle regretta de ne pas connaître le nom de l'homme, mais se jura de l'apprendre, ainsi que ceux de tous les autres. Elle balaya le hall du regard et vit que le comte et Evie se tenaient debout l'un à côté de l'autre, attendant visiblement son arrivée.

— Bienvenue, dit Lord Knighton.

Evie fit une très belle révérence.

— Nous sommes heureux que tu sois là.

On aurait dit qu'elle avait répété. La Evie que Jo avait appris à connaître se serait précipitée vers elle dès qu'elle aurait franchi la porte.

Jo courba le doigt pour faire signe à Evie, et se baissa pour regarder la fillette dans les yeux.

Evie s'avança pour se mettre devant elle.

— Ai-je fait quelque chose de mal ?

— Pas du tout. Je voulais juste te dire que, même si je suis ta gouvernante, je suis quand même Jo. Nous n'avons pas besoin d'être formelles.

Jo lui adressa un clin d'œil, et Evie sourit.

Elle enroula les bras autour du cou de la jeune femme, la surprenant par la force de son étreinte.

— Je suis tellement heureuse que tu sois là ! Les choses vont beaucoup mieux depuis que Foster, Kerr et la cuisinière sont partis. Sauf pour les toasts. Ils sont plutôt brûlés.

Jo se redressa et regarda le comte. Il fit tourner son cou, et elle se dit que sa cravate devait l'irriter.

— Il faut que j'embauche une remplaçante. Son aide est partie avec elle, alors l'une des filles de cuisine essaie de préparer les repas, dit-il en fronçant les sourcils. Je suis navré que vous arriviez en plein milieu d'un certain nombre de bouleversements.

— Il se trouve que je sais comment faire des toasts sans les brûler.

— C'est vrai, dit Nora depuis la porte ouverte derrière elle. C'est moi qui lui ai appris comment faire.

Jo se retourna alors que le valet de pied accueillait Nora et sa famille à l'intérieur.

Evie courut vers Becky.

— Allons à l'étage. Mme Poole m'a aidée à installer une table pour dessiner. J'ai des crayons et du papier et des livres avec des images que nous pouvons copier.

Les filles s'élancèrent dans l'escalier pendant que Nora leur criait :

— Pas trop longtemps, les filles. Nous n'allons pas rester.

Lord Knighton se tourna vers le duc.

— Kendal, que diriez-vous de goûter un peu de mon stock de rhum personnel ? Il est différent de celui que je vous ai envoyé, c'est une plus petite cuvée.

Titus se frotta les mains.

— Vous faites des cachotteries.

— Je ne le sers qu'aux personnes assez courageuses pour me rendre visite.

Il fit signe à Titus de le suivre dans son bureau.

— Pouvons-nous discuter quelques minutes ? s'enquit Nora en regardant autour d'elle.

Le valet de pied pencha la tête vers une porte située sur le côté droit du hall.

— Le salon est juste par ici.

Nora et Jo se tournèrent et entrèrent dans la pièce. Elle était claire et joyeuse, décorée dans des tons de jaune et vert pâle. Les meubles étaient relativement neufs et semblaient en excellent état. Jo se souvint que Knighton lui avait posé des questions au sujet de la rénovation et en déduisit qu'il ne parlait pas de cette pièce.

Nora se dirigea vers un grand tableau situé au centre du mur, en face des fenêtres.

— Est-ce sa mère ?

Jo la rejoignit et étudia le portrait. La femme était jeune avec des yeux sombres qui ressemblaient beaucoup à ceux de Knighton. Avec ses grands cheveux poudrés et son teint d'ivoire, elle avait une prestance royale et sereine.

— On dirait une femme Insaisissable.

Nora laissa échapper un halètement.

— J'allais dire la même chose !

Elles se sourirent et éclatèrent de rire, rappelant à Jo le bon vieux temps.

— Cela va me manquer de ne plus te voir tous les jours. C'était agréable après tant d'années de séparation.

Nora se rapprocha jusqu'à ce que leurs bras se touchent alors qu'elles contemplaient toujours le portrait.

— Oh, que oui ! Je ne suis toujours pas entièrement satisfaite de ta décision, dit-elle en se tournant vers Jo. Mais c'est *ta* décision, pas la mienne.

Elles en avaient longuement discuté au cours des derniers jours. Nora lui avait assuré à plusieurs reprises qu'elle pourrait revenir vers eux à tout moment, où qu'ils soient. Toutes leurs maisons lui étaient ouvertes, en toutes circonstances. Jo aimait énormément sa sœur. Elle voulait juste que Nora soit heureuse pour elle.

Elle se tourna face à sa sœur.

— J'ai hâte d'être à demain, et cela fait très longtemps que cela ne m'est pas arrivé.

Nora serra la main de Jo.

— Je ne pouvais pas espérer mieux.

Peu de temps après, Nora et sa famille prirent congé. Knighton rejoignit Jo dans le salon. Elle était debout près de la fenêtre et regardait la berline s'éloigner. Puis elle se tourna vers lui, qui se tenait juste derrière le seuil.

— Voulez-vous voir votre chambre à coucher ? lui proposa-t-il.

Elle acquiesça, soulagée que la gêne qui avait pu subsister entre eux après leur rapprochement dans le jardin lors du bal se soit finalement dissipée.

— C'est une très jolie pièce.

Il jeta un coup d'œil autour de lui, les sourcils froncés.

— Vous le pensez vraiment ? Je l'ai toujours détestée. C'est la pièce préférée de ma mère.

Jo fit un geste vers le portrait.

— C'est elle ?

— Oui, elle a posé pour le peintre quand j'avais cinq ans. Je m'en souviens très bien, car j'ai interrompu l'une de ses séances, et elle était furieuse.

Il parlait d'elle d'un ton froid et détaché.

Elle était curieuse de comprendre l'aversion qu'il semblait éprouver pour sa mère, mais ne souhaitait pas l'interroger à ce sujet. Pas aujourd'hui. Au lieu de cela, elle se concentra sur la pièce.

— Qu'est-ce qui ne vous plaît pas ici ? C'est très lumineux. Les couleurs me rappellent un jour d'été. J'aurais pensé que cela vous ferait penser aux tropiques.

Knighton avança dans la pièce.

— Je comprends que vous puissiez en arriver à cette conclusion ; cependant, cela me rappelle ma mère, pas la Barbade.

— Est-ce qu'elle est en haut de votre liste de choses à rénover ?

— Non, d'abord ma chambre. Elle est sombre et déprimante. Je veux de la lumière et… du soleil. Comme à la Barbade.

Il la regarda avec intérêt, et inclina la tête sur le côté.

— Je vois.

Pour une raison qu'elle ignorait, le fait qu'il mentionne sa chambre réveilla une sensation étrange. Elle se rendit compte que ce n'était pas de la gêne, mais de l'impatience. Comme si quelque chose était sur le point d'arriver, ou *pourrait* arriver si les choses étaient différentes.

Ce qui n'était pas le cas.

— En parlant de ma mère, elle vient me rendre visite demain pour rencontrer Evie.

Jo était surprise qu'elles ne se soient encore jamais vues. Evie et lui étaient en Angleterre depuis plusieurs semaines.

— Vous ne l'avez pas vue du tout ?

Il secoua la tête.

— Non, elle était à Durham avec sa sœur. Je dois admettre que je n'ai pas immédiatement écrit pour lui annoncer mon arrivée.

Il n'y avait pas la moindre trace de regret dans ses mots.

— Je suis navrée que vous ne l'aimiez pas.

Jo n'avait pas eu l'intention de dire quoi que ce soit, mais apparemment, c'était plus fort qu'elle.

— Je vous présente mes excuses. Ce n'est vraiment pas mon problème.

— Vous faites partie de la maison, maintenant. Je crois que cela vous regarde. J'espère que vous comprenez que je ne vous vois pas comme une gouvernante ordinaire. J'aimerais beaucoup avoir votre avis sur un certain nombre de choses. Et pour commencer, j'ai besoin de votre aide pour trouver une cuisinière. Vous savez vraiment faire des toasts ?

Elle sourit devant tant d'empressement.

— Oui, vraiment.

Il leva les yeux un bref instant.

— Dieu merci ! C'est la seule chose qu'Evie mange au petit-déjeuner, et notre cuisinière temporaire les brûle au point de les rendre méconnaissables. Evie ne veut pas y toucher. Dans tous les cas, elle ne supporte pas la nourriture noire.

Jo se souvint de la remarque qu'il avait faite au sujet de ses manies en matière de nourriture. L'affaire des biscuits et la question de savoir s'ils étaient nature lui revinrent à l'esprit. Evie s'était montrée nerveuse à l'idée d'en goûter un et ne l'avait fait qu'avec précaution.

— Eh bien, je serai ravie de lui faire des toasts le matin. On fait la visite ?

— D'accord.

Il fit volte-face et se prépara à tendre son bras avant de le laisser reposer sur son flanc, conscient peut-être qu'elle était la gouvernante et non quelqu'un qui devait prendre son bras.

Elle se rapprocha de lui, et il la guida hors de la pièce. Pendant la demi-heure suivante, il lui montra toutes les pièces de la maison. Dans chacune d'elles, il y avait quelque chose qu'il avait en horreur, et elle comprit rapidement à quel point il n'aimait pas sa famille. C'était réellement bouleversant, et elle aurait voulu connaître les détails, mais ne posa pas la question.

Quand elles arrivèrent à la nursery, Mme Poole et Evie jouaient avec ses poupées. Evie fit visiter la chambre à Jo avec beaucoup d'enthousiasme, y compris le coin où elles feraient leurs leçons. Jo savait qu'Evie était déjà une bonne lectrice, et elle était impatiente de voir ce qu'elle pouvait faire d'autre.

Evie tira une carte d'une étagère et la déplia, posant le parchemin à plat sur la table dans le coin.

— Je me suis dit que nous pourrions utiliser cela pour nos leçons.

Jo jeta un coup d'œil sur le papier bien usé représentant le monde. À en juger par les bords en lambeaux et les pliures marquées, il était évident qu'Evie le regardait souvent.

— Je suis certaine que nous le pourrons.

En regardant son père, Evie dit :

— Papa me l'a donné pour que je puisse voir d'où il venait. Cela me paraissait si loin, comme un autre monde.

Elle pointa du doigt une petite île.

— C'est la Barbade, d'où je viens. Maintenant, c'est très loin.

Sa voix était triste.

— Sur la carte, oui, mais elle est dans ton cœur, n'est-ce pas ? Et ça, c'est tout près. En fait, c'est une partie de toi.

Evie posa la main sur sa poitrine et leva les yeux vers Jo.

— Oui, fit-elle avec un sourire. Est-ce qu'on va commencer les cours aujourd'hui ?

Knighton s'éclaircit la gorge.

— Non, nous allons laisser un peu de temps à Mme Shaw pour prendre ses marques. Demain, ce sera bien. Je vais aller lui montrer sa chambre maintenant.

— Est-ce que je te verrai au dîner ? demanda Evie à Jo.

Jo ne savait pas vraiment si une gouvernante dînait avec la famille, mais dans son esprit, ce n'était pas le cas.

— Bien sûr, répondit Knighton.

Il jeta un œil à Jo et lui adressa un infime signe de tête. Apparemment, elle ne serait pas une gouvernante typique.

— J'espère que ce sera quelque chose de comestible, grogna Evie en retournant à ses poupées.

— Oui, moi aussi, murmura son père. Je vais nous trouver une cuisinière cette semaine, Evie.

Ils s'en allèrent alors, et le comte mena Jo à l'étage inférieur, où se situaient les chambres à coucher.

— Evie ne dort pas dans la nursery, expliqua-t-il. Quand nous sommes arrivés, elle ne voulait pas être loin de moi, donc sa chambre est tout près de la mienne.

Il pointa vers la droite.

— Par ici, dit-il en tournant vers la gauche, c'est ma chambre, et la vôtre.

Sa chambre était près de celle du comte ? Oh mon dieu ! Ça semblait... problématique. Mais pour quelle raison ? Ils avaient convenu qu'ils étaient amis et que ce qui s'était passé au bal appartenait au passé. Elle n'avait aucune raison de croire que cela se reproduirait, même si son ventre palpitait lorsqu'il était proche. Comme il l'était maintenant.

— Voici ma chambre.

Il montra une porte dans le couloir. Elle aurait voulu jeter un œil à l'intérieur, pour voir si elle était aussi sombre qu'il l'avait dit. Elle n'avait aucune raison de douter de lui, mais voulait simplement voir par elle-même. Elle pourrait peut-être lui faire des suggestions pour l'égayer.

Oh, mais elle racontait n'importe quoi ! Elle ne pouvait pas redécorer sa chambre, même en tant que *gouvernante atypique.* Cela dépassait sûrement le cadre de la bienséance. Sa future comtesse pourrait l'aider pour cela. Son estomac se noua à cette idée. Comment serait la vie avec le couple ? Garderait-elle son statut de gouvernante atypique ?

— Et voici votre chambre.

Il se dirigea vers la porte en face de la sienne et l'ouvrit.

Jo entra et se demanda ce qui pouvait déplaire au comte dans cette pièce. Il y avait un lit à baldaquin contre un mur, une cheminée avec une chaise placée de biais devant, un bureau en face des fenêtres qui donnaient sur la rue en contrebas, et une grande armoire dans un coin.

— Je viens juste de me rendre compte que vous avez peut-être besoin d'une femme de chambre, lui dit-il.

Elle se retourna.

— Vous ne comprenez vraiment pas le rôle d'une gouvernante, n'est-ce pas ?

Il sembla totalement déconcerté.

— En réalité, je comprends très peu de choses à toute cette histoire de comte. S'il vous plaît, éclairez-moi.

Il croisa les bras sur sa poitrine.

— Pour commencer, et vous le savez pertinemment, ma chambre devrait se trouver à l'étage, près de la nursery.

— Mais ce ne sera pas le cas. Je refuse de changer d'avis sur ce point. Quoi d'autre ?

Son regard sombre semblait la mettre au défi de trouver quelque chose.

— Je ne devrais probablement pas prendre mes repas avec vous, et sûrement pas quand vous aurez de la compagnie, comme votre mère demain.

Elle lut l'horreur dans son regard.

— Oh, elle ne restera pas pour les repas. Et je veux que vous mangiez avec nous. Evie aussi. Je ne changerai rien à cela non plus. Autre chose ?

— Je n'ai pas besoin de femme de chambre.

Elle n'avait pas de domestique personnelle au presbytère. Ils avaient une gouvernante et une bonne qui faisait office de femme de chambre quand Jo en avait besoin.

— Jamais ?

— Pas une qui me serait dédiée. Quand vous recruterez une remplaçante pour Foster – il lui avait parlé des postes vacants dans son personnel pendant leur visite –, vous pourriez engager quelqu'un qui pourrait faire office de femme de chambre occasionnelle.

Attendez…

Elle était gouvernante. Et les gouvernantes n'avaient pas de femme de chambre !

— Peu importe. Les gouvernantes n'ont pas de femme de chambre.

— Néanmoins, vous en aurez une. Ou du moins, vous aurez *accès* à une femme de chambre.

Elle eut envie de le contredire, mais sut que ce serait vain.

— Et cette chambre ? Est-ce que tout vous convient ?

Jo se dirigea vers l'armoire qu'elle ouvrit. Ses vêtements étaient déjà à l'intérieur. Elle referma la porte pour aller vers le bureau. Elle y trouva du parchemin, une plume, et de l'encre.

— Oui, merci.

Elle tourna les yeux vers lui. Le lit les séparait.

— Et vous ? Qu'est-ce que vous n'aimez pas dans cette pièce ?

Il décroisa les bras.

— Rien. Je suis à peine entré dedans. C'était une chambre d'amis.

Il jeta un coup d'œil autour de lui.

— En réalité, c'est peut-être la pièce que je préfère dans cette maison.

— J'ai une idée. Je suppose que vous avez apporté des choses avec vous de la Barbade ? Des choses qui se trouvaient dans votre maison là-bas ?

— Oui, elles sont toujours emballées dans des caisses.

— Déballez-les dès que possible et placez au moins un objet de la Barbade dans chaque pièce. De cette manière, vous aurez partout un objet qui vous rappellera la maison.

Le regard du comte s'adoucit quand elle prononça le mot « maison ». Elle comprit qu'il avait le mal du pays. Tout comme Evie, probablement. Jo allait s'efforcer de trouver une manière pour qu'ils se sentent aussi chez eux en Angleterre.

Il fit le tour du lit pour se placer devant elle. Assez près pour que son ventre se mette de nouveau à palpiter.

— C'est une excellente idée, déclara-t-il. Merci.

Il la scruta un moment, avant d'ajouter :

— Je suis très heureux que vous ayez accepté de devenir notre gouvernante. Et je dis « notre », parce que je crois que vous allez m'enseigner autant de choses qu'à Evie. J'ai beaucoup à apprendre sur mon nouveau rôle, et pour la première fois, je ne me sens pas totalement submergé.

Les palpitations de son ventre grandirent et s'étendirent, diffusant une chaleur agréable jusqu'aux extrémités de son corps et partout ailleurs.

— J'en suis ravie.

Il la gratifia d'un petit sourire.

— Je vais vous laisser, alors.

Il se retourna et se dirigea vers la porte.

— *My lord* ? l'appela-t-elle, le stoppant dans son élan.

Il fit demi-tour.

— Si je ne peux pas vous convaincre de m'appeler Bran, vous pourriez au moins m'appeler Knighton.

Elle inclina la tête.

— Je voulais vous remercier pour cette opportunité. Et vous rappeler également qu'il s'agit d'un essai. Si pour une raison ou une autre l'un d'entre nous, ou même Evie d'ailleurs, avait l'impression que cela ne fonctionne pas, nous devrons mettre fin à cet arrangement au plus vite.

Il fronça les sourcils, et pendant un instant elle craignit qu'il ne la contredise.

— Très bien. Cependant, je n'ai pas peur de vous dire que ni Evie ni moi ne ressentirons cela.

C'était ce qu'il disait aujourd'hui, mais les attentes étaient quelque chose de fragile. Jo hocha la tête, et il s'en alla en refermant la porte derrière lui.

Ses épaules s'affaissèrent comme si toute l'énergie avait quitté la pièce en même temps que lui. Non, elle ne serait absolument pas une gouvernante typique.

CHAPITRE NEUF

*L*e petit-déjeuner du lendemain matin fut un franc succès, et Bran n'aurait pas pu être plus soulagé. Evie avait déclaré que Mme Shaw était la meilleure au monde pour préparer les toasts et jurait maintenant qu'elle ne mangerait plus ceux des autres. Bran avait expliqué à Mme Shaw qu'Evie ne plaisantait pas. Et elle lui avait répondu qu'elle était prête à relever le défi.

Il espérait qu'elle parlait sur le long terme, mais respectait son choix de prendre les choses à son rythme. C'était une stratégie intelligente, pour eux tous, mais il reconnaissait une manière de se protéger. Il ferait probablement la même chose.

Bran s'assit sur le sol et ouvrit la caisse qui venait d'être déposée dans son bureau. Ses entrailles fondirent dès qu'il en vit le contenu : leur vie à la Barbade. Pourquoi avait-il attendu si longtemps pour l'ouvrir ? Peut-être qu'il n'était pas prêt alors. Partir avait été une expérience douloureuse, et ces objets n'étaient qu'un rappel de cette souffrance.

Mais ils lui apportaient également de la joie. Les souvenirs se succédaient alors qu'il regardait le bocal de coquillages qu'Evie avait ramassés sur la plage. Ils avaient l'habitude de se promener ensemble, d'abord avec sa mère, puis juste tous les deux après sa mort. Chaque fois qu'Evie trouvait un coquillage, elle le serrait dans sa main jusqu'à ce qu'ils arrivent à la maison, puis elle le déposait dans le bocal, lui-même posé sur le bureau de Bran. Eh bien, il aurait sa place sur ce bureau-ci. Il le sortit de la caisse et se tordit pour le poser sur le coin où il pourrait le voir chaque fois qu'il s'assiérait là.

Se retournant vers la caisse, il aperçut un livre, mais sans pouvoir se rappeler pourquoi il se trouvait dans cette boîte. Il le prit et en ouvrit la couverture. Une fleur pressée, ternie par l'âge, mais avec des couleurs toujours aussi vives, apparut. Il s'en souvenait à présent : il y en avait des dizaines dans ce livre. Il se demandait s'il pourrait les encadrer et les placer dans chaque pièce de la maison. Oui, c'était exactement ce qu'il allait faire.

— *My lord* ?

Bucket, le valet de pied qui exerçait le plus souvent le rôle de majordome depuis le renvoi de Kerr, se présenta sur le seuil de la porte.

— Lady Knighton est arrivée. Elle est dans le salon.

Tous les muscles de Bran se contractèrent.

— Merci, Bucket. N'oubliez pas que je ne veux ni thé ni rien. Même si elle vous en a demandé, ajouta-t-il en se levant du sol.

Bucket refréna un sourire.

— Effectivement, elle l'a fait.

Bran appréciait que Bucket voie de l'humour dans cette situation.

— Je suppose que je devrais enfiler ma veste.

Il l'avait descendue en prévision de l'arrivée de sa mère, mais ne l'avait pas encore mise.

Se dirigeant vers le fauteuil près de la cheminée où la

veste était accrochée au dossier, Bucket la saisit et la présenta à Bran pour qu'il s'y glisse. Le valet de pied brossa les épaules de Bran avant que celui-ci ne se tourne vers lui.

— Vous pourriez être valet de pied, Bucket.

— Peut-être un jour. Ou majordome, ajouta-t-il en haussant les épaules. Kerr m'a toujours dit que j'avais beaucoup à apprendre.

— Je n'en doute pas. Je ne suis pas sûr que quiconque soit à la hauteur des attentes de Kerr, lâcha Bran avec bien plus qu'une touche de sarcasme.

Cette fois, Bucket ne dissimula pas son sourire.

— Vous avez peut-être raison.

— Voulez-vous prévenir Mme Shaw que Lady Knighton est ici afin qu'elle puisse amener Lady Evie au salon ?

— Tout de suite.

Bucket se retourna vivement et s'en alla.

Avec beaucoup de réticence, Bran se rendit au salon. Sur le seuil, il s'arrêta. Sa mère lui tournait le dos, et sa chevelure blond pâle était exempte de tout cheveu blanc, du moins d'après ce qu'il voyait à cette distance. Il doutait de se rapprocher suffisamment pour voir. Elle était tournée vers l'espace, désormais vide, où se trouvait son portrait auparavant.

Sentant peut-être sa présence, elle se retourna. Elle était encore belle, la peau pâle et à peine ridée, les yeux sombres et autoritaires, la stature posée et majestueuse.

— Knighton, dit-elle en secouant la tête. Cela semble tellement bizarre sur ma langue quand je te regarde.

Elle le scruta de la tête aux pieds.

— Tu as l'air en forme, bien qu'un peu… sauvage. Tu dois te couper les cheveux. Et il te faut sûrement aussi un nouveau valet, puisqu'il te laisse être vu dans cet état.

Sa critique était aussi familière qu'agaçante.

— Mon valet est exemplaire, merci.

Puis il inclina la tête vers le mur.

— Je me suis dit que tu aimerais récupérer ton portrait. Je n'en ai pas besoin.

Ses yeux se durcirent, et d'instinct, il tressaillit. C'était le regard qu'elle affichait juste avant de le prendre pour cible ou de le battre avec tout ce qui lui tombait sous la main. Mais aussi vite qu'il était arrivé, le moment disparut. Elle parut se détendre, tout comme l'atmosphère de la pièce. Bran expira.

— J'aime bien ce portrait, mais il devrait rester dans l'une des maisons. Il serait peut-être mieux de l'emmener à Knight's Hall. Je suppose que tu y séjourneras en été ?

Il fit un léger signe de tête. Il aurait aimé y aller tout de suite, parce qu'il préférerait sûrement l'endroit à Londres, mais il avait trop d'obligations ici. Il essayait toujours de trouver sa place à la Chambre des Lords, même si Kendal l'avait beaucoup aidé.

Elle fit le tour de la pièce.

— Tu ressembles à ton père, en dehors des yeux, bien sûr.

Oui, il avait ses yeux. Pas de chance.

— Je ne l'aurais jamais imaginé, mais tu es plus grand que chacun de tes frères et plus large d'épaules. Je suppose qu'ils tenaient de mon côté de la famille.

Son père et ses frères étaient plus minces, et leurs cheveux étaient plus fins. Mais Bran n'avait aucune idée de la manière dont ses frères avaient vieilli, et il s'en fichait.

Elle s'assit sur le canapé et le dévisagea.

— Tu ne vas pas t'asseoir ?

C'était sûrement ce qu'il devait faire. Il s'avança vers une chaise située près de l'âtre, aussi loin d'elle qu'il le pouvait, et s'assit lentement. Son corps tout entier était en alerte, comme lorsqu'il était enfant. Il n'avait jamais su exactement ce qui déclenchait les foudres de sa mère, en dehors du fait que c'était presque toujours lui. Son aversion pour les vêtements, ses goûts particuliers en matière de nourriture, son rejet des contacts physiques.

— Tu es toujours aussi distant, remarqua-t-elle.

Surtout avec toi.

— Et tu es toujours aussi critique. Je ne suis plus ton enfant.

Ses yeux brillèrent de nouveau d'un éclat froid.

— Tu seras toujours mon enfant.

Malheureusement.

— Pourtant, à présent je suis le comte, et j'exige une certaine dose de respect.

Elle écarquilla brièvement les yeux, puis inclina la tête.

— Tu parles comme un vrai comte.

Était-ce de la fierté dans sa voix ? Bran n'y trouva aucun plaisir.

— Je suis heureuse de le constater. Vas-tu rechercher une comtesse ?

Il n'avait pas l'intention de parler de ses projets avec elle. Il ne voulait pas partager quoi que ce soit avec elle. Il n'avait aucune envie de rétablir une relation entre eux de quelque nature que ce soit.

— Oui.

— Excellent. De nombreuses jeunes femmes adorables ont fait leur entrée dans la société cette année et l'année dernière. Lady Philippa Latham serait un excellent parti, mais la rumeur dit qu'elle va épouser le comte de Saxton. Et il se trouve qu'il est l'héritier d'un duché, je pense que tu ne peux pas rivaliser avec ça.

C'était la mère qu'il connaissait, qui lui reprochait des choses sur lesquelles il n'avait aucun pouvoir. Sauf que, dans sa jeunesse, elle voulait absolument qu'il maîtrise ce qu'il portait ou mangeait. Elle n'avait jamais compris la peine que cela lui avait causée. Parfois, enfiler un vêtement lui avait donné l'impression qu'un millier d'épingles s'enfonçaient dans sa peau. Du moins, c'était la même chose dans son imaginaire.

— Je n'en ai pas envie non plus. Je ne suis pas pressé de me marier. De plus, je n'ai ni envie ni besoin de tes conseils ou de ton aide.

— Tu dois engendrer un héritier. Du moins, j'espère que tu le peux. Huit petits-enfants et pas un seul garçon, lança-t-elle d'une voix pleine de mépris. J'ai réussi à faire deux héritiers supplémentaires, et malheureusement, nous en avons eu besoin.

Ses fils lui manquaient-ils ? Il aurait pensé qu'elle serait pratiquement prostrée de chagrin, mais elle n'avait jamais été vraiment démonstrative. En fait, l'une des choses qui la dérangeait le plus dans la « provocation » de Bran, c'étaient ses démonstrations ouvertes et lamentables d'émotions.

— Crois-moi, j'aurais préféré que l'on n'ait pas besoin de moi.

Alors il pourrait être à la Barbade, et il n'aurait pas eu à déraciner Evie.

Les muscles de la mâchoire de sa mère se contractèrent.

— Oui, eh bien, tu es là. Nous faisons tous notre devoir.

— Va dire ça à ma fille. Elle a dû quitter le seul foyer qu'elle ait jamais connu et se trouve maintenant dans un endroit étrange.

Ses yeux brillèrent : elle était offensée.

— L'Angleterre n'est pas étrange. C'est sa maison. Simplement, elle a besoin qu'on l'aide à s'ajuster.

Bran la regarda un moment en plissant les yeux.

— Tu pars du principe que je n'y ai pas songé. Elle a une nurse et une gouvernante. Les deux sont très douées.

— Où les as-tu trouvées ?

Elle lui posait la question comme s'il était incapable de savoir où chercher. Et cela aurait sûrement été le cas sans l'aide et le soutien des Kendal, et surtout de Mme Shaw, elle-même.

Comme s'il l'avait conjurée en pensant à elle, elle entra dans le salon avec Evie. Les deux étaient plutôt charmantes et portaient des robes de la même couleur. Avaient-elles planifié cela ?

Evie regarda sa grand-mère avec un mélange de curiosité et de prudence.

La mère de Bran réagit à son regard et se tourna sur le canapé. Ainsi, elle n'était plus face à lui, mais à la porte.

— Mon Dieu, est-ce Lady Evangeline ?

Bran fut surpris de l'étonnement dans la question de sa mère : jamais il n'avait vu une telle réaction chez elle. Il en fut déstabilisé.

Evie fit trois pas vers elle et exécuta une belle révérence.

— Bon après-midi, grand-mère.

— Viens t'asseoir avec moi, ma chérie.

Elle tapota le canapé à côté d'elle, et Bran dut se mordre la langue de peur de dire à Evie d'aller plutôt s'asseoir ailleurs.

— Est-ce ta gouvernante ?

Elle jeta un regard à moitié intéressé à Mme Shaw.

— Oui, dit Evie en lissant la jupe de sa robe sur ses genoux, après s'être perchée sur le bord du canapé. Mme Shaw est la sœur de la duchesse de Kendal. C'est une splendide gouvernante.

La mère de Bran tourna vers lui des yeux étonnés.

— Vraiment ?

Puis elle tourna le regard vers Mme Shaw qui se tenait toujours sur le seuil avec une expression sereine.

— Allez-vous vous joindre à nous, madame Shaw ?

Bran cligna des yeux en regardant sa mère. Venait-elle d'inviter la gouvernante à s'asseoir avec eux ? Il aurait parié tout ce qu'il possédait que c'était une chose impossible.

Mme Shaw haussa légèrement les sourcils et regarda Bran.

Il comprit sa question muette et inclina la tête en réponse. Elle avança lentement dans la pièce et prit la chaise à sa droite, séparée du canapé où se trouvaient Evie et sa grand-mère par une table basse.

Bran regarda sa mère qui souriait affectueusement à sa fille. Jamais au grand jamais il ne lui avait vu une telle expression.

— Comment trouves-tu Londres ? interrogea-t-elle Evie.

— C'est un peu terne, comparé à la maison.

— Mais à présent, c'est l'*Angleterre*, ta maison, dit la vieille dame d'un ton désapprobateur.

C'était de nouveau la mère qu'il connaissait et méprisait.

— Je suppose que vous avez raison.

Evie parlait d'un ton maussade, et elle balança les jambes à plusieurs reprises. Elle s'interrompit brusquement, et Bran attribua cette réaction au regard qu'elle avait jeté vers Mme Shaw. Bran tourna les yeux vers elle et se rendit compte qu'elle dévisageait sa fille d'un air encourageant. Sa présence l'aidait en cet instant, et le comte ne l'oublierait pas.

— Allez, ma chérie, dit sa mère, faisant grimacer Bran en entendant le terme affectueux.

Il essayait de se souvenir de comment elle l'appelait à l'époque, et se rendit compte qu'il n'avait jamais rien entendu de gentil ou d'agréable. On se contentait de parler ironiquement de lui comme de « Bran le provocateur ».

— Je sais que l'Angleterre doit te sembler bien différente, mais tu finiras par l'aimer plus que cette autre île. La nôtre est bien plus grande, tu sais. Et nous avons de grandes villes remarquables et, bien évidemment, beaucoup plus de gens comme nous.

— Qu'est-ce que vous voulez dire par « comme nous » ? s'enquit Evie.

Oui, Bran aussi avait envie d'entendre la réponse à cette question.

— Je veux dire des gens plus éduqués et plus raffinés. Ton père est comte à présent. Tu comprends à quel point c'est important, il a des tâches bien spécifiques envers son pays, son peuple, et la couronne.

Elle jeta un coup d'œil à Bran, comme pour lui demander s'il l'avait également compris. Évidemment qu'il avait compris. C'était un véritable fardeau pour lui.

Evie jeta un œil à Bran et lui fit un petit sourire.

— Oui, mais c'est toujours mon papa.

La mère de Bran s'adressa à Mme Shaw.

— Que comptez-vous enseigner à Lady Evangeline ?

— Toutes sortes de choses. Je viens juste de commencer mon emploi. Je suis toujours en train de vérifier l'étendue de ses connaissances.

La comtesse douairière pinça les lèvres.

— Elle n'a que cinq ans. Que peut-elle bien savoir ?

Bran grinça des dents en entendant son ton horrifié.

— J'aurai six ans le mois prochain, et je sais lire, dit Evie, un peu sur la défensive, ce qui ne fit qu'exacerber l'irritation de Bran.

Comment sa mère osait-elle mettre Evie mal à l'aise ? Bran ne pouvait le tolérer.

— Et je connais mes chiffres jusqu'à mille.

— Elle commence déjà à résoudre des équations mathématiques, ajouta la gouvernante.

La mère de Bran regarda Evie et… sourit ?

— C'est merveilleux ! Quelle petite fille brillante tu es !

Bran fut choqué de la voir approuver. Il se souvenait très bien de l'avoir entendue dire que sa jeune sœur n'avait pas besoin d'apprendre quoi que ce soit dans les livres, que ses principales qualités étaient d'être belle et accommodante. L'amour de sa sœur pour les livres depuis son plus jeune âge avait été un problème, et elle avait donc appris à les cacher.

— Elle me rappelle un peu Gwen, dit Bran, se disant qu'il

devrait s'arranger pour voir sa sœur. Est-ce qu'elle et son mari viennent parfois à Londres ?

Elle s'était mariée l'année dernière, et ils vivaient quelque part dans le nord de l'Angleterre.

— Ils ne l'ont pas encore fait. Je les ai vus le mois dernier, et ils vont très bien.

Bran n'avait pas envie de la croire sur parole. Gwen et lui ne correspondaient pas souvent, et quand elle lui avait écrit au moment de ses fiançailles, elle n'avait pas semblé très enthousiaste. D'un autre côté, qu'en savait-il ? Elle était de dix ans sa cadette, et par conséquent ils n'avaient jamais été très proches.

Sa mère reporta son attention sur Mme Shaw.

— Comment êtes-vous devenue gouvernante ? Votre sœur est la duchesse Inaccessible, c'est bien cela ?

Bran tressaillit devant ce surnom. Il se rappela la conversation qu'il avait eue avec Kendal et les autres au Brooks. Mais entendre sa mère prononcer ce nom devant la belle-sœur du duc semblait impoli. D'un autre côté, Bran connaissait très peu de choses sur les règles de la société.

Mme Shaw, et c'était tout à son honneur, ne réagit pas. Son calme et son expression restèrent irréprochables.

— Oui, effectivement. Je suis veuve, et je cherchais une occupation.

— Je vois.

Sa mère pinça les lèvres et jeta à Jo un regard condescendant qui hérissa les nerfs de Bran.

Il ne supporterait aucun dénigrement de la part de sa mère à l'égard de Mme Shaw.

— Nous avons de la chance de l'avoir, n'est-ce pas, Evie ?

Les yeux d'Evie brillèrent, et son visage s'anima plus qu'il l'avait été depuis son arrivée.

— Oh, oui ! Elle est tellement amusante, dit-elle en lissant sa jupe du plat de la main. Elle m'apprend aussi beaucoup de choses.

— Bon, tant mieux. À présent, Lady Evie, dit la mère de Bran, en tant que fille de comte, tu dois apprendre à te comporter avec élégance et confiance. Tu dois posséder une bonne élocution, mais sans être bavarde. Je suis certaine que ta gouvernante s'assurera de ce genre de choses, lança-t-elle avec un nouveau regard condescendant envers Mme Shaw. Néanmoins, je serai là pour superviser également ton éducation.

Bran se figea. Il ne voulait pas qu'elle intervienne dans leur vie. Il n'y avait pas vraiment songé, mais il avait espéré qu'elle retournerait à Durham. Où avait-elle vécu depuis le décès de son mari ? Cela n'avait pas vraiment d'importance, et Bran n'en avait cure.

— Tu ne retournes pas à Durham ? demanda-t-il d'un ton pincé.

— Non, je vais rester à Londres pour la saison. J'ai loué une petite maison de ville.

Puis elle ajouta avec un sourire à l'attention d'Evie :

— Maintenant, je pourrai te rendre souvent visite.

Bran se leva brusquement. S'il ne bougeait pas, il craignait de dire ou faire quelque chose de déplacé, comme se débarrasser de sa cravate. Il fit les cent pas jusqu'aux fenêtres et revint, remarquant que Mme Shaw l'observait.

Elle se leva de sa chaise et se tourna vers sa protégée.

— Viens, Evie. Je pense que nous sommes restées assez longtemps. C'était un plaisir de vous rencontrer, Lady Knighton.

— De même, madame Shaw. J'espère que vous me tiendrez au courant des progrès d'Evie. Je m'assurerai d'envoyer tout ce que je jugerai utile à sa tutelle.

Mme Shaw cligna des yeux, et Bran soupçonna que le sourire qu'elle affichait n'était pas tout à fait sincère.

— C'est très gentil de votre part. Je m'en réjouis.

— Au revoir, grand-mère, dit Evie en glissant du canapé.

— Au revoir, ma chérie.

Bran agrippa le dossier de son fauteuil tandis que Mme Shaw et Evie quittaient la pièce. Elles étaient à peine parties qu'il se tourna vers sa mère.

— Tu ne participeras pas à l'éducation d'Evie. Je ne t'autoriserai à nous rendre visite que *sur invitation*, et rien de plus.

Sa mère se leva, le regard glacé.

— Sans l'influence d'une mère, elle a besoin de moi.

— Non, absolument pas. Je préférerais la voir élevée par des loups.

Il contourna la chaise et la fixa d'un regard intense, laissant toute la rage de son enfance l'envahir.

— Tu as perdu le droit d'être une mère chaque fois que tu me traitais de bon à rien, chaque fois que tu me battais, et chaque fois encore que tu posais sur moi ce regard chargé de déception et de dégoût. Comme tu l'as souligné, je serai toujours ton enfant. Je pensais que cela aurait eu une quelconque importance à tes yeux, mais cela n'a pas été le cas. En tant que parent moi-même, je ressens un lien avec mon enfant, qui me pousse à l'aimer, la chérir, et la protéger. Jamais je n'ai ressenti une seule de ces choses venant de toi. Je ne te permettrai pas d'empoisonner ma fille.

Elle le regarda fixement pendant un long moment.

— L'empoisonner ? demanda-t-elle doucement. Je ne crois pas t'avoir empoisonné du tout. Regarde l'homme que tu es devenu. Ton père serait tellement fier.

Son père, mais pas elle. Et il n'était même pas sûr de la croire.

— Je pense qu'il est temps que tu t'en ailles. Je te ferai savoir quand tu pourras revenir.

Elle acquiesça d'un signe de tête, et il fut surpris qu'elle ne le contredise ou ne le rabroue pas. Il en était également heureux.

Après son départ, il se rendit à son bureau, un peu étourdi par cette rencontre. Il retira sa cravate qu'il jeta sur un fauteuil avec sa veste. Il déboutonna son gilet, mais sans le retirer.

Sa mère était exactement telle que dans ses souvenirs, tout en parvenant à être différente. Était-elle simplement une meilleure grand-mère que mère ? Il secoua la tête ; il ne savait pas s'il aurait un jour la réponse à cette question.

— Lord Knighton ?

La voix de Mme Shaw s'immisça dans ses pensées.

Il était passé derrière son bureau et il regarda vers la porte où elle se tenait. Une fois encore, il eut envie de lui demander de l'appeler Bran, mais il savait qu'elle lui répondrait que ce n'était pas convenable. Il posa les yeux sur les vêtements qu'il avait retirés, puis il se souvint qu'il s'en fichait.

— J'aimerais que vous m'appeliez Bran.

Elle ouvrit de grands yeux, et secoua doucement la tête.

— Je ne pourrais pas.

— Vous *pourriez* parfaitement. Knighton me semble un nom toujours aussi étrange. Pourriez-vous essayer ?

— Je vais essayer, mais je ne vous promets rien.

— Cela me convient. Entrez.

Il lui fit signe de s'asseoir sur le fauteuil où il n'avait pas posé ses vêtements.

— Désolé, je crains d'avoir dû me déshabiller.

— C'est ce que je vois. Je commence à m'y habituer.

Du moins, c'était ce qu'elle tentait de faire. Elle se laissa tomber dans le fauteuil.

— Si vous voulez vous promener sans votre corset, je ne m'y opposerai pas.

Elle écarquilla à nouveau les yeux, mais la réaction qu'il y lut cette fois était différente. Ce n'était pas de la surprise, mais peut-être un choc mêlé d'une pointe de... titillation ? Il subissait sa propre réaction : le désir. Il songeait à elle sans son corset. Ou son cache-corset. Ou n'importe lequel de ses vêtements. Il s'assit brusquement, de peur qu'elle remarque le durcissement de son membre.

— Je suis venu vous parler de votre mère.

Elle n'avait pas répondu à son dernier commentaire, et c'était pour le mieux. C'était déjà bien assez compliqué de gérer la moitié de son cerveau occupée à fantasmer sur elle, nue et sublime.

— Ma mère ? répéta-t-il dans un effort pour obliger *tout* son cerveau à se concentrer sur ce sujet.

— Evie était nerveuse à l'idée de la rencontrer.

— Je sais. Et comment s'est-elle sentie après ?

Bran se réprimanda intérieurement de ne pas être immédiatement monté voir sa fille. Il avait été trop absorbé par sa propre réaction.

— Mieux, mais... Elle ne sait pas quoi faire de la relation entre vous. Elle m'a demandé si vous l'aimiez bien. Vous n'avez pas discuté de tout cela avec elle ?

Bon sang !

— Je n'avais pas pensé que c'était nécessaire.

Parce qu'ils étaient à la Barbade. Mais aujourd'hui ils étaient ici, et apparemment sa mère voulait prendre une part active dans leur vie. Il avait envie de balancer quelque chose.

— Évidemment, ça l'est.

— Je crois que oui. Je serai ravie d'aider dans la mesure du possible.

Pour cela, il faudrait que Jo comprenne.

— Seriez-vous étonnée d'apprendre qu'elle était une mère aussi froide qu'il est possible de l'imaginer ? De l'avis général, j'étais un enfant difficile, et mes frères étaient parfaits. Nous avions l'air différents : c'étaient de beaux garçons aux cheveux dorés, et nous n'avions pas le même comportement. Ils étaient charmants, et j'étais… provocateur.

— Mais vous *êtes* beau.

Elle rougit immédiatement et baissa les yeux sur ses mains.

Son érection, qui avait commencé à diminuer, reprit de plus belle.

— Merci.

— Que voulez-vous dire par « provocateur » ? lui demanda-t-elle.

— Je refusais de porter des vêtements, de manger ce qu'on me servait et bien d'autres choses encore. Je n'essayais pas de me montrer méchant ou difficile. J'étais comme ça. Ma mère ne faisait preuve d'aucune compassion ni attention. Elle me punissait pour le moindre de mes défauts et s'assurait que je savais que je n'étais pas aussi bien que mes frères. Elle me répétait constamment que c'était une chance que je sois le troisième fils et que je ne sois jamais appelé à devenir comte.

Pendant qu'il parlait, elle avait porté sa main à sa bouche, qui s'ouvrait plus grande à chaque horreur qu'il révélait. Elle abaissa finalement sa main sur ses genoux.

— Je suis tellement désolée. Évidemment que vous ne souhaitez pas qu'elle participe à l'éducation d'Evie.

— Effectivement. Je l'ai informée qu'elle serait autorisée à venir en visite une fois par mois, sur mon invitation. Certains mois, je ne serai peut-être pas enclin à le faire.

Elle hocha lentement la tête.

— Je ne sais pas quoi dire. Je m'étais dit que perdre ma mère était le pire qui pouvait arriver à un enfant, mais je crois m'être trompée.

Oui, il pensait que c'était sans doute mieux d'avoir perdu un parent aimant que d'avoir subi des abus.

— Vous vous souvenez d'elle ?

Elle secoua la tête, et il vit une profonde tristesse dans son regard.

— Pas vraiment. J'avais cinq ans quand elle est morte.

— Evie ne se souvient déjà plus de la sienne.

Il baissa les yeux sur la caisse ouverte sur le sol.

— Ce sont nos affaires de la Barbade. Il y a un portrait miniature de Louisa là-dedans. Je devrais le mettre dans la chambre d'Evie.

— C'est une très bonne idée. J'aurais aimé en avoir un de ma mère.

— Vous n'avez pas d'image d'elle ?

— Mon père en a une. Il a toujours dit qu'il voulait en faire faire des copies pour Nora et moi, mais il ne l'a jamais fait.

Bran hocha la tête.

— Vous n'êtes pas proche de lui ?

Elle haussa très légèrement les épaules.

— Pas particulièrement. Nora dit qu'il était différent avant le décès de maman, mais je ne m'en souviens pas.

Il se disait que c'était sûrement logique, surtout s'il avait aimé sa femme. Bran se demanda s'il était différent depuis la mort de Louisa. Il ne *se sentait* pas différent. Mais il n'était pas persuadé que l'amour qu'il avait ressenti pour elle était du genre à bouleverser l'âme. Il savait quel effet cela faisait, car c'était ainsi qu'il décrirait son amour pour Evie.

Mme Shaw regarda la caisse.

— Vous avez suivi mon conseil.

— Un excellent conseil, oui. Merci.

Elle n'était là que depuis un jour, mais il ressentait déjà profondément sa présence.

— J'en suis ravie.

Elle le dévisagea brièvement, puis se leva. Il n'avait pas envie qu'elle s'en aille tout de suite.

— Je pense que vous devriez parler à Evie de votre mère.

N'entrez pas dans les détails, mais elle devrait comprendre pourquoi vous pensez qu'il est mieux pour elle de n'avoir qu'une relation limitée avec sa grand-mère.

Bran se passa une main sur la mâchoire. Il n'était pas certain de savoir comment faire cela, mais elle avait raison, il le devait.

— C'est ce que je vais faire, dit-il en se levant, contournant son bureau pour la rejoindre. Je ne sais pas comment vous remercier d'avoir accepté d'être la gouvernante d'Evie. Vous avez déjà laissé une merveilleuse impression sur la maison, sur nous.

Les joues de Jo rosirent. Elle était incroyablement ravissante. Il se souvenait de la douceur de ses lèvres sous les siennes et de la fougue de ses mains sur son dos et son cou. La température dans la pièce augmenta, et il fut reconnaissant d'avoir retiré sa veste.

— C'est... bien, répondit-elle, détournant son regard du sien avant de se rapprocher de la porte. Je dois regagner l'étage.

Elle s'enfuit rapidement. Bran se rendit alors compte qu'il avait un très gros problème. Certes, ils étaient amis. Et oui, ils pouvaient faire en sorte que leur arrangement fonctionne. Mais il la désirait toujours. Et s'il ne se trompait pas à son sujet, elle le désirait aussi.

CHAPITRE DIX

— *A*lors les princes étaient enterrés là ? Evie pointait du doigt la tour Blanche.

— Oui, ils l'étaient, mais ensuite ils ont été déplacés, expliqua Becky qui parcourait le guide dans sa main. Je n'arrive pas à croire qu'ils ont été assassinés.

Evie frissonna.

— Relisons la partie sur la Maison des Joyaux.

Jo regarda la tour Blanche et essaya d'imaginer les deux garçons, mais décida finalement qu'elle n'en avait pas envie. Elle préférait profiter de cette agréable journée de printemps avec Knighton, Evie et Becky.

Ils avaient prévu de venir à la tour de Londres et avaient invité Nora, Titus et leurs enfants. Titus n'avait pas pu se joindre à eux, et Nora avait décidé que cette excursion était peut-être un peu trop pour Christopher. Par conséquent, Knighton avait proposé d'emmener Becky avec lui. Les filles s'amusaient comme des folles et Jo, en tant que gouvernante, était ravie de les voir lire le guide que Knighton avait acheté pour six pence dès leur arrivée.

Les filles marchaient quelques pas devant eux, et Knighton fit remarquer :

— C'est une histoire épouvantable à inclure dans ce guide. Ne se rendent-ils pas compte que des enfants peuvent le lire ?

— C'est l'Histoire, répondit Jo, même si elle le rejoignait sur le fait que c'était un peu effroyable. Il est important que les enfants l'apprennent, même quand elle est laide.

— Je suppose que c'est vrai. Je me souviens avoir appris toutes sortes de choses sur diverses batailles.

Les filles avaient pris un peu d'avance sur eux, mais elles étaient toujours bien en vue. Becky tourna la tête pour les regarder. Un instant plus tard, Evie fit de même.

— J'ai l'impression qu'elles complotent quelque chose, remarqua Knighton.

Peut-être, mais c'étaient des fillettes de cinq ans. Que pouvaient-elles donc bien mijoter ?

— N'importe quoi, elles ne font que s'amuser. Je suis ravie qu'elles se soient trouvées.

— Moi aussi. Becky a rendu cette transition bien plus supportable pour Evie, lui dit-il avec un regard chaleureux. Tout comme vous.

Jo n'avait pas l'impression d'avoir fait grand-chose.

— Je suis sensible à votre remarque, mais je n'ai pratiquement rien fait.

Il s'arrêta et posa sur elle un regard intense.

— Vous ne devriez pas faire ça.

Elle s'arrêta à son tour.

— Faire quoi ?

— Minimiser vos qualités ou vos dons. Vous êtes une femme exceptionnelle.

Elle rougit et se détourna de lui pour recommencer à marcher. Il ne cessait de faire cela, la faire rougir. Il lui disait des choses et la regardait d'une manière qui la grisait. Jamais elle n'avait ressenti cela avec Matthias.

Il lui donnait l'impression de n'avoir aucune valeur, comme si elle n'était rien d'autre qu'une immense déception pour lui. Elle se disait que c'était sûrement pour cela qu'elle rechignait à accepter les éloges.

— Je ne sais pas quoi répondre à cela.

— C'est justement ça. Vous n'avez pas à dire quoi que ce soit. Acceptez qui vous êtes.

Elle pensait l'avoir fait, mais apparemment elle essayait de savoir qui elle était. Elle était la veuve du vicaire et la sœur de la duchesse. Mais qui était Jo ? Pour l'instant, elle était gouvernante, et c'était la situation la plus confortable qu'elle ait connue. En dehors de la manière dont Knighton la provoquait. L'autre jour, dans son bureau, après le départ de sa mère, elle avait été attirée par lui à plusieurs reprises, à la fois à cause des choses qu'il avait révélées sur son enfance et aussi de la manière dont il l'avait regardée. Puis elle lui avait dit qu'il était beau, exprimant ainsi la pensée qui lui était venue à l'esprit lorsqu'il s'était comparé à ses frères. Elle avait aussitôt voulu se dresser contre l'idée qu'il n'était pas attirant, et elle l'avait fait sans penser aux conséquences.

Elle le regarda.

— Je vais… essayer.

— Bien, dit-il, l'air apaisé. Dois-je vous rappeler le rôle crucial que vous avez joué dans l'embauche de la cuisinière hier ?

— Je lui ai simplement demandé de faire une démonstration pour nous assurer de ses compétences.

Elle se rendit compte qu'elle recommençait. Elle *avait* apporté sa contribution à quelque chose de significatif.

— C'était plutôt une bonne idée, n'est-ce pas ?

Il lui sourit.

— *Oui*. C'était brillant. Non seulement nous avons pu

tester sa cuisine, mais nous avons également vu de quelle manière elle travaillait en cuisine avec les autres membres du personnel. Ils l'ont immédiatement appréciée.

C'était vrai. La pauvre fille de cuisine qui avait fait la cuisine, ou du moins essayé de la faire, avait pratiquement pleuré de soulagement quand elle s'était rendu compte qu'elle n'aurait plus à s'en charger.

— J'ai pensé à Tilly, dit Jo. Elle n'est pas très heureuse en cuisine, et elle m'a dit qu'elle espérait suivre une formation pour devenir femme de chambre. Vous pourriez la transférer sur le poste ouvert à l'étage, et trouver quelqu'un d'autre pour assister Mme Fletcher.

— Vous voyez pourquoi vous êtes tellement précieuse ? lui demanda-t-il. Vous venez de me donner une idée. Plutôt que de recevoir des candidats au poste de majordome, je crois que je vais promouvoir Bucket. Il a fait preuve d'un grand courage et d'une remarquable volonté d'apprendre. Il est aussi ambitieux.

— Il paraît parfaitement indiqué pour le poste. Ce qui signifie que vous n'aurez besoin que d'un nouveau valet de pied, et d'une assistante en cuisine, en fonction des besoins de Mme Fletcher.

— Apparemment, oui. Je me demande si Mme Fletcher connaît des gens à embaucher. Je lui en parlerai plus tard. Merci de votre aide sur ces sujets.

Il s'arrêta pour la regarder.

— Je ne sais vraiment pas ce que nous ferions sans vous.

Elle était sur le point de protester, mais se reprit.

— Je vous en prie.

Les filles s'étaient arrêtées devant et discutaient avec un garçon qui devait avoir quelques années de plus qu'elles. Jo et Knighton rattrapèrent leur retard et entendirent leur conversation.

— C'est là qu'ils coupaient la tête des gens, dit le garçon.

— Comme les femmes d'Henri VIII, souffla Becky, les yeux ronds.

— Une femme a été frappée onze fois avant de mourir ! déclara le garçon, déclenchant des hoquets horrifiés des fillettes.

— Thomas ! s'écria une femme s'approchant d'eux à grands pas. Te voilà ! Tu ne dois pas t'éloigner.

Elle croisa le regard de Jo.

— Bon après-midi.

— Maman, c'est ici qu'ils décapitaient tous les prisonniers politiques, dit Thomas.

— Pas tous, expliqua Jo. C'est ici qu'avaient lieu les exécutions plus privées, notamment celles des femmes. La majorité d'entre elles étaient publiques et se déroulaient à Tower Hill.

— Pourrait-on aller voir ça aussi ? demanda le garçon à sa mère.

La femme jeta un autre regard à Jo.

— Euh, nous verrons.

— Ce n'est pas trop loin, expliqua Jo avec un geste en direction du nord-ouest. C'est juste derrière la tour, par là.

La femme sourit.

— Merci. Peut-être y retrouverons-nous votre famille plus tard.

Son regard oscilla de Jo aux filles en passant par Knighton.

Elle pensait qu'ils étaient une famille.

La poitrine de Jo se serra. C'était l'identité qu'elle désirait, et aussi celle qu'elle ne pouvait avoir. Mais pour le moment, à cet instant, elle pouvait faire semblant…

Les filles saluèrent Thomas alors que sa mère et lui s'éloignaient pour rejoindre le reste de leur famille, un homme accompagné de deux enfants plus jeunes.

— Voulez-vous aller à Tower Hill ? demanda Knighton aux filles.

— Je ne sais pas, répondit Evie. Mais je veux voir les joyaux. Pourrait-on y aller maintenant ?

— Oui, les joyaux ! s'écria Becky.

Knighton fit un geste du bras vers l'avant.

— Nous vous suivons.

Les filles reprirent leur guide et repérèrent un chemin qui passait devant l'église et menait à la Maison des Joyaux. Knighton régla le shilling d'entrée pour chacun d'eux, et ils pénétrèrent dans une pièce, où il y avait beaucoup de monde.

— C'est une exposition populaire, déclara-t-il alors qu'ils étaient forcés de se rapprocher les uns des autres en raison du nombre de personnes entassées dans l'espace.

— Oui, murmura Jo, bien trop consciente de sa proximité et de son parfum de frais et de propre qui lui rappelait le soleil et l'été.

Elle s'imaginait que toute la Barbade devait sentir comme lui.

Ils s'avancèrent vers la première exposition, et Jo s'efforça de garder un œil sur les filles.

— N'avancez pas trop loin, les prévint-elle.

— Oui, Jo, répondit Evie.

Jo imagina ce que cela aurait été si elle l'avait appelée maman comme ce garçon l'avait fait dehors. Knighton avait-il entendu ce que lui avait dit la femme qui pensait qu'ils étaient une famille ? Ce devait être le cas, pourtant il n'avait rien dit.

Arrête avec toutes ces bêtises ! Ils ne sont pas ta famille.

Non, ils ne l'étaient pas, mais comme l'avait souligné Knighton, elle était un membre important de leur foyer. Du moins pour le moment. Elle allait prendre cela et le chérir aussi longtemps que cela durerait.

Knighton se tenait juste derrière elle, assez près pour qu'elle sente sa présence contre son dos. Puis il la toucha, une légère pression alors qu'il se penchait sur elle.

— Mes excuses, murmura-t-il près de son oreille. Il y a foule.

Le corps de Jo la brûlait là où il l'avait touchée. Elle avait envie de s'appuyer contre lui à son tour, mais n'osait pas.

Ce n'était pas bien. La gêne qu'elle avait crainte s'était transformée en agitation. Au sein du foyer, ils étaient devenus familiers, ils échangeaient des informations et travaillaient en tandem pour résoudre des problèmes, notamment avec le personnel, et ils dormaient l'un en face de l'autre. Cela seul suffisait à plonger Jo dans un état d'hyper-sensibilité qui lui rendait parfois le sommeil difficile. Elle n'avait jamais ressenti d'attirance pour son mari. Être avec lui avait été à la fois un devoir et une corvée. Knighton était totalement différent, comme en témoignaient les baisers qu'ils avaient échangés au bal. Ils l'avaient laissée sur sa faim, ce qui l'effrayait. Il fallait croire que l'intimité était bien plus attrayante que ce qu'elle avait connu, et pourtant elle avait bien trop peur pour le vérifier.

Non pas que cela avait de l'importance. Ce n'était pas comme s'il frappait à sa porte ou qu'il la cherchait.

Ils se dirigèrent vers l'exposition suivante, les filles papotant avec animation. Jo adorait observer leur enthousiasme.

— Elles s'amusent vraiment, dit-elle à Knighton alors qu'ils les suivaient.

— Oui. Et vous ? lui demanda-t-il alors qu'ils s'arrêtaient devant la vitrine suivante.

— Moi aussi.

Elle se retourna pour lui faire face, et à ce moment quelqu'un la bouscula par-derrière, de sorte qu'elle fut poussée contre lui. Elle s'agrippa à ses épaules tandis qu'il passait les bras autour de sa taille. Elle inspira, bien trop consciente de ses seins qui frôlaient son torse et de l'intensité de son regard.

— Je vous tiens, lui dit-il.

Elle aurait dû s'éloigner de lui, mais elle sentait encore les gens derrière elle qui la poussaient à se rapprocher. Puis elle remarqua que les deux fillettes les regardaient avec beaucoup de curiosité.

Jo ôta ses mains de lui comme si elle s'était brûlée et recula, se heurtant à la personne derrière elle. Elle éclata d'un rire forcé.

— Trop de monde. Dépêchons-nous de visiter l'exposition.

Elle jeta un coup d'œil aux filles qui semblaient cligner des yeux à l'unisson avant de se diriger vers le dispositif suivant.

Knighton glissa un doigt entre sa cravate et son cou.

— Oui, allons-y.

Est-ce qu'il allait bien ? Elle se rendit compte qu'il avait l'air un peu rouge, peut-être à cause de la foule.

Pendant le reste de la visite de la Maison des Joyaux, elle prit soin de garder les filles entre elle et Knighton. Il n'arrêtait pas de tripoter sa cravate, et des perles de sueur s'étaient accumulées sur ses tempes.

Lorsqu'ils furent enfin dehors, les filles marchèrent devant eux, se plongeant une fois de plus dans le guide.

Elle marchait à côté de Knighton.

— Vos vêtements vous gênent.

Il inspira.

— Oui, mais c'est plus que ça. La bousculade des gens à l'intérieur… Je trouve cela intolérable.

— C'était plutôt bondé, confirma-t-elle avec un regard attentif. Étiez-vous mal à l'aise ?

— Énormément. Je déteste que les autres me touchent.

Elle savait qu'il ne voulait pas vraiment dire *tout le monde.*

— Que voulez-vous dire ? Evie vous serre dans ses bras, et cela ne semble pas vous gêner.

Ses traits se relâchèrent, et elle réalisa à quel point il avait été tendu.

— Non. Evie ne me met pas mal à l'aise. Mais lorsque je rentre en contact avec presque n'importe qui d'autre, j'ai l'impression de vouloir sortir de ma peau.

Cela avait l'air horrible. Et il avait dit « presque n'importe qui d'autre ». Où se situait-elle dans ce spectre ? Ils s'étaient touchés plus d'une fois à l'intérieur, notamment lors d'un moment assez intime, sans oublier les baisers qu'ils avaient échangés au bal.

Il sembla suivre le cheminement de ses pensées. Il fit une pause, plongeant son regard dans celui de Jo.

— Cela ne me dérange pas que vous me touchiez. En fait, j'aime plutôt ça.

La chaleur qu'elle avait ressentie dans la salle d'exposition s'accumula entre eux et devint palpable. Ce n'était plus de la gêne ou même de l'agitation entre eux, mais quelque chose de bien plus primitif. Et elle n'avait aucune idée de ce qu'il fallait faire à ce sujet.

❦

— *R*aconte-moi comment s'est passée la visite de ta mère la semaine dernière, s'enquit Lady Dunn en posant sa tasse de thé. Je vois que son portrait n'est plus là.

Elle inclina la tête vers l'endroit laissé nu sur le mur.

Bran décroisa les jambes.

— Cela s'est passé aussi bien que l'on pouvait s'y attendre, je suppose. J'ai fixé des limites spécifiques à nos interactions, alors je ne pense pas qu'elle sera une nuisance pour nous. Sommes-nous obligés de parler d'elle ?

Lady Dunn gloussa.

— Bien sûr que non. Mais attention, mon garçon, elle est toujours une nuisance, même si tu ne la vois pas.

C'était sûrement vrai, et il aurait dû demander quels dégâts sa mère pouvait causer, mais il n'avait pas envie de savoir. Tant qu'il n'était pas obligé de passer du temps avec elle, tout irait bien.

— Qu'a pensé Evie d'elle ? l'interrogea Lady Dunn avant de lui jeter un regard d'excuse. Je parle encore d'elle. Oublie ça.

— C'est bon. Tu te soucies d'Evie, et je ne vais pas m'en plaindre. Ma mère s'est montrée agréable, mais elle n'a pas apporté de massepain.

Lady Dunn éclata de rire.

— Eh bien, moi non plus, aujourd'hui, mais j'ai apporté des rubans pour Evie. Elle va descendre, j'espère ?

— Oui, avec sa gouvernante.

— Excellent. C'est Mme Shaw, c'est bien ça ? Je l'ai déjà rencontrée. Je suis surprise qu'elle ait décidé de prendre un poste de gouvernante. Elle est veuve, et la sœur d'une duchesse. On aurait pu penser qu'elle voudrait faire un bon mariage.

Oui, elle pourrait le faire. Mais Bran savait qu'elle n'en avait pas envie, du moins pas avec lui.

— Je ne suis pas certain qu'elle souhaite se remarier.

— Fascinant, répondit Lady Dunn en secouant la tête. Certaines femmes préfèrent leur indépendance. Je ne vais pas trouver quelque chose à y redire, étant donné que je suis l'une de ces femmes. Je savais que je ne retrouverais pas d'homme que j'aimerais autant que j'avais aimé mon mari. Alors je n'ai pas pris la peine de chercher. C'est peut-être la même chose pour elle.

Bran n'y avait pas réfléchi. Elle avait dit qu'elle ne pouvait pas avoir d'enfants, mais il y avait peut-être plus que cela. Ou alors c'était tout à fait autre chose. Peut-être était-ce une excuse qu'elle avait invoquée pour éviter de lui donner la véritable raison, qu'elle aimait toujours son mari. Est-ce que cela avait un sens ? Pourquoi ne lui dirait-elle pas la vérité ? Soudain, il eut envie de savoir, et se jura de découvrir la vérité.

Mme Shaw et Evie firent leur apparition dans le salon à ce moment-là. Evie se dirigea directement vers Lady Dunn, qui tendit les bras pour un câlin.

— Lady Dunn, s'écria Evie en la serrant dans ses bras. Avez-vous apporté d'autres massepains ?

— Eh non, répondit la vicomtesse avec une pointe de regret. J'espère que tu n'es pas fâchée. Je t'ai apporté des rubans.

Elle ouvrit un sachet et lui montra les couleurs vives.

— Je les adore !

Puis elle tourna la tête vers Mme Shaw, qui se tenait à l'entrée de la pièce.

— Regarde, Jo !

La gouvernante s'avança pour examiner les rubans.

— Ils sont ravissants.

Elle fit ensuite une révérence à Lady Dunn.

— Ma dame, c'est un plaisir de vous revoir.

— Vous de même, répondit la vicomtesse avant de reporter son attention sur Evie. Tu devrais m'appeler Lady D. Qu'en penses-tu ?

Evie hocha la tête.

— Ce n'est pas grave que vous n'ayez pas apporté de massepain. J'ai appris à en faire chez mon amie.

Ses yeux s'agrandirent avec malice, et elle sourit.

— Je reviens tout de suite !

Elle se précipita hors de la pièce, et les trois têtes pivotèrent pour la regarder partir.

— Ah, être capable de se déplacer comme ça, dit Lady

Dunn avec nostalgie. Prenez place, madame Shaw. Dites-moi, ça vous plaît d'être gouvernante ?

Jo s'installa sur une chaise près de celle de Bran.

— Cela me plaît énormément. Evie est une enfant délicieuse.

— Oui, je crois que vous pourriez difficilement vouloir meilleure protégée. Et j'imagine que vous êtes d'une grande aide à Knighton pour naviguer dans Londres.

Lady Dunn inclina la tête sur le côté.

— Mais il me semble que vous aussi êtes relativement nouvelle dans cette ville, n'est-ce pas ?

— Oui. Je ne suis là que depuis quelques semaines. En fait, je crois que Knighton et moi sommes arrivés à peu près en même temps.

Elle coula un regard vers lui, et c'était comme s'ils avaient une histoire commune. Évidemment, ce n'était pas le cas, mais ils en construisaient une.

— Mais elle m'a été d'une grande aide, souligna Bran. Comme tu le sais, j'ai eu des soucis avec le personnel, et Mme Shaw a contribué à arranger les choses.

Lady Dunn posa sur Mme Shaw un regard approbateur.

— Vraiment ? C'est merveilleux, lui dit-elle avant de poser les yeux sur Bran. J'ai remarqué que tu avais un nouveau majordome. Il est assez jeune. Es-tu certain qu'il soit à la hauteur de la tâche ?

— Oui. Il a pris la relève après que j'ai renvoyé Kerr, et je me suis aperçu qu'il pouvait très bien faire le travail.

Lady Dunn fit claquer sa langue, puis sourit à nouveau.

— C'est bien toi de résister aux conventions et de faire ce que bon te semble.

— Cela a l'air de lui réussir, intervint Mme Shaw.

Bran tourna la tête vers elle, surpris de son commentaire. Elle n'était pas vraiment sur la défensive, mais elle avait volé à son secours. Il avait de plus en plus l'impression qu'ils fonctionnaient en équipe. C'était un territoire dangereux.

Evie revint en courant dans la pièce et ouvrit sa main devant Lady Dunn. Sur sa paume reposait la tortue en massepain qu'elle avait fabriquée chez les Kendal.

— C'est moi qui l'ai faite. Nous avons des tortues comme ça à la Barbade. Voudriez-vous l'avoir ?

Lady Dunn la ramassa avec précaution et l'approcha de son visage pour l'étudier.

— Bonté divine, voilà qui est vraiment précieux. Tu veux vraiment me le donner ?

Son regard était teinté d'émotion lorsqu'elle regarda Evie.

La petite fille hocha la tête.

— Comme ça, tu auras quelque chose pour te souvenir de moi, tout comme j'ai quelque chose pour me souvenir de toi.

— Ma chère petite, c'est la plus belle chose qui soit. Mais je n'ai pas peur de dire que je n'ai pas besoin d'un objet. Tu es bien trop difficile à oublier.

Elle déposa la tortue sur ses genoux.

— Je vais la garder précieusement, je te remercie.

La poitrine de Bran se gonfla de fierté. Il s'était souvent demandé s'il serait capable d'élever Evie tout seul, surtout avec ses excentricités. Mais elle semblait aller bien, ce qui signifiait sûrement qu'il faisait aussi ce qu'il fallait.

Ils discutèrent encore un peu de la Barbade, et Bran parla à sa marraine des fleurs séchées qu'il avait trouvées et qu'il voulait faire encadrer.

— Je connais un endroit où tu pourrais le faire faire, répondit Lady Dunn. Je vais te noter l'adresse.

— J'apprécierais, répondit Bran.

Mme Shaw se leva.

— Il est temps pour nous de retourner à nos leçons, Evie.

La petite fille était assise aux côtés de Lady Dunn, et se leva à contrecœur.

— Si nous y sommes obligées. À la prochaine fois, Lady D.

— À bientôt, douce Evie.

Lady Dunn la serra à nouveau dans ses bras, puis Mme Shaw la ramena à la nursery.

— C'est une fillette merveilleuse, constata la vieille femme. Et Mme Shaw semble précieuse.

Il se rappela avoir utilisé ce mot l'autre jour à la tour de Londres.

— Incroyablement, oui. Nous avons beaucoup de chance.

Lady Dunn le regarda un moment.

— Il me vient à l'esprit qu'elle pourrait être une comtesse potentielle. J'ai senti une certaine… connexion entre vous deux. L'as-tu envisagé ?

Bon sang ! Il l'avait plus qu'envisagé. Il l'avait même demandée en mariage ! Et elle avait refusé à juste titre. Elle avait vu juste : ils se connaissaient à peine, et il avait précipité sa demande. Mais aujourd'hui, ils se connaissaient depuis plusieurs semaines, dont la dernière qu'elle avait passée dans sa maison. Il la voyait plusieurs fois par jour, et leurs chambres à coucher étaient en face l'une de l'autre. Pour l'instant, il ne l'avait pas croisée dans ses allées et venues, mais ce n'était qu'une question de temps. Que se passerait-il alors ? Il était plus qu'attiré par elle, il la voulait. Il pensait souvent à elle, notamment lorsqu'il se couchait le soir et qu'il l'imaginait si proche et pourtant si lointaine.

— Euh, oui. Je l'ai envisagé.

Lady Dunn afficha une expression de surprise.

— Vraiment ? Y a-t-il une raison pour que tu ne le fasses pas ?

Parce qu'il avait déjà été rejeté ? Il pourrait envisager de faire une nouvelle tentative puisqu'ils se connaissaient mieux et qu'il était certain qu'ils se portaient une estime mutuelle. Mais le problème persistait qu'elle ne pouvait pas lui donner d'autres enfants. Et cela, hélas, rendait la situation problématique.

— Il y a… des complications. Je ne crois pas que ce soit possible.

Lady Dunn plissa les yeux et agita une main.

— Des trucs, et des bêtises. Tout est possible si tu essaies.

Bran n'y croyait pas. Enfant, sa mère l'avait réprimandé pour ses idiosyncrasies, lui répétant que si seulement il se donnait la peine d'essayer, il parviendrait à passer la journée en portant tout ce qu'il devait.

— C'est le genre de choses qu'on dit aux enfants pour les motiver.

— C'est aussi quelque chose que l'on fait quand on est tenace. T'aurais-je mal jugé ?

Tenace. Avait-il à ce point envie de Mme Shaw ?

Oui.

Peut-être devait-il réessayer.

— Je vais y réfléchir un peu plus.

— Très bien. Faites-moi savoir comment ça se passe.

Lady Dunn partit peu de temps après, laissant Bran s'interroger sur la manière de jouer son prochain coup.

CHAPITRE ONZE

*J*o posa le livre sur sa table de nuit. Elle n'était pas particulièrement fatiguée, mais elle n'aimait pas vraiment non plus l'histoire. C'était censé être une romance, mais les personnages paraissaient insuffisants, d'une certaine manière. Probablement parce qu'elle n'arrêtait pas de comparer l'un d'entre eux en particulier à Knighton.

Bran.

Il l'avait pressée de l'appeler ainsi, mais elle ne pouvait pas. Du moins pas à voix haute. Dans son esprit, elle pouvait le voir comme Bran. Tout comme elle le voyait dans sa tenue vestimentaire préférée : une chemise ample qui exposait son cou et un pantalon qui épousait la pente athlétique de ses hanches et de ses fesses. C'était une image incroyablement distrayante, particulièrement quand elle était censée se concentrer sur d'autres sujets. Comme enseigner à sa fille.

Elle roula sur le côté, mais n'éteignit pas la lampe. Autrefois, elle avait attendu fébrilement de voir si son mari allait la rejoindre. Il ne la prévenait jamais, il se contentait d'entrer dans sa chambre quand l'envie lui en prenait. Si sa lampe était allumée, il l'éteignait invariablement, préférant l'obscurité totale quand il venait dans son lit.

Oh, comme elle avait détesté ces nuits !

Arrête de penser à lui.

Elle tourna son esprit vers Bran et se souvint de la sensation de son torse sous ses doigts l'autre jour à la Tour. Il y avait eu un instant où elle avait cru qu'il allait l'embrasser à nouveau. Ce qui était stupide, étant donné qu'ils se trouvaient au beau milieu d'une exposition bondée.

Pourtant, elle imaginait la sensation des lèvres de Bran couvrant les siennes, leurs corps collés l'un contre l'autre.

Un coup frappé à la porte la fit se redresser. Personne n'était jamais venu dans sa chambre à cette heure. Sa première idée fut que ce devait être Evie.

Jo sortit du lit et se drapa d'un peignoir par-dessus sa chemise de nuit avant de traverser la chambre pieds nus.

Elle ouvrit la porte, et son pouls s'emballa aussitôt.

— Knighton.

Il était debout sur le seuil, dans sa tenue habituelle, mais sans bas ni chaussures. Ses pieds étaient aussi nus que les siens.

— Bonsoir. J'espère que je ne vous dérange pas.

— Non. Tout va bien ?

Ses cheveux étaient légèrement ébouriffés, comme s'il avait été dehors sous la brise. Elle l'imaginait à la proue du navire qui l'avait amené ici, les cheveux en bataille et les yeux plissés par le soleil. Un frisson parcourut sa colonne vertébrale.

— Oui. Puis-je entrer ? Je dois discuter de quelque chose avec vous.

La crainte supplanta la brume de désir qui l'avait envahie à sa vue. Était-il ici pour la renvoyer ? Faire appel à elle à cette heure-ci et dans sa chambre à coucher semblait… étrange. Mais c'était un fait bien établi pour elle que Bran n'était pas quelqu'un d'ordinaire. En fait, c'était quelque chose qu'elle appréciait chez lui.

Elle regarda derrière lui dans le couloir.

— C'est un peu inconvenant.

Il fronça les sourcils.

— Personne ne sait que je suis ici. De toute manière, la plupart de mes agissements sont inconvenants, pourquoi cela devrait-il être différent ?

Une bulle de rire se forma dans sa poitrine, ce qui l'aida à se détendre. Après tout, elle n'avait rien à craindre de lui.

— Entrez.

Elle ouvrit plus grand la porte pour le laisser entrer. Elle referma derrière lui, puis le dépassa.

— De quoi vouliez-vous parler ?

Il se rapprocha jusqu'à n'être plus qu'à quelques dizaines de centimètres d'elle. C'était largement dans la zone de proximité qui déclenchait les palpitations dans son ventre. En réalité, ces derniers jours, il lui avait suffi d'être dans la même pièce que lui pour ressentir une attirance proche du magnétisme. C'était *totalement* différent de quand Matthias venait la rejoindre dans sa chambre.

Le regard sombre de Bran se planta dans le sien.

— De toi.

Sa chair fut parcourue de frissons, comme ce soir-là au bal et de nouveau à la Tour. Quand elle avait été certaine de ses intentions, du fait qu'il la voulait.

— Moi ?

On aurait dit un couinement de souris.

— Plus précisément, ton incapacité à avoir des enfants. En es-tu vraiment certaine ?

Elle perdit ses moyens, se sentant soudain de nouveau inutile. Finalement, c'était peut-être de nouveau comme avec Matthias.

— Absolument.

Il inclina la tête sur le côté, lui jetant un regard sceptique.

— Vraiment ? Comment peux-tu en être sûre ?

— J'ai été mariée pendant huit ans. Mon mari venait dans mon lit… souvent.

Au cours des premières années. Mais la fréquence de ses visites avait diminué. Il avait hâte de la mettre enceinte, il était même désespéré. Devant son échec, il était devenu colérique et amer, lui reprochant à la fois son manque de compétences et d'aptitudes. En tant que femme, si elle ne pouvait ni le satisfaire ni lui donner un enfant, à quoi servait-elle ?

La douleur la submergea alors que ses railleries et ses insultes résonnaient à nouveau dans son esprit. Elle les avait repoussées depuis si longtemps…

— Cela ne signifie pas forcément quelque chose, lui dit Bran, la ramenant au présent, loin de sa haine d'elle-même. Peut-être faut-il simplement que tu essaies avec quelqu'un d'autre ?

Elle cligna des yeux. Elle n'était pas certaine de l'avoir bien entendu.

— Que suggérez-vous ?

— Que tu m'invites dans ton lit.

Jo fit un pas en arrière, malgré son corps qui vibrait de désir. Cependant, son cerveau se révoltait contre cette idée. En matière de féminité, elle n'était qu'un échec retentissant. Les inclinations de son mari et le fait qu'elle n'ait pas conçu le prouvaient assurément.

— Non.

Il grimaça. Ce fut un rapide resserrement des muscles autour de ses yeux et si elle avait cillé, elle ne l'aurait pas vu.

— Est-ce que c'est parce que tu es toujours attachée à la mémoire de ton mari ?

Un rire sinistre lui échappa. Elle avait parfaitement réussi à dissimuler aux yeux de tous l'échec de son mariage. À tel point que les gens se demandaient si elle était toujours amoureuse de Matthias. Elle ne l'avait *jamais* aimé. Elle avait espéré que ce serait le cas, mais il avait tué toute envie lors de leur nuit de noces.

— Certainement pas.

Knighton haussa les sourcils devant sa réaction, et son regard scintillait à présent d'une lueur d'approbation.

— Je vois, murmura-t-il, s'avançant, réduisant de nouveau l'écart entre eux. Alors, pourquoi te refuser à moi ? J'ai envie de toi. Très envie, pour être honnête, et je pense que toi aussi, tu as envie de moi.

Effectivement. Elle avait très envie elle aussi. Enfer et damnation, c'était un épouvantable imbroglio.

— Je ne peux pas. Je ne suis pas... Vous n'aimeriez pas ça.

Il écarquilla brièvement les yeux avant de ciller. Puis il la dévisagea, entrouvrant les lèvres.

— Je te demande pardon ?

Oh, c'était trop humiliant.

— Il faut que vous partiez.

Il réduisit encore la distance entre eux et lui prit la main. Il était chaud là où elle était froide.

— Je sais que j'aimerais.

Elle lui renvoya ses propres mots.

— Comment pouvez-vous en être sûr ?

Il promena son regard sur elle, s'attardant sur ses seins avant d'effleurer le reste de son corps, puis de remonter pour se concentrer sur son visage.

— Parce que je le suis.

— Eh bien moi, non.

Elle voulut retirer sa main, mais il la tira contre lui jusqu'à ce que leurs poitrines se touchent. Elle haleta, et il enroula un bras autour de sa taille, la tenant captive.

— Tu trembles, dit-il doucement, en frottant son pouce sur le dos de sa main. Pourquoi as-tu peur ?

— Je n'ai pas peur.

— Tu mens. Dis-moi. As-tu la moindre raison de ne pas me faire confiance ?

Elle n'en avait pas.

— C'est trop… effroyable.

— Que je comprenne bien. Tu as été mariée pendant huit ans, et tu penses que je n'aimerais pas te mettre dans mon lit. Cela m'amène à penser que c'est ce que ton *idiot* de mari a dit. Il y avait clairement quelque chose qui n'allait pas chez lui.

Il n'aurait pas pu dire mieux. Jo laissa échapper un autre rire, fort et aigu cette fois. Elle couvrit rapidement sa bouche de sa main libre.

Bran haussa un sourcil.

— J'ai raison, alors. Tu vois, le problème c'était lui, pas toi. Tu es adorable et belle, et j'ai mal aux dents à force de te désirer.

Ses paroles l'enflammaient, la poussant à faire exactement ce qu'il lui proposait et à l'inviter dans son lit. Mais il devait y avoir un million de raisons pour lesquelles elle ne devrait pas. Malheureusement, ou heureusement, peut-être, elle ne parvenait pas à en trouver une.

Sans qu'elle sache vraiment pourquoi, elle décida de lui raconter la vérité.

— Matthias avait du mal à aller jusqu'à l'orgasme. Il disait que c'était ma faute, qu'une vraie femme le satisferait. Il s'est avéré qu'il préférait la compagnie des hommes. Je l'ai surpris il y a quelques années avec son amant. Il a dit que c'était aussi ma faute, que mon manque de compétence et mon incapacité à lui donner un enfant l'avaient poussé à trouver du réconfort ailleurs.

— C'est une très bonne chose qu'il soit mort.

Bran prononça ces paroles sur un ton si menaçant que Jo en frissonna.

— Tout ce qu'il t'a dit est un mensonge.

Bon sang, elle adorait qu'il prenne sa défense de manière si chevaleresque ! Elle n'en avait que plus envie de lui.

— Mais si ce n'est pas le cas ?

— Apparemment, il ne me suffit pas de te dire que je le sais. Alors, laisse-moi te montrer.

Il relâcha sa main et approcha le bout de ses doigts de son visage. Il dessina délicatement le contour de ses lèvres avec la pulpe de son pouce et caressa sa mâchoire.

— Je te le redemande : m'inviterais-tu dans ton lit ?

Elle aurait dû dire non, mais elle avait largement dépassé le stade des « je devrais ». Elle avait envie de croire ce qu'il lui disait, mais elle savait aussi qu'elle devait en faire l'expérience par elle-même.

Elle glissa les bras autour de sa taille et plaqua son corps contre celui de Bran.

— Oui.

— Oh, parfait.

Il abaissa sa bouche vers la sienne, tenant son visage entre ses mains alors qu'il l'embrassait. Doucement d'abord, puis plus profondément lorsque sa langue franchit ses lèvres et explora sa bouche. Les pensées et souvenirs de Matthias disparurent sous les assauts de Bran. Elle se donna entièrement à lui.

Il posa la main à l'arrière de la tête de Jo, la serrant contre lui alors qu'il pénétrait sa bouche. Le baiser se changea en quelque chose qu'elle n'avait jamais connu : c'était chaud, humide, et empli de désespoir. Elle enfonça les doigts dans le bas de son dos.

Il la guida sur le côté et la fit tourner jusqu'à ce qu'elle sente le lit contre ses fesses. Il la souleva et la posa sur le bord, écartant ses jambes pour se tenir entre elles. Sa chemise de nuit ne lui permettait pas d'ouvrir complètement les cuisses, mais suffisamment pour qu'il soit collé au lit.

Glissant ses lèvres le long de celles de Jo, il déplaça le

baiser sur sa joue et sa mâchoire, déposant une traînée de
chaleur jusqu'au lobe de son oreille, puis le long de son cou.
Tout ceci était nouveau pour elle, sa peau picotait de désir, et
son ventre palpitait de besoin. Jamais elle n'avait ressenti
cette... cette *soif*. Finalement, il n'y avait peut-être rien qui
clochait chez elle.

Mais ce n'était pas parce qu'elle ressentait cela qu'il en
était de même pour lui.

Sauf qu'il semblait très impliqué. Sa main remonta et
saisit sa poitrine à travers sa tenue de nuit. Son mamelon se
tendit et durcit sous sa caresse, et elle haleta.

Il fit glisser son peignoir de ses épaules, et le descendit le
long de ses bras. Elle les libéra, et le vêtement retomba
autour d'elle sur le lit. Le décolleté de sa chemise de nuit était
plutôt grand, et il le tira sur le côté pour pouvoir faire passer
son sein par-dessus.

Il recula la tête et la contempla, son pouce et son doigt
travaillant son mamelon pour en faire un bourgeon serré.

— Tu es splendide, murmura-t-il.

Les mots étaient brefs et durs, mais ô combien excitants.
Il éloigna sa main, et elle s'agrippa de nouveau à sa taille.

— Ne t'arrête pas.

Baissant les yeux sur elle, il haussa un sourcil.

— Tu aimes ça ?

Elle hocha la tête, la gorge asséchée par le désir.

Il tripota le bord de sa chemise de nuit.

— J'aimerais te retirer ça. Est-ce que ça va ?

Elle hocha encore la tête quand il tendit la main vers
l'ourlet.

— Tu vas devoir te soulever.

Levant les fesses, elle l'aida à tirer le vêtement jusqu'à sa
taille. Puis il le fit passer par-dessus sa tête et le jeta de côté.

— Magnifique, murmura-t-il encore, posant les deux
mains sur elle.

Il la caressa, massant sa chair avec ses paumes, projetant des ondes de désir intense jusqu'au creux entre ses jambes.

— Ils sont si ronds et parfaits. Je dois goûter.

Quoi ?

Avant qu'elle ait pu comprendre ce qu'il avait dit, il avait déjà la bouche sur son sein, humide et brûlante. Elle poussa un petit cri empli de surprise, d'émerveillement et de désir. Elle ferma les yeux comme si elle était obligée de neutraliser au moins l'un de ses sens pour pouvoir survivre au torrent d'émotions.

Ses mouvements étaient très doux au début, avec ses lèvres et sa langue qui travaillaient doucement sa chair. Puis il prit davantage d'elle dans sa bouche, sa main retenant le globe captif. Il se recula et souffla sur elle avant de la suçoter encore une fois. Instinctivement, elle plongea la main dans ses cheveux et le retint contre elle. Il répéta les mêmes gestes, soufflant et suçant, tandis que son autre main travaillait l'autre sein.

Les palpitations entre ses jambes s'intensifiaient et elle respirait fort et vite.

— Tu vois ? Tu es spectaculaire.

Ses paroles réussirent à percer la brume épaisse de sa volupté.

— Est-ce que tu… prends du plaisir ? demanda-t-elle, l'air hors d'haleine.

— Énormément. Je ne peux pas me rassasier de toi.

Comme pour illustrer sa déclaration, il déplaça sa bouche sur son autre sein et l'aspira profondément dans sa bouche, le léchant, le suçant et frôlant légèrement sa chair avec ses dents.

— *Bran.*

Il s'écarta, et elle ouvrit les yeux. Il la contemplait avec un léger sourire aux lèvres.

— Tu m'as appelé Bran. J'espère que cela veut dire que je

peux t'appeler Joanna. Mme Shaw me paraît plutôt formel dans cette situation.

Elle hocha la tête.

— Mais pas en dehors de cette pièce.

— À tes ordres.

Il prit sa main qu'il plaqua sur le devant de son pantalon.

— Est-ce que tu vois par toi-même que je prends du plaisir ?

Son sexe était dur comme la pierre. Elle avait bien connu celui de Matthias, bien qu'elle ne pense pas qu'il ait jamais été aussi… conséquent. Le conduire à une excitation complète lui avait demandé beaucoup d'efforts avec ses mains et sa bouche, et elle en avait détesté chaque minute.

Elle aurait pensé tressaillir en touchant Bran, mais cette situation était déjà très éloignée de toutes ses autres expériences.

— Il est impressionnant.

Il gloussa.

— Je vais prendre cela comme un compliment.

Puisqu'il avait placé sa main là, elle ne pouvait que supposer qu'il désirait qu'elle fasse quelque chose.

— Tu veux me le montrer ?

— Dans un petit moment, lui répondit-il. J'ai encore envie de m'amuser… ça me plaît *vraiment* beaucoup. Et toi ?

Elle hocha la tête, elle se sentait timide. L'élancement entre ses jambes avait un peu diminué depuis qu'il avait cessé de la toucher.

— Tu ne sembles pas tout à fait convaincue. Je le prendrai très mal si tu ne prends pas un maximum de plaisir avec ça.

Il la repoussa légèrement.

— Allonge-toi.

Alors qu'elle s'étendait sur le matelas, Bran ramena ses mains autour de ses seins, les caressant et les enveloppant, ravivant son désir. Ses mains glissèrent le long de son ventre, parcourant la surface plane, la faisant frissonner, jusqu'à ce qu'elles se posent sur ses hanches. Il lui fit écarter les jambes, et une fois encore, la gêne l'envahit.

Cependant, elle n'allait pas lui demander d'arrêter. Pas maintenant. Probablement jamais.

— Tu ne veux pas éteindre la lumière ?

Elle paraissait petite et fragile, nerveuse.

Il ne cessa pas ses mouvements.

— Pourquoi ferais-je ça ? Si je le faisais, je ne serais pas capable d'apprécier ta beauté. Je veux voir chaque centimètre de toi.

Il passa le pouce le long du repli entre ses jambes.

— *Chaque* centimètre.

Ses doigts jouèrent avec sa chair, la taquinant, la caressant. Toute gêne disparut et laissa place à un plaisir pur et simple et à un sentiment de désir irrépressible. Matthias l'avait à peine touchée à cet endroit, simplement pour trouver son chemin en elle. Cela lui avait suffi pour qu'elle comprenne qu'il pouvait y avoir quelque chose d'agréable. Peut-être. Elle n'en avait pas été sûre. Elle avait déjà essayé de se toucher et en avait retiré une légère satisfaction à quelques reprises, mais cette sensation, cette excitation incroyable, n'était en rien comparable à ce qu'elle avait connu.

Puis son doigt glissa en elle. Elle ferma les yeux et écarta les cuisses autant que possible, impudique dans son besoin de le ressentir.

— Il me semble que tu y prends du plaisir, dit-il en faisant entrer et sortir son doigt de son fourreau humide.

Elle avait envie de remuer, mais Matthias lui avait toujours dit de rester tranquille. Bran se servit de son autre main pour toucher le haut de son sexe, et elle ne put s'empêcher de réagir. Elle se cabra sur le lit en criant.

— Oh oui, il est évident que tu prends du plaisir.

Il se pencha sur elle, elle le sentit contre ses seins sensibles.

— Et au cas où tu croirais que ce n'est pas le cas, sois assurée que moi aussi.

Il l'embrassa, sa langue rejoignant celle de la jeune femme en de longs mouvements qui rappelaient ce qu'il faisait entre ses jambes.

Soudain, il s'éloigna de sa bouche, et elle ressentit de l'humidité contre son sexe. Elle ouvrit les yeux et releva la tête pour voir ce qu'il faisait. Il avait la tête enfouie entre ses jambes, l'embrassant là avec sa bouche et sa langue comme il venait juste de le faire sur ses lèvres.

Oh, c'était trop ! Elle retomba contre le lit et referma les yeux une fois encore. Il éloigna sa bouche et elle gémit. Son doigt s'enfonça une fois de plus en elle tandis qu'il travaillait sa chair. Puis sa bouche fut de nouveau là, et elle fut submergée par un désir croissant. C'était comme une tempête en approche, avec des nuages noirs chargés d'humidité et de turbulences. Elle incarnait ces nuages, prêts à éclater, et pourtant elle n'était pas sûre de pouvoir le faire.

— Jouis pour moi.

Ses mots rauques ruisselèrent sur elle, et elle gémit quand ses muscles se mirent à se contracter. Ses doigts la pénétraient de plus en plus fort, tandis que sa bouche tétait ce point sensible au sommet de son sexe, et son corps se détacha d'elle. Comme un navire qui aurait pris la mer et qu'elle n'aurait pu arrêter.

Des cris profonds et plaintifs emplissaient la chambre, et elle ne comprenait pas d'où ils venaient. Des contractions secouèrent son ventre tandis que des lumières clignotaient derrière ses paupières. Le plaisir la transperça.

Elle n'avait pas la moindre idée du temps qu'elle avait passé dans l'obscurité, mais finalement, elle revint à elle. Son corps était ramolli et épuisé, mais incroyablement rassasié. À présent, elle savait. Cette idée lui coupa le souffle et fit remonter l'émotion dans sa gorge.

— Tu vas bien ? lui demanda-t-il doucement.

Elle ouvrit lentement les yeux, et parvint à se concentrer sur le baldaquin. Puis elle pencha la tête sur le côté, et le vit qui la regardait. Il semblait sincèrement préoccupé, et son regard était chaleureux et sincère.

— Je crois que oui. Je n'ai jamais connu... *ça.*

— Le sexe avec ton mari n'était pas comme ça.

Ce n'était pas tant une question qu'une affirmation. Et empreinte de mépris, par-dessus le marché.

— Non. Il ne faisait pas ces choses que tu as faites.

— Jamais ? insista Bran en secouant la tête. Ton mari était un imbécile.

Elle se demanda si elle devait lui dire la vérité, mais ce serait avouer la honte ultime.

— Il disait que c'était de ma faute s'il ne me désirait pas. Il disait que j'avais détruit son intérêt... pour les femmes.

Elle détourna la tête de lui et tendit la main pour prendre son peignoir. Elle sentit la main de Bran sur la sienne.

— Ne fais pas ça.

Il la tira en position assise, et l'embrassa. Les lèvres de Bran se mêlèrent aux siennes dans une douce danse, et elle fut étonnée de constater que le désir reprenait vie en elle. Il mit fin à leur baiser et la regarda droit dans les yeux.

— Ce n'était pas ta faute. Il était qui il était, et s'il n'aimait pas les femmes, tu n'y étais pour rien.

Il lui caressa la mâchoire du dos de la main.

— Je brûle d'envie de me plonger dans ton sexe magnifique, mais peut-être pas ce soir.

Ses paroles se gravèrent en elle, du moins la première partie. Elle s'accrocha à ses épaules.

— Si, ce soir. Après tout ça, je veux ressentir le reste. Je t'en prie.

Ses lèvres se courbèrent en un sourire viril et presque prédateur.

— Si tu insistes.

— J'insiste.

Il retira sa chemise qu'il laissa tomber sur le sol.

Elle fixa les lignes dures de sa poitrine. Il était large et musclé, avec des mamelons d'un brun roux, et un fin duvet de poils bruns entre les deux.

— Je n'ai jamais vu la poitrine d'un homme avant, avoua-t-elle en relevant les yeux vers son visage. Mon mari n'ôtait jamais sa chemise. Alors je n'ai pas de point de comparaison. Mais j'ai bien l'impression que les autres hommes ont de quoi t'envier.

— Tu es une véritable bénédiction pour mon ego.

Il lui prit la main pour la poser à plat sur son torse.

Elle se contenta de le toucher pendant un moment, savourant sa chaleur et sa dureté. Puis elle remonta pour suivre le creux de sa gorge, le long de sa clavicule, avant de descendre jusqu'à l'un de ses petits mamelons aguicheurs.

— Est-ce que tu ressens la même chose ? s'enquit-elle en le taquinant doucement. Quand tu m'as touchée là…

Ses seins semblaient pleins et lourds, et une chaleur jaillit au creux de son ventre.

— Tu as aimé.

— Oui.

Elle paraissait à la fois essoufflée et impatiente.

— Ce n'est pas tout à fait la même chose, mais oui, j'aime ça. J'aime tout, et tout ce que tu auras envie de me faire.

Elle repensa aux choses que Matthias lui avait demandé de faire. Elle s'en était acquittée par devoir, mais pour la première fois, elle ressentait la tentation de toucher le sexe d'un homme. Pas n'importe quel homme, Bran.

Elle arqua un sourcil en le regardant et s'avança jusqu'au bord du lit où il se tenait.

— Tout ?

Elle tendit la main vers les boutons de son pantalon et l'ouvrit.

— Joanna. Qu'est-ce que tu fais ?

— Je t'explore. Tu as fait beaucoup pour dissiper mon angoisse et mes craintes. Cela en fait partie. Puis-je ?

Elle hésita avant de glisser la main dans ses sous-vêtements. Seulement, il n'en portait pas sous son pantalon. Ce qui ne la surprit pas, étant donné son aversion pour la plupart des vêtements.

Il repoussa son pantalon, et remua les hanches jusqu'à ce qu'il tombe le long de ses jambes, et qu'il l'écarte d'un coup de pied.

— C'est mieux ?

Elle contempla son sexe, dont la longueur se courbait à partir d'un nid de boucles sombres. Une goutte d'humidité apparut sur la pointe. Elle enroula la main autour de lui et caressa sa chair. Elle procédait avec lenteur, prenant son temps pour en sentir chaque centimètre.

Il tendit la main pour lui caresser la poitrine. Son contact raviva son excitation et l'incita à bouger la main plus rapidement. Elle saisit brièvement les lourdes bourses à la base avant de ramener sa main vers le haut et de la faire glisser vers le bas, puis de répéter l'action plusieurs fois.

Bran respirait de plus en plus fort, et ses doigts tiraient et massaient son mamelon, la distrayant, mais de la manière la plus délicieuse qui soit. Elle passa son pouce sur cette pointe, trouvant l'humidité. Il y en eut plus encore, et elle se servit de sa main pour la frotter sur sa chair. Il gémit.

— *Joanna.*

— Tu peux m'appeler Jo. Si tu en as envie.

Il l'embrassa en réponse, la bouche ouverte et humide, revendiquant la sienne avec une férocité qui la conduisit au bord de la folie. Mais une folie merveilleuse et délirante qu'elle avait hâte de ressentir à nouveau.

Il tira sur son téton, la faisant haleter contre sa bouche. Puis il le fit rouler entre son pouce et son index avant de tirer à nouveau. Elle était submergée par les sensations, étourdie de désir.

Il la poussa sur le lit, la suivant sur le matelas. Sa main descendit sur son ventre, et trouva son sexe une fois encore. Il s'arracha à leur baiser.

— Es-tu mouillée pour moi ? lui demanda-t-il en enfonçant son doigt en elle. Oh, oui. Tu es une femme extraordinaire, Jo. Je corrigerai tout homme qui osera dire le contraire.

Tout ce qu'il disait accentuait son impatience. Elle le voulait en elle maintenant. Elle voulait connaître l'accomplissement ultime, ce plaisir inaccessible qu'elle n'aurait jamais cru vivre un jour.

— Bran… J'ai besoin de toi. Maintenant.

— Tu es parfaite.

Il l'embrassa encore, fort et passionnément, sa langue se mêlant à celle de Jo tandis qu'il déplaçait son corps au-dessus du sien.

Elle s'agrippa à son dos, enfonçant ses doigts dans sa chair alors qu'il positionnait son sexe à l'entrée de son fourreau. Il se fraya un chemin en elle, lentement. Avec une lenteur *atroce.*

Elle ouvrit ses cuisses et remonta ses jambes, puis descendit les mains pour agripper ses fesses et l'attirer en elle d'un seul coup. Il la combla si totalement qu'elle ressentit aussitôt un violent pic de plaisir. La sensation diminua lorsqu'il se retira, mais fut décuplée lorsqu'il avança à nouveau.

Elle ferma les yeux et rejeta la tête en arrière en gémissant.

— Oui. Oh, mon Dieu, oui !

Il recula, et elle pinça sa chair, lui intimant de revenir, d'accélérer.

Elle ouvrit les yeux et le regarda. Il la contemplait, les muscles de son visage étaient tendus.

— Je peux bouger ? lui demanda-t-elle timidement.

— Mon Dieu, oui. Je t'en prie.

Il la pénétra encore, et cette fois elle se souleva pour venir à sa rencontre, cambrant les hanches au-dessus du lit.

Il gémit et accéléra enfin. Il revendiqua sa bouche une fois encore tandis que ses mouvements se faisaient frénétiques, ses hanches claquant contre les cuisses de Jo.

À chaque coup de reins, une nouvelle pierre de sa muraille s'écroulait au sol. Jusqu'à ce qu'enfin, elle se libère. L'extase la gagna, et elle cria, s'accrochant à lui comme à la seule ancre dans un monde qui avait chaviré.

Il continua de bouger alors que des vagues successives de plaisir la submergeaient. Puis il se tendit et cria. Des paroles incompréhensibles et sauvages. Cela ne ressemblait en rien à ce qu'elle avait déjà vécu. Elle lui était profondément reconnaissante pour ce cadeau.

Il retomba contre elle, mais se déplaça rapidement sur le côté pour ne peser que partiellement sur elle. Il posa la main sur le côté de son visage, lui faisant tourner la tête vers lui, et il l'embrassa. C'était bref, mais délicieusement intense, lui rappelant à quel point elle se sentait bien.

Il roula complètement sur le flanc, et elle cala sa tête sous son menton, pour écouter les battements de son cœur ralentir. Elle ferma les yeux et huma son parfum frais et ensoleillé. Il y avait quelque chose d'autre maintenant, un musc qui épiçait l'air autour d'eux. Elle se blottit contre sa poitrine, plus heureuse et comblée qu'elle ne l'avait jamais été.

Ils restèrent ainsi un moment avant qu'il ne dépose un baiser sur son front.

— Je devrais retourner dans ma chambre. Et tu auras sûrement envie de te nettoyer.

Elle n'avait aucune envie qu'il parte, mais elle savait qu'il le devait.

— Oui.

Il quitta le lit et en fit le tour pour enfiler son pantalon. Pendant qu'il boutonnait la braguette, elle trouva sa chemise de nuit et la passa par-dessus sa tête. Elle rangerait après son départ.

— Je n'ai pris aucune précaution, alors si tu *tombes enceinte*, je t'épouserai.

Ce n'était pas une question. C'était une attente. Tout le monde attendait toujours des choses d'elle.

Mais tout cela n'avait pas la moindre importance, parce qu'elle n'aurait pas d'enfant.

— J'apprécie ta sollicitude, mais comme je te l'ai dit, je ne peux pas concevoir.

Il enfila sa chemise et fit un pas vers elle, ses yeux saphir brillant dans la lumière de la lampe.

— Je ne suis pas convaincu, surtout après ce que j'ai appris de ton mariage. Garde espoir, Jo.

Il se pencha et l'embrassa.

— Bonne nuit.

Puis il partit. Jo contempla sa chambre vide. Cette nuit lui avait révélé un monde dont elle ignorait l'existence. Après près d'une décennie passée dans l'obscurité, elle avait l'impression que le soleil était sorti et la baignait de chaleur et de lumière.

Puis il avait parlé d'un enfant, et ce rêve qu'elle avait enterré depuis longtemps lui était revenu en tête. Mais c'était insensé, elle savait que ce n'était pas possible. Maudit soit-il pour avoir fait naître ne serait-ce qu'un soupçon d'espoir.

Aussi douloureux que cela soit, elle aurait presque souhaité rester dans l'obscurité.

CHAPITRE DOUZE

*B*ran se réveilla frais et dispos, mais un peu déstabilisé aussi. Ce qui était étrange puisqu'il avait vécu la meilleure expérience sexuelle de sa vie la nuit précédente. Dire que le mari de Jo avait affirmé qu'elle n'était pas une vraie femme… Si cet individu n'avait pas été déjà mort, Bran l'aurait emmené dehors et l'aurait tabassé.

Et pourtant, les révélations de Jo lui avaient donné un sentiment étrange. Et lui avaient un peu rappelé son propre mariage. C'était très différent, bien sûr, mais ils avaient eu des soucis dans la chambre à coucher. Ils avaient gardé des lits séparés, parce que Bran n'aimait pas sentir quelqu'un près de lui. Il savait que c'était à cause de son enfance, quand il avait commencé à détester le contact avec les autres. Ses frères en avaient fait un jeu, mettant tout en œuvre pour le heurter ou trouver une raison de le toucher. Ce n'était pour eux qu'une nouvelle façon de le torturer.

Plus tard, vers l'âge de douze ans, il avait appris à le supporter. Il ne voulait plus leur donner la satisfaction de parvenir à le frustrer. Il pensait avoir résolu ce problème, mais quand il avait épousé Louisa, il s'était rendu compte que ce n'était pas le cas. Les chambres séparées ne lui avaient pas trop posé de problème, mais quand il s'agissait de faire l'amour, elle était toujours déçue lorsqu'il s'en allait immédiatement après.

Être resté avec Jo la nuit dernière, même pour un court moment, l'avait surpris.

Hudson vint l'assister dans ses préparatifs pour la journée, et après avoir donné un bain à Bran, il commença son massage.

— Vous êtes plutôt détendu ce matin, *my lord.* Vos épaules sont particulièrement lâches. Si je ne vous connaissais pas, je dirais que vous étiez avec une femme la nuit dernière.

Ils avaient remarqué plusieurs années auparavant que le sexe permettait d'atténuer la tension et l'anxiété de Bran. Il ne voyait aucune raison de mentir à Hudson. Le valet était son plus proche confident, et Bran savait que tout ce qu'il lui dirait serait tenu secret.

— Je l'étais. Je dois dire que je me sens dans une forme remarquable aujourd'hui. Je n'ai même pas peur de mettre une cravate.

— Eh bien, voilà qui est inspirant, lui répondit Hudson. Étant donné que vous n'avez pas quitté la maison, je dirais qu'il s'agit de Mme Shaw ?

— Pourquoi pas la nouvelle cuisinière ?

Elle avait quelques années de plus que Bran, un visage assez banal, mais un caractère charmant et jovial.

Hudson éclata de rire. Il descendit le long du bras droit de Bran.

— Je vous ai observé avec la gouvernante. Cela fait bien longtemps que je ne vous ai pas vu regarder une femme de cette manière. Peut-être même jamais.

Bran inclina la tête pour le regarder.

— Et ma femme ?

— C'était différent. Ne me demandez pas de quelle

manière, c'est comme ça. Peut-être parce que Mme Shaw est la gouvernante. Elle est *inaccessible*, et cela la rend plus attirante.

Bran admettait que c'était possible, mais peu importait la raison, il ne pouvait pas contredire le jugement de Hudson : c'était différent. Jo était différente.

Il se souvint de son émerveillement et de la joie absolue qu'elle avait ressentie lors de leur accouplement. Elle avait vraiment cru qu'elle était responsable du désastre de son mariage. Et sans le moindre doute, son couple ressemblait à un fiasco total. Par la faute de sa crapule de mari.

Hudson était passé à son bras gauche.

— Vous vous crispez. Que se passe-t-il ?

— Je songe simplement à une chose à laquelle je ne devrais pas penser.

Il ne pouvait pas se concentrer sur le mari de Jo, sous peine de devenir fou. Il ne pouvait s'empêcher de se dire que c'était encore pire pour elle. Elle avait vécu avec lui, avec sa cruauté, pendant huit ans. Cela lui avait laissé des séquelles. Sans le moindre doute. Il le savait d'expérience. Ce n'était qu'après s'être enfui à la Barbade qu'il s'était rendu compte des dégâts causés par sa famille. Tout seul, il avait appris à accepter qui il était, et à tracer sa propre voie loin de leurs attentes ou de leurs exigences.

Jo méritait de ressentir la même liberté et de trouver les moyens d'enterrer le passé.

Hudson termina son massage.

— Êtes-vous prêt à finir de vous habiller ? Vous avez dit que la cravate ne vous faisait pas peur.

Bran n'avait pas à quitter la maison pendant un moment encore. Il devait retrouver Kendal plus tard, lequel s'était engagé à l'aider à trouver sa place dans la Chambre des Lords. Son secrétaire serait bientôt là, mais Bran ne s'embarrassait pas de formalisme avec Dixon.

— Je ne suis pas encore tout à fait prêt, dit-il ironiquement. Je ferai le reste avant de partir pour mon rendez-vous.

Hudson inclina la tête quand Bran se leva et quitta le dressing. Quand il sortit de sa chambre, il fixa la porte de celle de Jo. Était-elle là ? Non, elle devait être à l'étage avec Evie.

Il voulait parler avec elle, mais ne souhaitait pas interrompre leur routine. Ils auraient le temps de le faire plus tard. Il descendit, et Bucket le retrouva au bas de l'escalier.

— Bonjour, *my lord.* Une lettre est arrivée pour vous, et je l'ai déposée sur votre bureau.

— Merci, Bucket. Mon secrétaire sera bientôt là. Conduisez-le à mon bureau, s'il vous plaît.

Bucket hocha la tête.

— Bien sûr.

Bran se rendit à son bureau et repéra la lettre. Il reconnut la fioriture sur le K de son nom. Cela venait de sa mère. Il n'avait pas vraiment envie de la lire, mais il se disait qu'il le devait. Lorsqu'une de ses lettres lui parvenait à la Barbade, il pouvait l'ignorer et se contenter de prétendre qu'elle avait été perdue. C'était un fait récurrent. Il s'en servait également comme prétexte pour rarement écrire à ses parents. Il n'avait pas pris la peine d'envoyer de courriers à ses frères. Cependant, en y repensant, il aurait peut-être dû écrire plus souvent à Gwen.

Assis derrière son bureau, il ouvrit la missive qu'il posa à plat.

Knighton,

C'est toujours aussi étrange de m'adresser à toi de cette manière, mais je commence à m'y habituer. Je dois dire que tu m'as surpris. Peut-être que voyager à travers le monde était précisément ce dont tu avais besoin. J'aimerais savoir à quels événements tu

prévois de participer dans un avenir proche, de sorte de pouvoir te
présenter à mes amis.

Aucun ? Bran imaginait bien qu'il allait devoir se rendre à
un événement, mais il se disait que si Kendal était capable
d'éviter ce genre de bêtises, il le pouvait aussi.

Et pas seulement à cause de la présence de sa mère, même
si cela jouait énormément. Il n'avait vraiment pas envie de la
voir. Il lui paraissait étrange qu'elle le traite avec déférence,
et même un peu de respect. Il ne savait pas quoi en faire.

J'ai hâte de revenir bientôt et de passer du temps avec ma petite-
fille. Je te prie de me prévenir quand je serai invitée. Je comprends
ta réticence à mon égard, mais ne nous concentrons pas sur le
passé. Je ne t'ai pas vu devenir un homme, et je ne veux pas passer
à côté de la maturation d'Evangeline.

Était-ce une sorte de tentative d'excuses inversées ? Il fixa
les mots sur le papier, se demandant ce qu'il pourrait bien
attendre d'elle. Il se rendit compte qu'il s'était attendu à ce
qu'elle le traite comme elle l'avait toujours fait, mais à l'évidence, c'était différent. Il était un homme adulte, le comte.
Pourrait-il laisser naître une relation différente avec elle ? En
avait-il au moins envie ?

J'espère que tu me feras savoir si je peux t'aider d'une manière ou
d'une autre. J'ai de nombreuses compétences qui pourraient t'être
utiles, surtout en attendant que tu prennes une nouvelle comtesse.
Je suis, et je resterai à jamais,
 Ta mère.

La tension montait dans ses muscles, et il se rendit
compte qu'il aurait besoin d'un autre massage, probablement
avant d'aller rencontrer Kendal. Comme il ne savait pas de

quelle manière répondre à sa mère, il n'en fit rien. Il n'était pas non plus prêt à la revoir.

Il s'assit sur sa chaise et contempla le plafond. Qu'était-il arrivé à sa vie ? Le soleil, l'odeur des lys rouges, la sensation du sable chaud sur ses pieds nus lui manquaient.

Et pourtant, l'Angleterre n'était pas aussi terrible qu'il l'avait craint. Son foyer prenait forme, Evie avait trouvé une amie très chère, sa mère ne le traitait plus comme une aberration, et il avait rencontré Jo.

Il l'aimait beaucoup. Et comme il l'avait imaginé, il avait particulièrement aimé coucher avec elle. Il espérait qu'elle ressentait la même chose, et il avait hâte de lui parler. Il se leva dans l'intention d'aller la trouver, et au diable la routine.

Mais Dixon arriva à cet instant, alors il se rassit. Ils auraient le temps de discuter plus tard. Et son impatience aurait le temps de grandir aussi.

~

*A*près avoir réussi à éviter Bran pendant la première moitié de la journée, Jo était ravie d'avoir l'excuse d'emmener Evie voir Becky pour l'éviter l'après-midi. En fait, il était sorti aussi, donc son plan n'était pas nécessaire.

Et à présent qu'elle était assise avec Nora dans le salon de sa sœur, elle se demandait pourquoi elle avait agi ainsi. La nuit dernière avait été extraordinaire, même s'il avait mis un frein à son euphorie à la fin, et elle n'avait pas à se sentir gênée en sa présence.

Peut-être que le terme « gênée » n'était pas approprié. Ce qu'elle craignait le plus, c'était que, s'ils étaient ensemble, tout le monde saurait ce qui s'était passé, comme si l'évidence de leur péché était inscrite sur leur front, à la vue du monde entier.

Le péché ? Était-ce ainsi qu'elle voyait les choses ? Elle

avait écouté Matthias bien trop longtemps. Il lui avait expliqué que le sexe était un péché nécessaire, du moment qu'ils le pratiquaient pour faire un enfant. Et quand cela ne se produisait pas, quel en était le but ? Elle avait commencé à se dire que tout ceci n'avait été qu'une ruse pour couvrir sa propre honte.

Après le départ de Bran, elle était restée éveillée pendant un certain temps, réfléchissant à ce qui s'était passé. Il avait radicalement modifié tout ce qu'elle savait sur l'intimité et le sexe, sur elle-même. Elle *n'était pas* moins qu'une femme, et les actes sexuels *n'étaient pas* horribles. Avec la bonne personne, ils étaient même plutôt merveilleux.

— Tu continues de le faire, remarqua Nora, la scrutant attentivement.

— Quoi ?

— Tu te souris à toi-même. Y a-t-il quelque chose que je devrais savoir ?

C'était écrit sur son front. Jo se pencha en avant et prit un biscuit sur le plateau.

— Non.

Elle mordit un gros morceau pour s'empêcher de parler. Une partie d'elle avait envie de raconter à Nora ce qui s'était passé. Elles avaient toujours partagé des choses. En fait, les seules choses que Jo lui avait cachées concernaient Matthias et leur mariage. Et ce n'était pas pour lui cacher des secrets. Non, elle s'était battue pour survivre à la culpabilité et la honte liées à toute la situation.

Nora plissa les yeux à la façon d'une sœur aînée capable de faire tomber les faux-semblants d'une sœur cadette.

— Avant, tu me racontais des choses. Je crains que notre proximité d'autrefois ne fasse partie du passé.

Oh, elle était douée. Jo avala trop vite et toussa.

Le regard de Nora s'assombrit : elle était inquiète.

— Est-ce que tu vas bien ?

Jo but une gorgée de thé tiède et hocha la tête.

— Oui. Je vais bien. Je vais mieux que bien, en fait. Je n'ai pas l'impression de m'être sentie aussi bien depuis une éternité.

Nora écarquilla les yeux.

— Ah oui ?

Jo balaya la pièce du regard, mais elle savait qu'elles étaient seules.

— Quelque chose s'est passé avec Br… Lord Knighton.

— Étais-tu sur le point de l'appeler par son nom de baptême ? demanda Nora en secouant la tête. Peu importe. Je crois que je peux peut-être deviner. J'ai toujours soupçonné que vous vous étiez éclipsés tous les deux pendant le bal Harcourt, mais chaque fois que j'ai essayé d'aborder le sujet, tu as changé de conversation.

Jo haussa les épaules.

— Je n'étais pas prête à dire quoi que ce soit.

Elle avait aussi cru qu'il s'agissait d'un événement isolé. Pouvait-on en dire autant de la nuit dernière ? Il lui avait donné l'impression qu'il aurait envie de recommencer, et elle n'avait aucunement l'intention de le repousser.

— J'espère que tu ne penseras pas que c'est une question affreuse, mais c'est pour cela que tu es devenue sa gouvernante, pour que vous puissiez avoir une liaison ?

Elle ne pouvait pas être sérieuse. Jo en resta bouche bée, mais la referma rapidement.

— Non.

Du moins, pas qu'elle le sache. Était-il possible que Bran ait orienté la situation à son avantage, qu'il l'ait engagée pour pouvoir la séduire ?

C'était absurde. Evie l'avait pratiquement supplié de l'engager. Mais si cela avait servi les désirs de Bran, tant mieux. Jo se sentit un peu mal à l'aise.

— C'était une question affreuse à poser, confirma Nora.

— Oui, effectivement, répondit tranquillement sa sœur, croisant les mains sur ses genoux. Après le mariage que j'ai enduré, je pense mériter un peu de bonheur.

Nora se leva de sa chaise et rejoignit Jo sur le canapé, s'asseyant tout près d'elle. Elle lui offrit un sourire encourageant.

— Bien sûr que tu le mérites. J'aimerais que tu me dises ce qui s'est passé avec Matthias. Je sens que tu étais bien plus malheureuse que tu ne l'as jamais dit, et je me sens mal.

Tu fais bien, dit une petite voix dans la tête de Jo. Elle la fit taire. Ensuite, elle se prépara à raconter enfin la vérité à sa sœur, du moins une partie.

— Hier soir, j'ai couché avec Bran parce qu'il est insupportablement séduisant et qu'il me donne l'impression d'être une femme désirable. Jamais Matthias ne m'a fait ressentir ça. Il m'a fait comprendre qu'il n'aimait pas le sexe parce que je n'étais pas très douée pour, que j'étais totalement nulle.

À chaque mot prononcé, les joues de Nora perdaient une partie de leur couleur, jusqu'à ce qu'elle soit quasiment blanche. Il lui fallut un moment pour répondre, mais quand elle le fit, ce fut avec des larmes plein les yeux.

— Jo, je n'en avais aucune idée.

— Évidemment que tu ne savais pas. Je n'ai jamais voulu que tu saches que j'étais malheureuse. Je ne voulais pas non plus m'attarder sur le sujet, et c'est toujours le cas.

Nora cilla.

— Je comprends parfaitement. Je regrette de n'avoir rien su.

— Qu'aurais-tu fait ? demanda Jo. Rien. De toute manière, c'est du passé maintenant, et comme je te l'ai dit, je ne veux pas m'appesantir dessus.

Prenant une profonde inspiration, Nora afficha un sourire éclatant.

— Ta force et ton courage sont une source d'inspiration.

Elle jeta un regard malicieux à Jo.

— Je suppose que les choses sont différentes avec Knighton de ce qu'elles étaient avec Matthias, je me trompe ?

— Je n'avais aucune idée de ce à côté de quoi je passais.

Nora gloussa.

— C'est plutôt agréable, n'est-ce pas ?

Jo sourit.

— J'utiliserais d'autres mots que « agréable ». Comme « stupéfiant ». Ou « incroyable ».

— Et ça dure depuis longtemps ? l'interrogea Nora.

— Non, juste la nuit dernière, mais je m'attends à ce que cela se reproduise.

Elle *espérait que* cela se reproduirait.

L'expression de Nora s'assombrit.

— Je manquerais à mon devoir si je ne te mettais pas en garde. Quels sont vos projets ? Va-t-il t'épouser ?

— Il l'a proposé… au bal Harcourt, en fait.

Nora en resta bouche bée.

— Dis donc, tu cachais de *sacrés* secrets !

Jo rit tranquillement.

— Non, je ne voyais simplement pas l'intérêt de te raconter quelque chose qui n'aurait aucune conséquence. Nous nous connaissions à peine au moment. De toute façon, je ne peux pas l'épouser. Il a besoin d'une comtesse capable de lui donner un héritier.

— Alors il s'agit simplement d'une liaison ? Que se passera-t-il quand il prendra une comtesse ? Cesseras-tu d'être la gouvernante d'Evie ?

C'était pour ce genre de questions qu'elle avait tant hésité à en parler à Nora. Ou à n'importe qui d'autre, d'ailleurs. Elles étaient légitimes et raisonnables, et il fallait qu'elle les prenne en considération. Elle l'avait fait. Cela la rendait malade.

— Je n'y pense pas pour le moment. Je suis entièrement dévouée à Evie que j'adore.

— C'est normal. Je ne veux pas que tu sois blessée. Tu as bien assez souffert.

Nora grimaça et secoua la tête.

— Et c'est précisément pourquoi tu mérites ceci. Simplement… sois prudente, enjoignit-elle à sa sœur en lui pressant la main, avant de plisser les yeux. Et si Knighton te fait du mal, il aura à en répondre devant moi.

Pendant le reste de la journée, Jo ne put s'empêcher de songer à la question de Nora. Bran l'avait-il engagée dans l'espoir qu'ils aient une liaison ? Elle savait qu'Evie l'avait réclamée aussi, mais Jo ne pouvait se défaire de l'idée que, d'une certaine manière, elle avait été manipulée. C'était sans doute parce qu'aucune décision n'était jamais venue d'elle.

Elle aurait dû lui poser la question, mais ses doutes eurent raison d'elle et elle quitta le dîner tôt, prétextant un mal de tête. Il avait paru déçu, mais aussi bienveillant.

Il ne l'avait pas manipulée pour la séduire. Mais, même si cela avait été le cas, cela la dérangerait-il vraiment ?

CHAPITRE TREIZE

*B*ran ne pouvait pas nier qu'il était frustré. Et pas dans le sens sexuel du terme. D'accord, peut-être aussi de cette manière. Qu'y pouvait-il si Jo avait éveillé en lui un désir ardent ? Il n'avait guère pensé à autre chose au cours de la dernière journée et demie et, au vu de son comportement, il n'était pas certain qu'elle ait pensé à lui du tout.

Elle avait réussi à l'éviter toute la journée d'hier et encore aujourd'hui, et elle l'avait repoussé hier soir avec l'excuse d'un mal de tête. Il se disait qu'il avait dû faire quelque chose de mal, même s'il n'avait aucune idée de ce dont il s'agissait.

C'était le genre de choses qui se produisait parfois avec Louisa. Elle se fâchait contre lui et refusait de coucher avec lui jusqu'à ce qu'il s'excuse. Parfois, il comprenait ce qu'il avait fait, par exemple, dire quelque chose de façon désinvolte qu'elle avait mal pris ou ignorer une chose qu'il aurait dû savoir. Et à d'autres moments, il n'en avait aucune idée. Néanmoins, il avait appris que s'excuser permettait d'apaiser les griefs d'une femme.

Il allait tenter cette méthode avec Jo aujourd'hui.

Evie dévala les escaliers avec sa gouvernante à sa suite, sur un rythme plus modéré.

— Prêt pour notre pique-nique, Papa ?

Il la souleva dans ses bras et la fit tourner, ce qui la fit couiner.

— Oui, ma chérie.

Il la reposa et jeta un regard à Jo qui les observait avec un petit sourire.

— Laisse-moi simplement récupérer notre pique-nique, et nous partons.

Bran s'empara du panier que la cuisinière avait préparé pour leur sortie, et Bucket leur ouvrit la porte. Le comte attendit que sa fille et Jo le précèdent. Il remarqua que dès qu'ils furent dehors, Evie prit la main de Jo. C'était un geste simple, mais cela lui réchauffait le cœur de voir Evie si à l'aise et heureuse ici.

Elles s'arrêtèrent au bas des marches pour qu'il les rattrape. Puis Evie prit la main de Bran aussi.

Il se souvenait d'avoir marché ainsi le long de la plage à la Barbade. Sauf que la femme tenant l'autre main d'Evie, à ce moment-là, était sa mère. Il doutait qu'Evie s'en souvienne.

— Qu'est-ce que tu as fait aujourd'hui ? lui demanda Bran.

— Des choses et d'autres, répondit la fillette. Nous avons mesuré les distances sur ma carte. Savais-tu que la Barbade est à plus de six mille quatre cents kilomètres d'ici ? Évidemment que tu le savais. Tu sais tout.

Bran éclata de rire.

— C'est faux, mais j'apprécie ta confiance.

— Qu'est-ce que tu ne sais pas ? l'interrogea Evie alors qu'ils faisaient route vers Green Park.

— Tout un tas de choses, et la plupart d'entre elles ont trait aux femmes, avoua Bran, songeant toujours à Jo et à ce qu'il avait bien pu faire pour la contrarier, si tant était qu'il avait fait quelque chose.

Evie se renfrogna et leva les yeux vers lui.

— Qu'est-ce que tu veux dire ?

Il se rendit compte qu'il avait fait un impair. Une fois de plus.

— Euh, rien. Je ne sais pas vraiment comment me faire une place dans la société londonienne. Je reçois un tas d'invitations, et je ne sais pas quoi en faire.

— Tu devrais probablement en accepter quelques-unes, suggéra Evie. Pas vrai, Jo ?

Bran était curieux d'entendre son opinion.

— Probablement. Ce pourrait être agréable de rencontrer de nouvelles personnes.

Evie inclina la tête sur le côté et balança ses bras, obligeant Bran à faire de même. Cela ne le dérangeait pas.

— Mmmh, je ne suis pas convaincue, dit la fillette. Papa n'aime pas vraiment rencontrer des gens. Il aime être à la maison. Avec moi.

Elle lui sourit.

— C'est vrai. Mais Mme Shaw a raison. Je suis un comte maintenant, et je devrais au moins nouer quelques relations.

— Becky m'a raconté que les bals sont spectaculaires avec de la belle musique, un million de bougies, et que tout le monde est sur son trente et un. Elle dit que sa mère porte les plus jolies robes de bal.

Evie tourna la tête vers Jo.

— Tu assistes à des bals ?

— Oui. Du moins, une fois.

Elle jeta un coup d'œil à Bran, et il comprit qu'elle pensait à la même chose que lui : que la meilleure partie de ce bal n'avait pas été la musique ni les bougies, et encore moins les tenues.

— Les gouvernantes n'assistent pas vraiment aux bals, expliqua Jo.

Evie fronça les sourcils.

— Cela ne me paraît pas juste. Pourquoi n'aurais-tu pas le droit de t'amuser ?

— Je vais voir si je peux t'expliquer. C'est un peu compliqué. Dans la haute société londonienne, il existe une hiérarchie, et certains groupes ne sont pas invités aux événements qu'elle organise, comme les bals.

— C'est quoi, la hiérarchie ?

— Une sorte de classement. Comme avec les pairs. Les ducs ont le rang le plus élevé, viennent ensuite les marquis, puis les comtes, les vicomtes et ainsi de suite. Nous étudierons le livre de Debrett sur l'étiquette et les pairs plus tard. *Bien* plus tard.

— Becky m'a dit que son père est plus important que le mien. Je lui ai dit que c'était faux, mais je suppose que c'était vrai ?

Evie regarda Jo, puis Bran.

— Je ne crois pas que l'importance ait grand-chose à voir dans cette histoire, expliqua la gouvernante.

Bran ricana.

— C'est une question de hasard. Dans la plupart des cas, un ancêtre a reçu un titre qui se transmet de père en fils. Il est tout à fait possible que quelqu'un ayant le titre de duc ou de comte ne le mérite pas vraiment.

Ou qu'il n'en veuille pas vraiment, comme dans le cas de Bran.

— Donc la plupart des pairs n'ont pas vraiment mérité leur position, en déduisit Evie, faisant preuve d'une intelligence vive qui remplit Bran de fierté.

— C'est une façon de voir les choses, répondit-il.

Il n'avait pas mérité son titre, et il était certain que tout le monde serait d'accord sur ce point.

— Eh bien, c'est plutôt idiot, non ? Classer les gens en fonction de leur famille et laisser cela décider de qui peut aller au bal.

Evie sortit sa langue et fit vibrer ses lèvres pour émettre un son plutôt grossier qu'il lui avait appris quelques années plus tôt. Il jeta un coup d'œil à Jo pour voir sa réaction. Elle refréna un sourire, et Bran fit de même.

Ils arrivèrent au parc et s'arrêtèrent à l'entrée.

— Où allons-nous ? demanda Jo en regardant Evie.

La petite tourna la tête dans tous les sens, comme si elle cherchait à s'orienter. Enfin, elle montra le bassin de la Reine.

— Au bord de l'eau, je crois.

En se dirigeant vers le réservoir, ils croisèrent une autre famille, la mère et le père tenant la main d'un petit garçon qui marchait entre eux. En réalité, il ne marchait pas, il flottait, car il était assez petit pour qu'on le soulève du sol tous les deux pas. Il gloussait chaque fois qu'il prenait son envol, et Bran se remémora à nouveau des moments similaires avec Evie et Louisa. Sa femme ne lui avait pas vraiment manqué ces deux dernières années, et surtout pas depuis leur voyage à Londres. Une vague de nostalgie le frappa, le surprenant par sa force. Son ancienne vie, son *foyer* et tout ce qui s'y rattachait lui manquaient.

Quand ils atteignirent l'eau, Bran déposa le panier. Jo voulut l'ouvrir en même temps que lui, et leurs mains se frôlèrent.

Elle retira sa main d'un coup sec, ses yeux reflétant une myriade d'émotions, si vite qu'il ne put les discerner toutes. Ni aucune d'elles, en réalité.

— J'allais juste étaler la couverture.

Il recula d'un pas.

— Je t'en prie.

Elle lui lança un regard avant de ramener son attention sur le panier et de s'atteler à la mise en place du pique-nique.

Evie s'était avancée vers la clôture entourant le réservoir, et Bran l'y rejoignit.

— Papa, on pourrait aller voir la mer ? L'océan me manque.

— Oui. Je ne crois pas que ce soit très loin. Cela me plairait aussi.

— Mais ce ne sera pas comme à la maison. À la Barbade, je veux dire.

La voix d'Evie était comme résignée. Elle commençait à se faire à l'idée qu'ils ne vivraient plus là-bas. Cela soulageait Bran autant que cela l'attristait.

— Non, ce ne sera pas la même chose.

Rien n'était plus pareil. Il jeta un coup d'œil à l'endroit où Jo installait leur pique-nique. Tout n'était pas mauvais non plus.

— Tu aimes au moins un peu être ici, n'est-ce pas ?

Evie se tourna vers lui, et leva les yeux vers le ciel.

— Je suis contente qu'il y ait du soleil aujourd'hui. Ça me manque de voir son visage heureux.

Elle lui prit à nouveau la main.

— Ne t'inquiète pas pour moi, papa. Je vais bien. Je veux m'assurer que *toi* tu es heureux. Allez, allons manger.

Cook avait précisé qu'elle avait emballé de petits sandwiches au saumon.

Le poisson était l'une des rares choses qu'Evie adorait, et leur nouvelle cuisinière se débrouillait pour lui en proposer à tous les repas.

Ils revinrent à la couverture, où Jo avait tout organisé de manière bien ordonnée et appétissante. Il y avait quelque chose de très naturel et de confortable dans toute cette expérience : marcher jusqu'au parc main dans la main, laisser Jo préparer le repas, et finalement s'asseoir tous les trois pour manger. Il n'avait aucun mal à les imaginer comme une famille. Le seul frein, la question de savoir si elle pouvait lui donner un fils, planait au fond de son esprit. Ensuite venait ce qu'avait dit Evie au sujet de la stupidité des titres. Ou du moins, de leur héritage. Il se rendait compte que tout était arbitraire. Ils avaient vraiment peu de contrôle sur les choses, et cela le frustrait.

Pendant qu'ils mangeaient, Evie raconta des récits sur la Barbade, régalant Jo avec les histoires de ses animaux domestiques, y compris son cheval, qu'ils avaient tous laissés derrière eux. Pourquoi ne lui en avait-il pas acheté un nouveau ? Ou un chat ou un chien ? Il n'était qu'un idiot.

— Sais-tu monter ? demanda Jo à Evie.

La fillette hocha la tête après avoir terminé le reste de son sandwich.

— Oui. Papa a commencé à m'apprendre quand j'avais trois ans.

Jo lui jeta un regard légèrement inquiet.

— Doux Jésus, cela me paraît tellement jeune !

Bran haussa les épaules.

— Les choses étaient différentes là-bas, expliqua-t-il avec un regard vers Evie. Il me semble qu'il te faudrait un nouveau cheval. Je vais m'en occuper. Est-ce que cela te plairait ?

Elle hocha la tête avec un large sourire.

— Vraiment beaucoup, merci !

— Evie !

Le cri d'une fillette résonna de l'autre côté du réservoir.

Evie plissa les yeux dans cette direction avant de bondir sur ses pieds.

— C'est Becky !

Becky était accompagnée d'une femme, mais s'en éloigna rapidement pour courir autour du réservoir. Evie partit de la couverture pour la rejoindre.

Bran sourit en les regardant.

— Tu es un père exceptionnel, lui dit Jo à voix basse.

Bran tourna la tête et vit qu'elle le regardait attentivement.

— J'essaie. Elle me rend les choses très faciles.

Les filles revinrent à la couverture, bras dessus, bras dessous.

— Papa ! s'exclama Evie. Becky m'a invitée à aller passer l'après-midi chez elle. Je peux y aller ?

— Je ne suis pas certain que cela conviendrait à la duchesse.

Bran regarda Jo, une question silencieuse au bord des lèvres.

— Maman n'y verra aucun inconvénient, répondit Becky en se tournant vers sa tante. N'est-ce pas, tante Jo ?

— Je suis sûre que non, acquiesça Jo.

— Aviez-vous des projets pour l'après-midi ? l'interrogea Bran.

— Rien qui ne puisse être reporté, lui répondit Jo avant de se tourner vers sa nièce. Je viendrai chercher Evie plus tard.

La gouvernante de Becky les rattrapa enfin à la couverture.

— Bon après-midi.

— Bon après-midi, dit Bran. Les filles ont élaboré un plan pour passer l'après-midi ensemble. Y aurait-il une raison pour laquelle Evie ne pourrait pas allez chez vous ?

La gouvernante resta silencieuse un moment avant de secouer la tête.

— Je ne crois pas. J'avais prévu de travailler un peu sur la couture, expliqua-t-elle avec un sourire pour Evie. Voulez-vous vous joindre à nous pour cette leçon, Lady Evie ?

Becky regarda son amie avec impatience.

— On va fabriquer des robes pour les marionnettes que Papa a rapportées à la maison l'autre jour.

— Oh, ça a l'air merveilleux !

Evie se tourna vers Bran et lui fit les yeux doux.

— S'il te plaît, papa ?

Cela semblait convenir à tout le monde, et il ne pouvait ignorer le fait que cela lui permettrait de rester seul avec Jo.

— Oui, tu peux y aller. Jo viendra te chercher plus tard. Je dois voir mon secrétaire.

Il prévoyait de lui parler de l'achat d'un cheval.

Les filles dansèrent de joie, et quelques minutes plus tard, elles repartirent par où elles étaient venues avec la gouvernante.

Jo se mit à remballer le panier.

— Es-tu pressée de rentrer à la maison ? lui demanda Bran.

— Tu as dit que tu avais un rendez-vous.

— Je n'ai pas dit que c'était pour tout de suite.

Elle continua de détourner le regard et se plongea dans sa tâche.

— Jo.

Elle tourna la tête vers lui.

— Assieds-toi avec moi. Je t'en prie.

Cela lui prit une minute de s'asseoir enfin à côté du panier. Elle avait les épaules raides et le dos droit comme un *i*.

Il se rapprocha d'elle de sorte que quelques centimètres seulement les séparent. D'ici, il sentait son parfum. Cela le captivait presque autant que sa simple proximité. Ses longs cils papillonnèrent contre ses joues alors qu'elle fixait le bassin en clignant des yeux. Elle avait les lèvres légèrement entrouvertes. Il s'imaginait la prendre dans ses bras et l'embrasser, la plaquer contre la couverture alors que le soleil les réchaufferait d'en haut. Et soudain, il se vit faire la même chose, mais à la Barbade, sur la plage, le ressac réchauffant leurs corps. Son sexe se raidit, et il s'obligea à revenir au présent.

— Tu m'évites. J'ai fait quelque chose de mal ? Est-ce que tu regrettes l'autre nuit ?

Il retint son souffle, presque effrayé par sa réponse.

Elle lui jeta un regard hésitant.

— Je… Ce n'est rien.

Il se rapprocha encore, ils se touchaient presque, sa hanche à lui, son genou à elle.

— Ce n'est jamais rien quand il s'agit de toi.

Elle tourna la tête vers lui et le scruta d'un regard inquisiteur, presque accusateur.

— Quand tu m'as demandé d'être ta gouvernante, quelles étaient tes intentions ?

Il cligna des yeux, déstabilisé par son ton lugubre.

— Que tu sois la gouvernante d'Evie. Je ne suis pas sûr de comprendre ta question.

Elle pinça les lèvres, et il devina qu'elle n'était pas satisfaite de sa réponse. Évidemment. Il n'avait aucune idée de ce dont elle parlait. À moins que… *bon sang !*

Il comprit au moment où elle le dit.

— M'as-tu engagée pour pouvoir me séduire ?

— Bien sûr que non.

Sauf qu'il *avait* espéré au moins l'embrasser à nouveau.

— Je ne t'ai pas engagée dans ce seul but. Cependant, je ne regrette pas non plus que les choses entre nous… aient évolué…

— Donc tu as envisagé cette possibilité ?

— Je mentirais si je disais que je n'avais pas d'espoir. Si tu te souviens bien, je t'ai demandée en mariage.

— Ce que j'ai fermement refusé, dit-elle d'un ton sévère. Et refuserai toujours.

Il commençait à s'irriter. Oui, elle avait clairement exprimé son rejet de lui.

— À cause de ça, je ne pensais pas que quelque chose se

produirait. Mais je maintiens ce que j'ai dit : je ne le regrette pas.

Il la regarda de près.

— Y a-t-il une autre raison pour laquelle tu as refusé ma proposition ?

— Je n'en ai pas besoin. Je pense que celle que j'ai évoquée est plus que suffisante.

Il avait besoin d'un héritier, et elle ne pouvait lui en donner un. Cependant, à présent, il se demandait s'il y avait plus que cela. Il savait qu'elle avait été malheureuse en ménage, que son mari avait été la pire des ordures. Peut-être ne voyait-elle pas l'intérêt du mariage, surtout si elle ne pouvait pas avoir d'enfants.

Il commençait à avoir mal à la tête. Les femmes étaient incroyablement compliquées.

— Oui, ton rejet était largement suffisant. Vraiment, je ne m'attendais pas à te séduire, et je n'avais rien prévu. Je ne suis pas masochiste.

Ses traits s'adoucirent.

— Je n'ai jamais voulu te blesser. Mes excuses.

— Voudrais-tu que tout redevienne comme avant ?

Il craignait de connaître la réponse à cette question. Apparemment, elle regrettait *vraiment* ce qui s'était passé.

Elle se pencha vers lui, et il en eut le souffle légèrement coupé.

— Absolument pas.

Son pouls s'emballa, et il fixa sa bouche.

— Je vois. Eh bien, c'est bon à savoir.

Et frustrant, étant donné l'endroit où ils se trouvaient. Il avait envie de la prendre dans ses bras.

— Si je le pouvais, je t'embrasserais maintenant.

Ses lèvres s'entrouvrirent, et sa poitrine se souleva et s'abaissa plus vite au rythme de sa respiration qui s'accélérait.

— Cela me plairait. Raconte-moi.

Qu'était-elle en train de demander ? Ce qu'il ferait ?

— Je m'approcherais et te repousserais sur la couverture. Puis je mettrais ma bouche sur la tienne, et je glisserais ma langue à l'intérieur.

— Je te rendrais ton baiser. Et je te retirerais ta cravate.

Elle lui jeta un regard sensuel qui lui indiqua qu'elle savait à quel point il aimerait ça.

Ses paroles enflammèrent son désir. Son sexe se mit à palpiter.

— Je soulèverais tes jupes…

— Knighton !

Une forte voix féminine interrompit leur jeu de séduction verbale. Bran tourna la tête et vit Lady Dunn accompagnée d'une femme plus jeune, sa dame de compagnie, selon lui, qui venaient vers eux.

Bran jura en silence. Il fallait qu'il se lève. Et qu'il expose sa pleine érection à tous et à chacun. Il regarda Jo, qui semblait soudainement anxieuse. Il lui prit la main pour l'aider à se relever.

— Si tu pouvais te placer légèrement devant moi, cela m'aiderait beaucoup.

Il baissa les yeux vers son aine, et elle écarquilla les yeux.

Elle fit un infime signe de tête et agrippa sa main alors qu'il se relevait. Puis il l'aida à se remettre sur ses pieds.

— Bon après-midi, Lady Dunn, la salua Bran.

— Bon après-midi, quel plaisir de te voir ici !

Puis elle posa les yeux sur Jo.

— Vous de même, madame Shaw. Lady Evie est-elle dans les parages ?

Elle regarda autour d'elle.

— Non, nous avons croisé Lady Rebecca, et elle est repartie avec elle, expliqua Bran. Mme Shaw et moi étions sur le point d'emballer le reste de notre pique-nique.

— Comme c'est charmant ! lui lança Lady Dunn avec un

regard complice où se reflétait son approbation. Te verrai-je au bal Andover ce soir ?

Il n'en était pas certain, mais il croyait que c'était une des nombreuses invitations qu'il avait ignorées.

— Ah, je n'en avais pas l'intention.

Lady Dunn fit claquer sa langue.

— Mon cher garçon, tu dois sortir davantage. Tu n'es pas obligé de rester longtemps, contente-toi de te montrer. Et laisse-moi te présenter quelques personnes, cela me rendrait tellement heureuse.

Elle le fixa, pleine d'espoir.

Il avait envie de refuser, mais ne pouvait pas.

— Je te retrouverai là-bas.

Elle sourit.

— Excellent. Je suis vraiment ravie que nous soyons tombées sur toi cet après-midi. À ce soir.

Elle se tourna vers Jo.

— Bon après-midi, madame Shaw.

— Bon après-midi, Lady Dunn.

Jo attendit que la vieille dame et sa dame de compagnie se soient retournées avant de se pencher pour ramasser la couverture, la plier rapidement et la ranger dans le panier. Elle le tendit à Bran.

— Pourrais-tu ramener ceci à la maison ? Je vais aller directement chez Nora.

La déception de ne pas pouvoir passer la promenade avec elle assombrit son humeur, mais il prit le panier.

— Bien sûr. Nous nous verrons plus tard.

Elle cilla, comme si elle était surprise de sa réaction.

— Tu dois assister à un bal. Je m'attends à ce que tu rentres assez tard, et je serai probablement endormie.

Enfer et damnation, pourquoi avait-il accepté d'aller à ce fichu truc ? Pour faire plaisir à sa marraine.

— Je m'efforcerai de revenir à une heure raisonnable.

Elle haussa les épaules.

— Si tu en as envie. Nous nous verrons au dîner.

Elle se retourna, et il la regarda contourner le réservoir.

Que s'était-il passé ? Elle avait flirté avec lui… Non, elle l'avait *allumé*, avant l'arrivée inopportune de Lady Dunn, et maintenant elle lui donnait l'impression d'être devenue la reine des glaces. Bon il la réchaufferait plus tard.

Il avait hâte.

～

*L*e sommeil continuait de fuir Jo alors qu'elle se retournait sur le dos une fois de plus et fixait le baldaquin au-dessus de sa tête. Elle était jalouse. Jalouse de tous les gens qui assistaient à ce stupide bal Andover ce soir et avaient l'opportunité de passer du temps avec Bran. De toutes les femmes avec qui il allait danser.

Tu crois vraiment qu'il va danser ?

Elle se redressa sur son coude et frappa son oreiller avec un grognement. Il ne dansait peut-être pas, mais il évoluait toujours dans un monde dont elle s'était coupée lorsqu'elle avait accepté de devenir sa gouvernante. Il ne lui avait pas échappé que Lady Dunn ne lui avait pas demandé si *elle* allait au bal ce soir.

Ce qui amena Jo à se demander si c'était possible. Elle avait envisagé de demander à Nora quand elle était allée chercher Evie, mais avait finalement renoncé. Nora lui aurait demandé si elle avait des doutes sur son avenir de gouvernante. Et ce n'était pas le cas. Non, elle avait des doutes sur ce qu'elle faisait avec Bran.

Elle s'installa contre l'oreiller et souffla. Elle le pensait quand elle lui avait dit qu'elle ne regrettait pas d'avoir couché avec lui l'autre soir. Et elle avait apprécié leur petit jeu avant que Lady Dunn ne les interrompe. Elle imaginait une autre nuit magique à venir. Au lieu de cela, il était à un bal. Sans elle.

Elle rejeta les couvertures et se leva du lit, glissant ses pieds dans une paire de pantoufles. Elle enfila son peignoir dont elle noua la ceinture, puis sortit de sa chambre. Un livre l'aiderait peut-être à s'endormir.

Elle se glissa dans les escaliers et se rendit dans le bureau de Bran. C'était sombre et froid sans lui. Ce n'était pas *totalement* sombre, car les ombres du feu brûlaient encore derrière la grille. Elle posa son chandelier sur le bureau, et son regard fut attiré par le bocal de coquillages. Evie lui avait expliqué qu'elle les avait ramassés à la Barbade chaque fois qu'elle et son père s'étaient promenés sur la plage. Cela semblait idyllique. Elle y avait songé aujourd'hui alors qu'ils marchaient main dans la main dans le parc. C'était impossible de ne pas les voir comme une famille, pas alors qu'elle avait l'impression qu'ils en étaient une, ou du moins qu'ils pourraient l'être très facilement.

S'il n'y avait pas son problème.

Et c'était bien ça, le souci. Chaque jour, Evie et Bran ravissaient un peu plus son cœur, et lorsque le moment viendrait pour lui de prendre épouse, inéluctablement, tout changerait.

Elle détourna les yeux des coquillages, le cœur serré. La caisse d'objets qu'il avait rapportés de la Barbade était poussée contre les étagères, le couvercle posé à côté. Plusieurs objets avaient trouvé leur place dans diverses pièces, dont un portrait miniature de sa femme, qui était à présent accrochée dans la chambre d'Evie.

Louisa Crowther était très belle, avec des cheveux dorés et brillants et un doux sourire. Jo voyait la ressemblance entre elle et Evie et se demandait si Bran se souvenait d'elle chaque fois qu'il regardait sa fille. Son mariage avait-il été heureux ? Elle avait tout à la fois envie de savoir, et pas du tout. Ce serait plus facile de croire que sa mort ne l'avait pas affecté de la même manière que celle de Matthias n'avait rien fait à Jo.

Elle s'agenouilla près de la caisse et ramassa une pièce, se demandant si elle avait été déposée par erreur à l'intérieur ou si c'était un souvenir quelconque. Elle était plutôt usée, avec des bords émoussés et lisses. Elle la remit dans la caisse, et ses jointures effleurèrent un objet enveloppé de papier.

Avec précaution, elle déballa l'objet. C'était une petite boîte dorée avec un équilibriste. Jo hoqueta doucement devant sa beauté exquise.

— C'est une boîte à musique.

Jo tourna vivement la tête vers la porte. Bran se tenait là, sans cravate ni veste et avec un gilet déboutonné. Elle commençait à s'habituer à le voir ainsi, mais il ne cessait de lui faire penser à un animal indompté. Il était une anomalie, un gentleman qui refusait d'adhérer aux règles et aux exigences de la haute société, et il ne s'en excusait pas. Tout cela ne faisait que le rendre plus attirant à ses yeux.

Elle rougit de s'être fait surprendre à fouiller dans ses affaires.

— J'étais curieuse. Je ne voulais pas déranger.

Il franchit le seuil.

— Ça ne me dérange pas. Je suis monté dans ta chambre dès que je suis arrivé à la maison, mais tu n'étais pas là.

Elle replaça la boîte à musique dans la caisse et se leva.

— Je suis venue chercher un livre, et j'ai vu la caisse.

Il s'en approcha et se pencha un moment pour regarder dedans.

— As-tu trouvé une petite clé avec la boîte ?

— Non. Elle était emballée dans du papier, et il n'y avait que cela à l'intérieur.

Il se redressa.

— Cela fait un certain temps que la clé a disparu. J'avais

espéré qu'elle réapparaîtrait comme par magie. C'était un cadeau que les parents de Louisa lui avaient offert lors de notre mariage.

Il se pencha pour la prendre. Tenant la boîte d'une main, il en souleva le couvercle de verre. Il montra un trou dans le motif complexe de l'équilibriste.

— Tu vois ici ?

Elle hocha la tête, et il continua.

— C'est là que l'on insère la clé. Après l'avoir tournée plusieurs fois, la musique se met en route, et l'équilibriste saute sur la corde. C'est un automate.

Elle aurait voulu le voir à l'œuvre.

— Comme c'est malin.

— Tout à fait. J'aimerais retrouver la clé, mais je suis certain que je devrais pouvoir trouver une boutique ici à Londres pour en fabriquer une nouvelle.

— Je suis sûre que tu pourras, oui.

Il referma le couvercle et posa la boîte sur l'une des étagères.

— Ensuite, je l'offrirai à Evie. Elle l'écoutait sans cesse quand elle était très jeune. Je crois qu'il est possible que ce soit elle qui ait perdu la clé. Je me demande si elle s'en souvient.

— Ce serait bien qu'elle l'ait puisqu'elle appartenait à sa mère.

De sa mère, Jo n'avait plus qu'un mouchoir qu'elle avait cousu, et rien d'autre.

— Est-ce qu'elle te manque ?

Elle n'avait pas eu l'intention de poser la question, mais elle lui avait tout simplement échappé.

Il fixa son bureau pendant un moment, sourcils froncés.

— Pas vraiment. J'aurais préféré qu'elle ne meure pas, surtout pour le bien d'Evie.

— Tu étais heureux ? s'enquit Jo d'une voix douce.

Il tourna son regard vers elle.

— Plus heureux que tu ne l'étais, j'imagine. C'était une femme aimable et charmante.

La jalousie que Jo avait ressentie plus tôt la transperça de nouveau, ce qui était mesquin. Elle n'aurait pas dû être jalouse d'une femme morte. Tout comme elle n'aurait pas dû être jalouse qu'il se rende à un bal.

Mais elle l'était. Quand elle repensait à lui, éblouissant et incroyablement beau sous mille bougies, son cœur lui faisait mal.

— Comment était le bal ?

La question sonnait faux à ses oreilles.

Il s'avança vers elle et elle se tourna pour lui faire face, son dos touchant presque les étagères.

— Ennuyeux.

— C'est-à-dire ?

Dans tous les sens du terme. Il avança, réduisant la distance entre eux.

— Je déteste ces bêtises.

Elle appuya le dos contre les étagères.

— Alors pourquoi y es-tu allé ?

— Pour faire plaisir à ma marraine.

Il rapprocha sa poitrine de la sienne.

Elle ressentait sa chaleur à travers les maigres couches de vêtements.

— C'est vrai ?

— Mmmh.

Il abaissa la tête et déposa des baisers chauds le long de son cou.

Elle ramena la tête en arrière aussi loin qu'elle le pouvait avant que la bibliothèque ne l'arrête. Le feu et le désir s'embrasèrent dans son ventre et se répandirent dans ses membres avant de s'enrouler au cœur de ses entrailles.

— Tu as dansé ?

— Deux fois.

Une nouvelle vague de jalousie la transperça.

— Je suis… surprise.

Il fit glisser sa langue contre sa mâchoire.

— Moi aussi.

Il se redressa, la bouche planant à quelques centimètres de celle de Jo.

— Es-tu contrariée que je sois allé au bal ?

— Non.

Elle avait répondu trop vite, et il lut le doute dans son regard.

Le regard de Bran s'assombrit alors qu'il dénouait le cordon à sa taille. Il ouvrit le vêtement et fit passer sa propre chemise par-dessus sa tête, ne conservant que la chemise de nuit entre eux.

— Rassure-toi, j'aurais préféré être ici avec toi. À faire ça.

Il l'embrassa, capturant sa langue avec un désir fébrile.

Elle se cramponna à ses épaules et le tint fermement, son corps frémissant de désir. Il approfondit son baiser, collant son corps contre celui de Jo pour lui permettre de sentir la dureté de son érection. Des étincelles de désir jaillirent entre ses jambes, et elle se déhancha contre lui. Il répondit à ses mouvements, se poussant contre elle.

Elle en voulait plus.

Il toucha sa poitrine à travers la chemise de nuit ; ses doigts trouvèrent son mamelon. Le tissu était fin et paraissait juste intensifier la sensation lorsqu'il frottait contre sa chair sensible. Il délaissa sa bouche pour descendre le long de son cou jusqu'au sommet de ses seins. Il fit remonter son mamelon qu'il attrapa avec sa langue, dessinant des cercles humides et voluptueux sur le tissu avant de le frôler avec ses dents.

Elle haleta quand le désir l'envahit. C'était encore plus

intense que l'autre nuit. Elle le désirait tellement. Ici. *Maintenant*.

Il parut comprendre quand il trouva l'ourlet de sa chemise de nuit et la souleva jusqu'à sa taille. Sa main se plaça entre ses jambes, la caressant alors qu'elle modifiait sa position pour ouvrir ses cuisses.

Et il s'écarta. Elle gémit. Mais il revint immédiatement après, tirant le fauteuil vers eux. Il le poussa contre l'étagère à sa droite.

Puis il lui attrapa la jambe du même côté, la saisissant derrière le genou, et la souleva.

— Mets ton pied sur le fauteuil.

Elle lui obéit et comprit immédiatement pourquoi il l'avait fait quand sa main se promena à nouveau entre ses cuisses. Cela l'ouvrait plus grand, lui offrait un meilleur accès. Et... oh ! Il en faisait bon usage.

Elle enroula sa main autour de son cou, le retenant avec un désir ardent tandis que son doigt la pénétrait. Il entama des mouvements de va-et-vient, augmentant son excitation. Elle avait de nouveau besoin de sa bouche.

S'agrippant à son cou, elle le tira vers elle et l'embrassa. Il gémit dans sa bouche. Ses doigts travaillaient plus rapidement, son pouce caressant ce point sensible qui lui donnait envie de crier.

Il écarta sa bouche de celle de Jo.

— Je ne peux plus attendre.

Sa respiration était hachée et sauvage.

Elle tira sur ses cheveux.

— Je ne veux pas que tu attendes.

Il retira sa main d'elle, et elle sentit qu'il défaisait sa braguette entre eux. Il écarta de nouveau la chemise de nuit, et repoussa son pied plus loin sur le fauteuil, l'ouvrant plus largement. Puis son sexe frôla son intimité. Elle avait désespérément envie de l'avoir en elle.

Elle planta ses doigts dans son dos quand il la pénétra d'une seule poussée rapide et intense. Elle gémit, et il l'embrassa à nouveau, lui procurant chaleur et extase.

Il se mit à bouger, mais elle ne se sentait pas stable sur ses jambes. Il parut le ressentir, il la souleva par la taille. Puis il rompit leur baiser.

— Enroule tes jambes autour de moi.

Elle suivit à nouveau ses instructions, et une fois encore il la combla. Une cascade de lumière se déversa derrière ses paupières quand elle les ferma. Le plaisir la traversa, la transportant sur des vagues successives de volupté. Elle se cramponnait fermement à lui alors qu'il s'enfonçait sans relâche dans son corps avide.

Il gémit en prenant à nouveau sa bouche, sa langue imitant les mouvements de son sexe. Chaque coup de reins la poussait encore plus loin, jusqu'à ce que son corps soit secoué de spasmes incontrôlables. Il lui agrippa la taille et s'enfonça loin en elle. Elle sentit sa jouissance quand il frémit.

Il continua de remuer un peu plus lentement, la comblant toujours, prolongeant son plaisir. Au bout d'un moment, il se retira, dégageant les jambes de Jo toujours accrochées autour de sa taille. Elle retrouva son équilibre avant qu'il ne la lâche. Elle ouvrit les yeux et le vit s'affaler sur le fauteuil, les yeux fermés, la tête rejetée en arrière, et sa poitrine battant la chamade alors qu'il reprenait son souffle.

Le regard de Jo dériva vers la porte toujours ouverte, et la panique s'empara d'elle. Sa chemise de nuit pendait de travers autour de sa taille. Elle la lissa et referma son peignoir, serrant fort le lien autour d'elle.

— Nous ne pouvons pas laisser cela se reproduire.

Il ouvrit les yeux.

— Pourquoi ?

Elle alla refermer la porte à la hâte.

— N'importe qui aurait pu entrer.

Le regard de Bran s'abaissa jusqu'à sa braguette ouverte et son sexe épuisé.

Il jura doucement et referma les boutons.

— Si seulement tu n'étais pas si désirable, bon sang. J'essaierai de me retenir à moins que nous ne soyons dans ta chambre. Ou la mienne.

Il leva les yeux vers elle, les yeux encore assombris par le plaisir.

Le désir la tenaillait, mais ses craintes antérieures lui revenaient à l'esprit.

— Peut-être qu'on ne devrait pas le faire du tout. Si quelqu'un devait le découvrir. Ou Evie…

Il se leva d'un bond et l'attira contre lui, agrippant sa taille.

— Ils ne découvriront rien. Nous ferons plus attention. *Je* ferai plus attention.

C'était tellement plus que ça. Ce n'était que temporaire. Mais elle n'arrivait pas à trouver les mots pour le repousser comme elle l'aurait sans doute dû.

Il caressa son visage et l'embrassa doucement.

— Ne t'inquiète pas. Tout ira bien. Je te le promets, lui assura-t-il avec un sourire. Il n'y a aucune raison pour que nous nous refusions ce cadeau. Cette joie.

Soudain, la gorge de Jo la brûla. C'était un cadeau. Et une joie qu'elle n'avait jamais connue. Tout cela prendrait fin un jour, tôt ou tard, mais pour l'instant, c'était suffisant. Il n'y avait pas le choix. Elle n'était pas prête à le laisser partir.

CHAPITRE QUATORZE

— Où allons-nous, Papa ?

Evie leva les yeux vers Bran alors qu'il la guidait pour traverser la rue en direction de Hyde Park.

— Je t'ai dit que c'était une surprise.

— On dirait que nous allons au parc. Mais pourquoi ?

— C'est une *surprise*.

Bran sourit quand ils entrèrent dans le parc ; il avait du mal à contenir son excitation. Il était tôt, c'était à peine le milieu de la matinée, mais une poignée de gens se promenaient déjà. Il se dirigea vers l'endroit où il avait demandé au palefrenier de l'attendre. Ah, il était là.

Evie tira sur sa main.

— Papa, tu vas trop vite.

— Mes excuses !

Il avait accéléré le pas en voyant le palefrenier, et sa surprise.

Alors qu'ils se rapprochaient, Evie inspira brusquement.

— Papa, c'est Miller. Le palefrenier. Et c'est un *cheval* avec une selle pour les enfants !

Bran pencha la tête de côté.

— Il est possible que tu aies raison. Devrions-nous enquêter ?

— C'est ma surprise !

Elle retira sa main de celle de son père et se mit à courir, s'arrêtant presque aussitôt. Sachant qu'il ne fallait pas courir vers un animal, elle adopta un rythme plus calme et s'approcha du cheval.

Bran la rattrapa et s'accroupit près d'elle.

— Voici Artémis, c'est une jument. Tu voudrais faire sa connaissance ?

Evie hocha la tête. Elle s'approcha lentement de la bête, et tendit la main vers les naseaux du cheval.

— C'est un plaisir de te rencontrer, Artémis. Je suis Evie. Allons-nous être amies ?

Le cheval colla le nez contre sa main, et Evie se mit à rire.

— Elle m'aime bien, Papa !

— Évidemment !

Il la rejoignit et caressa le museau d'Artémis.

— Aimerais-tu la monter ?

— Maintenant ?

Bran sourit.

— Bien sûr. C'est pourquoi nous sommes ici. Si j'avais juste voulu te la présenter, je l'aurais fait aux écuries, tout simplement.

— Oh oui, Papa ! Tu veux bien m'aider à grimper ?

Il la souleva dans ses bras et la plaça sur le dos d'Artémis. Evie se percha sur la selle puis balança une jambe de l'autre côté pour se retrouver à califourchon. Elle replia sa robe sous ses jambes comme elle le faisait toujours à la maison. Ou plutôt, à la Barbade. Un jour, il arrêterait d'y penser de cette manière. N'est-ce pas ?

— Maintenant, fais-la avancer au pas quelques minutes, le temps que vous appreniez à vous connaître. Et ensuite, pas plus vite que le trot.

— Oui, papa ! dit la petite fille en prenant les rênes. Allons-y, Artémis !

Elle guida le cheval pour qu'il avance doucement.

Bran avança à côté sur le chemin.

— Oh, elle est magnifique, papa ! Merci.

Le cœur de Bran enfla dans sa poitrine. Il n'était pas à la maison, mais jusqu'à présent, il ne s'était jamais senti aussi proche de l'être.

Evie lui jeta un regard.

— Je vais trotter jusqu'à cet arbre, d'accord ?

Il acquiesça, s'arrêtant en la voyant démarrer, guidant savamment l'animal. Elle avait une excellente assiette.

— Dites donc, est-ce votre enfant ?

Bran se retourna en entendant une voix, reconnaissant vaguement l'homme qui avait parlé.

— Nous sommes-nous déjà rencontrés ?

Les lèvres de l'homme se retroussèrent, mais ce n'était pas réellement un sourire.

— Oui, chez Brooks. Je suis Talbot. Un ami de vos frères.

Exact. Un type ennuyeux.

— Oui, c'est ma fille.

— Ce n'est pas un moment approprié pour la faire monter dans le parc. En fait, je ne suis pas convaincu qu'il y ait un moment approprié. Elle est terriblement jeune. Devrait-elle même se trouver sur un cheval ?

Les muscles de Bran se tendirent, et sa colère enfla. Il se concentra sur Evie qui avait fait demi-tour et revenait à présent vers eux.

— Bon Dieu, elle monte *à califourchon ?*

Evie les salua, puis exécuta un virage expert pour repartir vers l'arbre. Elle allait un peu plus vite qu'au trot, mais elle était si brillante qu'il s'en fichait.

— Épouvantable ! s'exclama Talbot.

Outré, Bran fit volte-face.

— Est-ce ma fille que vous venez de qualifier d'épouvantable ?

— Pas elle, mais son activité. Peut-être ne vous rendez-vous pas compte, étant donné que vous viviez au milieu de nulle part depuis…

Bran s'approcha de l'homme avec ce qu'il espérait être un regard menaçant.

— Nous n'étions pas au milieu de *nulle part*, et je sais très bien comment élever mon propre enfant. S'il me plaît de l'autoriser à monter son cheval à califourchon dans Hyde Park par un beau mercredi matin, je le ferai.

Les yeux de Talbot s'arrondirent, mais il ne renonça pas.

— Vous ne pouvez pas me parler comme ça.

— Bien sûr que si, je peux ! Vous parlez mal de ma fille. Ou plutôt, *de son activité*, précisa-t-il en plissant les yeux. Pour moi, c'est la même chose.

Talbot bafouilla.

— J'essayais simplement d'aider.

— J'ose dire que vous avez du travail pour affiner cette compétence. Sinon, vous pourriez finir par insulter quelqu'un à votre propre détriment.

Ce fut au tour de Talbot de plisser les yeux.

— Êtes-vous en train de me menacer ? Prenez garde, faute de quoi vous pourriez vous retrouver sans le moindre allié dans ce pays.

— Si c'est de vous que vous parlez, sachez que je ne vous ai pas compté parmi eux. À présent, retirez-vous avant que je perde mon sang-froid.

Talbot sourit.

— Vous allez regretter cette rencontre.

Il tourna les talons et s'éloigna.

Bran lui jeta un regard noir.

— J'en doute.

Il revint là où il se trouvait juste au moment où Evie revenait, au pas.

— Qui était-ce ? lui demanda-t-elle.

— Personne d'important, répondit-il en tendant les mains pour l'aider à descendre. Tu as dépassé le trot.

— Je suis désolée, je n'ai pas pu m'en empêcher. Elle est si merveilleuse, Papa !

Elle fronça les sourcils alors qu'il la déposait sur le sol.

— Es-tu contrarié ?

Contrarié ? Pas particulièrement, mais assurément troublé.

— Pourquoi le serais-je ?

Avant qu'il puisse corriger son expression, elle passa une main sur son front.

— Tu as ces lignes quand tu es tendu. Est-ce que tu as besoin d'un massage ?

Sur le bateau, Hudson avait souffert durant plusieurs jours du mal de mer. Il n'avait pas pu lui faire son massage quotidien, ce qui avait rendu Bran plutôt… agité. Ou du moins, il avait été plus susceptible de le devenir. Evie l'avait remarqué. Elle était au courant de la routine matinale de massage de Bran, et elle avait proposé de le remplacer. Elle n'avait pas la même force que lui, mais Bran s'était rendu compte que cela n'avait pas d'importance. Le fait d'avoir quelqu'un qui appuie sur certains points de tension, ses épaules, ses coudes, ses poignets, l'aidait.

Sans attendre qu'il lui réponde, elle lui prit la main et passa le bout des doigts sur son poignet, qu'elle serra et pressa. Il redressa la colonne et laissa s'échapper le stress de ses épaules pendant qu'elle le massait.

Elle remonta à son coude et recommença son traitement.

— Je ne peux pas atteindre tes épaules.

— Ça ne fait rien.

Il lui tendit son autre bras.

— Oui, tout ira bien, papa.

Il l'observa, se demandant si tous les enfants étaient aussi intuitifs qu'elle.

— Je l'espère. Es-tu heureuse ici, Evie ?

— Je crois que oui. La plupart des jours. Aujourd'hui, c'est un très bon jour.

Elle tourna les yeux vers Artémis, dont le palefrenier avait repris les rênes.

— J'ai Becky et Jo. Elles me rendent les choses meilleures, dit-elle avant de pincer les lèvres en massant son bras jusqu'au coude. Est-ce que tu as quelqu'un qui rend les choses meilleures ?

Le cœur de Bran se serra. Il ne voulait pas qu'elle se préoccupe de son bonheur. C'était son travail à lui.

— Je t'ai, toi.

— Je sais. Nous serons toujours là l'un pour l'autre. Tu me dis ça tout le temps.

Effectivement.

— Et ça me va.

— Un jour, je me marierai et je vivrai dans ma propre maison, déclara-t-elle. Tu auras qui, à ce moment-là ?

Il s'accroupit de nouveau, et elle lâcha son coude.

— Evie, ma fille chérie, c'est dans très longtemps. Je ne veux pas que tu t'inquiètes pour moi. J'ai tout ce que je veux. Tout ce *dont j'ai besoin*. Juste là, avec toi.

Il posa l'index sur le bout de son nez et lui sourit.

Evie plissa légèrement ses yeux dont la couleur lui rappelait tant la mer autour de la Barbade.

— Je vais quand même prendre soin de toi. Quelqu'un doit le faire.

Il rit du sérieux de son ton.

— Je suis le plus chanceux des hommes.

Il la souleva à nouveau dans ses bras, la hissant haut au-dessus de sa tête, ce qui la fit crier.

— Veux-tu monter Artémis jusqu'aux écuries ? Au pas seulement.

— Oui, s'il te plaît !

Il la remit en selle, et le palefrenier la guida hors du parc. Bran marchait à côté, tandis que son cerveau ressassait les paroles de sa fille.

Un jour, je me marierai et je vivrai dans ma propre maison. Tu auras qui, à ce moment-là ?

Immédiatement, il songea à Jo. La semaine dernière avait été incroyable, c'étaient les meilleures journées qu'il avait passées depuis qu'il était arrivé à Londres. Ce matin, Hudson avait constaté qu'il n'avait jamais vu Bran si détendu. Il se rendit compte qu'au cours des derniers jours, leur temps de massage s'était considérablement raccourci.

Mais il n'avait pas d'avenir avec Jo, du moins d'après elle. Il nourrissait l'espoir qu'elle pouvait se tromper au sujet de sa fertilité et que, là où son minable de mari avait échoué, Bran serait victorieux.

Et s'il ne l'était pas ? Il devrait encore trouver une comtesse. Cependant, plus il passait de temps avec Jo, moins il avait envie de le faire. Quel genre de comte cela faisait-il de lui ?

Il n'en savait rien, en dehors du fait qu'il était du genre à autoriser sa fille à monter à cheval à califourchon dans Hyde Park et causer du grabuge. Bran regarda autour de lui alors qu'ils sortaient du parc. Quelqu'un d'autre avait-il vu Evie monter ? Si oui, ces personnes en étaient-elles arrivées à la même conclusion, à savoir que Bran était un parent horrible ?

Il fut assailli d'une vague de mal du pays. Il regarda Evie pour retrouver ses esprits. Oui, ils seraient toujours là l'un pour l'autre. Dieu merci.

*J*o arriva au thé de Lady Satterfield en compagnie de sa sœur. La comtesse était connue pour organiser des événements sociaux en fin d'après-midi au cours desquels elle servait du thé et des gâteaux. Les gens s'y rendaient pour bavarder et être vus. Jo avait assisté à plusieurs d'entre eux depuis son arrivée en ville et avait accepté l'invitation de Nora à la rejoindre aujourd'hui. Elles étaient les premières sur place.

Lady Satterfield afficha un large sourire lorsqu'elles entrèrent dans le salon.

— Bon après-midi, mes chères ! Je suis si heureuse que vous soyez venues.

Elle étreignit Nora.

— Vous êtes absolument radieuse, comme toujours. La grossesse vous va à ravir.

Elle se tourna vers Jo.

— Et je dois dire que vous avez une certaine allure, une lueur joyeuse dans les yeux, je crois. Le travail de gouvernante *vous* va à ravir !

— Oui.

Ou peut-être était-ce à cause des nuits qu'elle passait au lit avec son employeur. Elle fit de son mieux pour ne pas rougir à la pensée de son comportement dévergondé. Et elle n'osait pas regarder Nora qui lui aurait sans doute adressé un regard complice. Jo l'avait vue l'autre jour et avait confirmé que leur liaison continuait.

— Dites-moi, comment Lord Knighton s'adapte-t-il à Londres ? l'interrogea Lady Satterfield. J'ai l'impression qu'il assiste à autant d'événements de la société que mon beau-fils.

Nora laissa échapper un petit rire.

— Pas tout à fait aussi peu. Titus, comme vous le savez, n'a assisté à aucun bal depuis le vôtre en début de saison.

— Il n'a pas vraiment l'air de s'intéresser à ce genre de choses, répondit Jo.

— Ah, eh bien, il va nous falloir trouver un autre moyen de le faire sortir.

Elle haussa brièvement les sourcils et ajouta en souriant à Nora :

— J'ai justement ce qu'il faut. Ne serait-il pas temps pour vous de convaincre Kendal d'organiser un autre dîner ?

— Oui, j'y pensais, répondit Nora avec un regard vers sa sœur. Crois-tu que Knighton y assisterait ?

Jo n'en était pas certaine, mais elle savait qu'il appréciait Titus.

— Probablement.

— Excellent, dit Lady Satterfield. Cela va être tellement amusant.

La comtesse reporta son attention sur la porte.

— Excusez-moi, les invités arrivent.

Au cours de la demi-heure suivante, plusieurs invités entrèrent et gravitèrent autour de la pièce en petits groupes. Jo était assise en compagnie de plusieurs autres femmes, dont Nora, lorsqu'une nouvelle arrivante les rejoignit. C'était la mère de Bran.

Elle regarda Jo droit dans les yeux.

— Bon après-midi, madame Shaw. Quelle surprise de vous voir ici !

Jo ne savait pas si elle avait l'intention de l'insulter, mais elle décida de ne pas le prendre de cette manière.

— Bon après-midi, Lady Knighton. Voici ma sœur, la duchesse de Kendal.

Elle désigna Nora, assise à côté d'elle, d'un geste de la main.

— Je suis heureuse de faire votre connaissance. Ma fille et votre petite-fille sont devenues les meilleures amies du monde.

— Comme c'est fortuit, dit Lady Knighton avec un sourire éclatant. Je dirais que Lady Evangeline réussit plutôt bien la transition vers la nouvelle position de son père si elle s'est liée d'amitié avec la fille d'un duc.

Elle rit doucement avant de prendre place sur un canapé situé sur le côté de la chaise de Jo.

Une des femmes du groupe se tourna vers la dame à côté d'elle.

— J'ai entendu dire que Lord Talbot avait vu Lord Knighton dans le parc hier.

Elle jeta un coup d'œil autour du cercle, son regard s'arrêtant un instant sur Lady Knighton.

Une autre femme aux cheveux brun foncé et au nez retroussé s'avança derrière celle qui venait de parler.

— Lord Knighton, vous dites ? Oui, j'ai entendu dire qu'il a permis à sa fille de monter *à califourchon* à Hyde Park hier matin. Vous imaginez ?

Presque tous les membres du groupe, à l'exception de Nora, Lady Knighton et, bien sûr, Jo, secouèrent la tête en signe de désapprobation.

La femme continua :

— Et quand Talbot, dont la femme est une de mes proches amies, a voulu lui apporter des conseils sur le sujet, Knighton l'a pratiquement défié ! C'était horrible. Talbot était très offensé.

De nouveaux regards réprobateurs furent échangés, ainsi que quelques murmures désapprobateurs.

— Eh bien, tout ceci est nouveau pour lui, ajouta une autre femme. Il a juste besoin de conseils. Une femme anglaise convenable le guidera.

Jo jeta un regard en coin à sa mère. Les muscles de son visage étaient tendus, et elle fixait la femme qui venait de parler. Puis elle laissa échapper le rire pétillant le plus artificiel que Jo ait jamais entendu.

— Il a toujours été Bran le Provocateur. C'est ainsi que nous l'appelions quand il était enfant. Il se mettait dans le pétrin et créait des problèmes, lança-t-elle avec un signe de la main. Je pense qu'il aime attirer l'attention.

Jo fit de son mieux pour dissimuler son effroi. Jamais Bran ne ferait parader Evie dans le parc pour attirer l'attention.

La femme aux cheveux brun foncé qui avait rejoint le groupe cligna des yeux, et un peu de couleur lui vint aux joues alors qu'elle regardait Lady Knighton.

— Êtes-vous la mère du comte ?

Lady Knighton répondit par un sourire hautain.

— C'est exact.

Le rougissement des joues de la femme s'intensifia.

— Mes excuses, je ne voulais pas vous offenser.

Tout le monde regardait la vicomtesse.

— J'en suis certaine.

La tension était si forte dans l'atmosphère qu'elle était presque visible. Jo jeta un regard lourd de sens à Nora qui s'empressa de dire :

— J'ai entendu dire qu'on l'appelait le duc Provocateur. N'est-ce pas fringant ?

La première femme, celle qui avait raconté que Talbot avait vu Bran dans le parc, tapa dans ses mains.

— Oh, il a un surnom ! Comme votre mari.

Nora contracta la mâchoire.

— Oui, comme mon mari.

Elle adressa un regard d'excuse à Jo, se rendant compte trop tard que ce n'était sûrement pas la chose à dire.

Une autre femme acquiesça.

— Le duc Provocateur... Ça sonne effectivement *fringant*. Et peut-être un peu dangereux.

— Il y a déjà un duc Dangereux, fit remarquer une autre femme, qui se tourna vers la mère de Bran. Je suis Lady

Wolcott. Ma jeune sœur est sur le marché du mariage. Knighton se rendra-t-il chez Almack ?

— Je suis certaine qu'il finira par le faire. La première de ses priorités depuis qu'il est de retour en Angleterre est de trouver une comtesse. Comme vous pouvez l'imaginer, il est très occupé à s'habituer à son nouveau titre.

Lady Knighton tendit le cou et donna l'impression de se prélasser sous les regards subitement flagorneurs des autres femmes.

Jo se pencha pour murmurer à l'oreille de Nora.

— Qu'est-ce qui fait qu'un Insaisissable disponible transforme des femmes parfaitement bien élevées en vautours ?

Nora porta la main à sa bouche pour dissimuler son sourire.

— Je ne sais pas, mais c'est la même chose à chaque fois.

— Quelle joie d'apprendre qu'il est à la recherche d'une épouse ! s'exclama l'une des femmes âgées du groupe. J'ai deux filles, dont l'une est veuve. Elle pourrait les transformer, lui et sa fille, en un rien de temps.

Il n'avait pas besoin de transformation ! L'irritation enflammait la gorge de Jo qui tâchait de garder la bouche fermée.

Lady Knighton hocha la tête, les traits sereins, mais le regard froid.

— Oui, la personne qu'il épousera devra devenir mère immédiatement, si elle ne l'est pas déjà. Ma petite-fille est adorable, mais il lui faut une main féminine.

Elle *avait* une main féminine : celle de Jo.

Elle fut incapable d'en supporter plus. Elle se leva d'un bond et quitta le groupe. Nora partit sur ses talons, et elles se retirèrent près des fenêtres, à l'écart des oreilles indiscrètes. Malgré tout, Nora parla à voix basse.

— Est-ce que tu vas lui parler du fait qu'il autorise Evie à monter à califourchon dans le parc ? Il ne peut pas faire ça.

— Oui.

Mais elle se doutait qu'il s'en ficherait. S'il ne voyait pas de problème à retirer ses vêtements devant une femme qu'il connaissait à peine, comme il l'avait fait avec Jo lors de leur deuxième rencontre, il ne se préoccuperait sans doute pas de ce que les gens pouvaient penser d'Evie qui montait à cheval comme elle le voulait.

Mais que penserait-il de ces ragots ? Surtout concernant sa fille ? De plus, que dirait-il s'il savait que sa propre mère ajoutait de l'huile sur le feu ?

— Ce que j'ai dit n'a rien arrangé, lui dit Nora, comme si elle lisait dans ses pensées. J'essayais juste de le présenter sous un jour plus positif.

— Je sais, et je comprends.

Elle espérait simplement que Bran en ferait de même. Elle envisagea de ne rien dire, mais elle ne voulait pas qu'il entende les rumeurs de quelqu'un d'autre, même si elle ne voyait pas de qui cela pourrait venir.

Nora partit discuter avec une autre invitée, laissant Jo méditer sur l'autre partie de la conversation, quand elles avaient évoqué ses perspectives conjugales. Elle eut la nausée à l'idée qu'il prenne une épouse et que celle-ci devienne la mère d'Evie.

Elle voulait ces choses.

Oui, *elle* les voulait. Dommage qu'elle ne puisse pas les avoir.

CHAPITRE QUINZE

*B*ran supervisait l'accrochage des fleurs encadrées dans la maison. Elles avaient été livrées la veille, et il était excité à l'idée de les voir sur les murs. Evie avait décidé de l'emplacement de chacun des cadres, y compris les quatre qui formaient maintenant un motif carré à l'endroit où le portrait de sa mère était accroché dans le salon.

Songer à elle assombrissait son humeur, mais comme elle devait arriver d'un moment à l'autre, il ne pouvait l'éviter.

La veille, Jo avait assisté à un thé chez Lady Satterfield. Les gens avaient fait des commérages au sujet d'Evie qui montait à cheval dans le parc, ce qui l'avait rendu complètement furieux. Ensuite, sa mère avait fait des commentaires sur le fait qu'il était un enfant difficile.

Jo avait hésité à lui dire, elle ne voulait pas qu'il soit bouleversé. Il était heureux qu'elle l'ait fait, mais il aurait peut-être mieux valu qu'il ne sache rien. Depuis lors, il était une boule de nerfs. Hudson lui avait fait de nombreux massages, et Bran avait dîné dans sa chambre la veille au soir, totalement nu. Devant un feu de cheminée, parce qu'il faisait sacrément froid en Angleterre, même en avril.

Il était allé rejoindre Jo dans sa chambre plus tard, et elle l'avait soigneusement réchauffé.

En se réveillant ce matin, il avait envoyé un mot à sa mère pour la convoquer à un rendez-vous dans l'après-midi. Il avait l'intention de lui dire de se taire quand il s'agissait de lui. Et que si elle s'y refusait, il n'aurait aucun scrupule à l'exclure de sa vie et de celle d'Evie.

Quelques minutes plus tard, il entendit la porte et sut qu'elle était arrivée. Bucket l'introduisit au salon.

— Knighton, dit-elle, j'ai été vraiment ravie de recevoir ton invitation.

Elle posa les yeux sur les fleurs qui venaient d'être accrochées.

— Elles sont charmantes, dit-elle en allant les voir de plus près. Est-ce qu'elles viennent de ton île ?

— La Barbade, oui.

— Exquis. As-tu rapporté des plantes avec toi ?

Il ne l'avait pas fait, mais en regardant toutes ces fleurs, il s'était dit aujourd'hui qu'il aurait dû.

— Non.

— Dommage. Il y a un merveilleux jardin d'hiver à Knight's Hall, si tu t'en souviens. Et il n'y a pas grand-chose dedans, en réalité.

Bon sang, il avait totalement oublié ! Il avait fait de son mieux pour bloquer la plupart de ses souvenirs.

— Tu pourrais peut-être en faire envoyer.

Il la regarda fixement, un peu choqué qu'elle ait pu faire une suggestion qui lui *plaisait.*

Elle se détourna du mur et s'avança vers lui.

— J'ai apporté quelque chose pour toi, expliqua-t-elle en sortant une enveloppe de son réticule. C'est une lettre de ton père. J'aimerais que tu la lises.

Maintenant ? Il la lui prit.

— Je la lirai plus tard.

Elle s'assit sur un fauteuil et le regarda, l'air impatient.

— J'aimerais que tu la lises maintenant.

— Si c'est si important, pourquoi as-tu attendu pour me la donner ? En fait, pourquoi est-ce que je ne la reçois que maintenant alors qu'il est mort il y a plus d'un an ?

— Parce que ton père m'a demandé de la garder pour toi et de te la donner après ton arrivée. C'était trop important pour prendre le risque qu'elle soit perdue.

Elle détourna le regard.

— Je ne voulais pas l'apporter la première fois que nous nous sommes revus. Je ne savais pas trop à quoi m'attendre.

— Tu veux dire qu'il fallait que tu *décides* si tu allais me la donner ou non.

Elle rougit et lui jeta un regard glacial.

— Lis-la, c'est tout.

Il était en proie à une lutte intérieure. La curiosité quant au contenu s'opposait à sa répugnance à céder à ses exigences. Au bout du compte, la curiosité l'emporta. Il s'approcha des fenêtres et lui tourna le dos.

En ouvrant la lettre, ce fut l'écriture de sa mère qu'il vit, pas celle de son père. Il tourna la tête pour la regarder.

— C'est toi qui as écrit ça.

— Il me l'a dictée. Il ne se sentait pas assez bien pour écrire.

Elle savait donc déjà ce que disait le courrier. C'était peut-être pour cette raison qu'elle voulait qu'il la lise devant elle. Il entama sa lecture.

Knighton,

Ce sera ton nom au moment où tu liras ceci. Tu es à présent le comte, et ce titre s'accompagne d'un grand honneur et de responsabilités. Je ne doute pas que tu possèdes ces deux qualités et bien d'autres encore qui te permettront de poursuivre la lignée avec la plus grande intégrité.

Je te dois des excuses pour nombre de choses, mais d'abord pour la manière dont je t'ai traité. Je n'ai pas tenu compte de tes capacités lorsque tu étais jeune. Tu étais tellement provocateur, si troublé. Je ne savais pas vraiment quel genre d'adulte tu deviendrais, alors je crois que j'ai renoncé à toi. Tu étais aussi le troisième fils, ce qui n'est jamais une position enviable. Rétrospectivement, je me rends compte que tes frères ont été cruels, et même ta mère, même si elle n'aime pas que je le dise, et que j'ai dû la menacer pour la persuader de l'écrire.

Je vois ce que tu as fait à la Barbade, la fortune que tu as bâtie, la vie que tu t'es créée. Tu as bien plus de force morale et d'intelligence que tes frères. Leur mort m'a attristé, bien entendu, mais je ne suis pas triste que tu deviennes le comte. Je n'imagine pas de meilleure personne pour reprendre le flambeau du devoir, et assurer notre héritage pour les générations à venir.

Je t'aime, mon fils. Porte-toi bien.

Papa

Bran lut la lettre une seconde fois, puis contempla les mots jusqu'à ce qu'ils se confondent. Clignant rapidement des yeux, il replia le papier et se tourna vers sa mère.

— Je suis surpris que tu me donnes ça.

Elle se raidit.

— Je lui ai promis de le faire. Je suis une épouse dévouée.

Encore cette notion de devoir. Pour la première fois, Bran ressentit plus qu'une responsabilité écrasante. Il était peut-être destiné à être comte. Et si ce n'était pas le cas, cela n'avait pas d'importance. Il *était* comte.

Son père avait raison de dire qu'il s'était bâti une grande vie à la Barbade, et il l'avait fait à partir de rien. Il avait déjà commencé à penser à ce qu'il pouvait faire *pour* la Barbade à présent qu'il était comte, comme travailler à la libération des esclaves. La rébellion de l'année précédente avait été terrifiante, et avait poussé Bran à prendre position contre l'esclavage. Il appartenait toujours à la minorité, mais il pouvait peut-être se servir de sa position pour changer les choses.

— Tu es plutôt silencieux, lui dit sa mère, interrompant sa rêverie. Mais tu as une certaine propension à devenir maussade.

— J'ai appris à tenir ma langue quand tu es dans les parages. C'était cela, ou en subir les conséquences.

Il fit quelques pas vers l'endroit où elle était assise.

— Je suis quand même surpris que tu me donnes ceci. Ou du moins, que tu ne l'aies pas modifiée.

Ses yeux brillèrent encore d'un éclat glacial.

— Le devoir est ce qui compte le plus. Sans lui, quel serait notre but, notre valeur ? Nous aurions pu naître en n'étant rien, des mendiants malchanceux dans la rue, mais cela n'a pas été le cas. Pour toi non plus.

Elle parlait d'un ton sévère, et sa voix portait dans toute la pièce.

— Tu seras le comte, et tu seras magnifique.

Ce n'était pas tout à fait un discours enthousiaste dans le même esprit que le soutien de son père, mais c'était sans doute le mieux qu'elle pouvait faire.

— Je *suis* le comte, magnifique ou pas.

Elle cligna des yeux, l'air un peu surpris.

— Très bien. J'espère que cela signifie que tu vas couper tes cheveux et accepter plus d'invitations. Il *faut* que tu sortes plus souvent. J'ai discuté hier avec de nombreuses femmes avec des filles à marier. Il est temps que tu cherches une comtesse.

Jo lui vint à l'esprit, mais il fut rattrapé par les mots de son père : *Je n'imagine pas de meilleure personne pour reprendre le flambeau du devoir, et assurer notre héritage pour les généra-tions à venir.* Si elle ne pouvait pas lui donner d'héritier, comment pourrait-il garantir la pérennité de sa famille ? Ses muscles se contractèrent, et ses vêtements lui parurent plus serrés.

— Quand tu sors, tu dois agir de manière appropriée, comme avec Lady Evangeline. Ne la laisse plus galoper dans le parc *à califourchon* sur un cheval.

Elle pinça les lèvres et plissa le nez, comme si elle avait senti une odeur de poisson pourri.

Il en avait presque oublié pour quelle raison il l'avait convoquée en premier lieu.

— Je ne *dois pas* faire quoi que ce soit. Comme tu l'as si bien fait remarquer, je suis le comte. Je peux faire tout ce que je veux.

Elle se leva, lui adressant le regard glacial dont il se souvenait si bien.

— Tu as toujours été provocateur. Je suppose que c'est trop attendre de toi que d'espérer que tu changes. Je dirais que tu as mérité ton surnom.

Son cou le picota.

— Quel surnom ?

Il se souvenait des noms ridicules que Kendal et ses amis avaient évoqués.

— Le duc Provocateur. Apparemment, c'est une sorte de convention pour classer les célibataires admissibles, expliqua-t-elle en agitant la main. C'est absurde, mais dans ce cas précis, c'est aussi exact.

Bon sang, mais qui avait commencé à l'appeler ainsi ?

— C'est toi qui as trouvé ce nom ?

Elle sembla contrariée.

— Bien sûr que non. J'ai entendu la sœur de ta gouvernante l'utiliser la première fois, mais à la fin du thé hier, plusieurs autres personnes l'utilisaient.

Elle fit un pas vers lui, et lui dit :

— Tu vois, tu *dois* faire des apparitions. Ton absence engendre des rumeurs.

— Non, *tu* lances des rumeurs. J... Mme Shaw m'a dit que tu racontais à tout le monde que j'étais un enfant difficile. On ne peut pas vraiment dire que cela *m'aide.*

— J'essayais de fournir une explication à ton mauvais comportement dans le parc. Ne me blâme pas pour tes erreurs.

Lui parler, c'était comme essayer de naviguer dans un ouragan. On pouvait toujours essayer, mais si l'on s'en sortait, c'était bien plus mal en point qu'au départ.

— Sors.

Elle ouvrit la bouche, mais il l'interrompit.

— Maintenant. Avant que je demande à Bucket de t'escorter.

Il grogna, et pour la première fois elle recula.

Elle pinça les lèvres, fit volte-face et sortit.

La colère, la frustration et un profond ressentiment remontèrent à la surface. Il jeta la lettre sur le canapé et se mit à arracher ses vêtements. Une par une, chaque pièce atterrit en tas sur le sol jusqu'à ce qu'il ne porte plus que ses sous-vêtements. Il parvint à s'arrêter avant d'être totalement nu.

— Bran ?

La voix familière de Jo traversa son brouillard de confusion et de rage persistante. Il se tourna vers elle, combla la distance qui les séparait, la tira dans la pièce, puis referma la porte en la claquant.

— Comment ta sœur m'a-t-elle appelé hier ?

Elle blêmit.

— Le duc Provocateur.

— *Pourquoi ?*

C'était une question, mais formulée entre ses dents serrée, cela ressemblait à un ordre.

— Elle essayait de désamorcer la situation. Les gens faisaient des ragots au sujet d'Evie qui montait à cheval dans le parc et du fait que tu t'étais montré impoli avec Talbot. Puis ta mère est intervenue en racontant à tout le monde que tu avais toujours été provocateur. Comme tu peux l'imaginer, cela n'a pas vraiment amélioré la situation. Nora a voulu te faire paraître fringant et… désirable ?

Il aurait sans doute ri de cette idée absurde s'il ne s'était pas agi de lui. S'il n'avait pas été question de ce nom qu'il détestait qu'on lui attribue. Parce que c'était la vérité, et qu'il était impuissant à l'arrêter.

— Oui, j'étais difficile et *provocateur*. As-tu la moindre idée des efforts que j'ai dû fournir pour ne pas l'être ? D'à quel point je me sentais inutile parce que je ne pouvais pas m'en empêcher ? Je n'avais pas la moindre emprise sur mes problèmes. Je voulais être un bon fils dévoué, mais je ne *pouvais pas*.

Elle l'écoutait avec des yeux ronds. Puis elle le regarda.

— Tu es pratiquement nu.

Il ne dit rien, se contenta de la dévisager. Mais elle ne tressaillit pas. Au lieu de cela, elle s'approcha de lui.

— Que puis-je faire ?

C'était étrange, car, en règle générale, il n'aimait pas être touché, et pourtant le massage quotidien d'Hudson lui évitait de se sentir trop accablé. Cependant, il aimait que Jo le touche.

— Viens ici, dit-il en lui tendant la main. Les massages me permettent de me sentir mieux.

Elle prit la main de Bran entre les siennes.

— Comment dois-je procéder ?

— Applique un peu de pression. Comme ceci, dit-il en joignant le geste à la parole sur la main de Jo. Mais un peu plus fermement, si tu le peux.

Elle commença le long de ses doigts, et remonta sur sa main jusqu'à son poignet.

— Appuie ici, dit-il en lui montrant un point sur le

dessous, et elle suivit ses instructions. Maintenant, jusqu'au coude. Et appuie ici.

Il lui montra également cet endroit. Elle travaillait lentement et méthodiquement.

— L'épaule. C'est mieux si je m'assieds.

Il se dirigea vers le canapé et s'installa.

— Viens te mettre là, demanda-t-il en lui faisant signe de se placer entre ses jambes. Pose tes mains sur mes épaules et appuie, ensuite enfonce tes doigts aussi fort que tu le peux.

Elle s'exécuta.

— Comme ça ?

Il hocha la tête, et elle recommença plusieurs fois avant d'enfoncer ses doigts dans ses muscles. Elle le massa durant plusieurs minutes. Il ferma les yeux et se laissa aller aux sensations apaisantes.

Petit à petit, il se rendit compte que son sexe était dur comme de la pierre. À peu près au même moment, il entendit un déclic. Il ouvrit les yeux et la vit revenir de la porte. Qu'elle avait verrouillée.

Il ferma les yeux à nouveau, pour pouvoir se perdre encore à son contact. Elle lui massa l'autre coude et le poignet, et termina par sa main. Puis il sentit ses lèvres sur son oreille, sa langue suivant le bord jusqu'au lobe, où elle suçota sa chair.

Il inspira brusquement. La bouche de Jo continua son chemin le long de sa gorge, puis jusqu'à sa clavicule. Il sentit sa main lui effleurer la cuisse. Puis ses doigts caressèrent son membre à travers son sous-vêtement. Il s'avança pour qu'elle puisse davantage le toucher.

Elle tira sur la ceinture, et il se souleva pour qu'elle puisse faire descendre son sous-vêtement sur ses hanches et le retirer. Il ouvrit les yeux et vit qu'elle était en train de relever ses jupes. D'une main, elle le repoussa sur le canapé. Elle posa un genou à côté de sa cuisse et le chevaucha, posant l'autre genou sur le canapé aussi.

Elle soutint son regard tandis qu'elle passait la main entre eux et le caressait, tirant sur sa chair, de haut en bas et de bas en haut. Le désir s'accumula dans son ventre, ses testicules, partout. Il se cambra dans sa main, il en voulait plus.

Elle s'abaissa, et sa pointe trouva sa chaleur humide. Elle le guida en elle, lentement, une véritable torture. Impatient, il donna un coup de reins et l'empala.

Elle inspira et s'agrippa à ses épaules, exerçant autant de pression que quelques instants auparavant. Mais c'était tellement mieux.

Remuant les fesses, elle s'installa sur lui, le prenant aussi profondément qu'il pouvait aller. Elle posa les lèvres sur les siennes en un baiser brûlant alors qu'elle commençait à bouger. Il saisit ses hanches et la guida de haut en bas, gainant et libérant son sexe avide.

Elle enfonça ses doigts dans ses épaules et arracha sa bouche de la sienne.

— Laisse-moi faire.

Elle lui prit les mains et les remonta près de ses épaules. Le regardant dans les yeux, elle se souleva presque complètement de lui avant de redescendre. Elle le fit plusieurs fois, augmentant progressivement sa vitesse.

Il redoutait de mourir de désir. Le plaisir qui grandissait en lui était une torture bénie. Elle l'amena au bord du précipice à plusieurs reprises avant de le faire redescendre.

Puis quelque chose changea, et elle hoqueta. Les yeux plissés, elle ne le quittait pas du regard. Elle se mit à bouger plus rapidement, ses cuisses claquant contre celles de Bran, tandis qu'elle le chevauchait vite et brutalement.

Il se souleva du canapé, la pénétrant avec un abandon féroce. Elle gardait ses mains captives, et la sensation était incroyablement érotique. Il sentit ses muscles se contracter quand l'orgasme la prit. Elle le relâcha et s'agrippa à son cou, le serrant fort avec ses mains et son sexe.

Le sang afflua dans son membre, et son propre orgasme survint dans une lumière blanche aveuglante. Il l'attrapa de nouveau par la taille, la serrant pendant qu'il la pénétrait profondément et libérait sa semence.

Elle s'écroula contre lui, la respiration irrégulière, mais terriblement sensuelle. Il avait du mal à croire ce qu'elle venait de faire. Au cours de toutes les nuits qu'ils avaient passées ensemble, jamais elle n'avait pris les rênes de cette manière. Il aimait ça.

Il lui caressa la mâchoire et l'embrassa, ses lèvres glissant doucement sur celles de Jo. Elle lui rendit son baiser, jouant avec sa langue avant de rassembler ses jupes et de s'écarter de lui. Il la regarda se servir de son jupon pour tamponner entre ses jambes, puis laisser retomber les vêtements. Hormis ses joues roses et son rythme cardiaque encore soutenu, on ne pouvait pas imaginer qu'elle venait de le séduire.

Lui, d'un autre côté, était vautré nu sur le canapé et avait sans aucun doute l'air de s'être bel et bien envoyé en l'air. Il ne put s'empêcher de sourire.

Elle ramassa ses sous-vêtements qu'elle lui tendit.

— Tu pourrais vouloir te rhabiller.

Elle ramassa la lettre qui était tombée au sol pendant leurs ébats.

— Qu'est-ce que c'est ?

Il enfila son sous-vêtement.

— Une lettre de mon père. Tu peux la lire si tu veux.

Elle haussa un sourcil interrogateur avant d'ouvrir le parchemin et de parcourir la lettre.

Il trouva son pantalon qu'il enfila pendant qu'elle lisait. Il rassembla le reste de ses vêtements, mais se contenta d'en faire une pile sur le canapé.

Elle leva les yeux du courrier.

— On dirait un père fier.

— Il ne l'a pas toujours été. Même s'il n'était pas comme ma mère ou mes frères, il n'a jamais mis un terme à leur cruauté. Je n'ai jamais compris pourquoi il était complice, mais d'un autre côté, je n'ai jamais compris non plus pourquoi ils me méprisaient autant.

— Ton père ne te méprisait pas.

— Non, il a renoncé à moi. Ce qui est pire, en réalité.

Il observa son visage, de crainte qu'elle n'ait pitié de lui. Il ne voulait pas de cela.

— Malgré tout, je suis heureux qu'il l'ait écrite.

Elle hocha la tête une fois.

— Ce doit être gratifiant de savoir qu'il avait une telle foi en toi.

— Oui. Et, étonnamment, un peu inspirant.

Il se gratta la mâchoire, sentant la repousse de sa barbe.

— Je n'avais pas envie de venir ici ni de devoir devenir comte. Je ne m'y attendais pas et je ne voulais surtout pas de cette charge. Pour moi, la mort de mes frères, en me forçant à revenir ici, était comme une ultime moquerie, comme s'ils avaient orchestré tout cela juste pour me torturer depuis la tombe.

— Bien sûr, ce n'était pas le cas, mais s'ils l'avaient fait, tu penses qu'ils se seraient attendus à ce que tu échoues.

— Très certainement. Mais j'ai décidé de réussir en dépit d'eux. Et soudain, je me sens plutôt impatient. Ça fait… du bien.

Elle lui rendit la lettre.

— J'en suis ravie. Bien, je dois retourner en haut.

L'énergie dans la pièce avait changé pendant leur conversation. La langueur bienvenue de leur trouble post-sexe s'était dissipée bien trop vite. Mais c'était sûrement normal, étant donné que c'était le milieu de l'après-midi, et qu'ils étaient dans le salon.

Elle alla à la porte.

— Jo.

Elle se retourna, la main sur le loquet.

— Merci.

— Je t'en prie.

Elle avait un regard énigmatique quand elle déverrouilla la porte et quitta la pièce, refermant derrière elle.

Il fronça les sourcils, se disant qu'il aurait dû se sentir complètement détendu. Au lieu de cela, une perle de discorde avait pénétré dans son cerveau, le déstabilisant. Il baissa les yeux sur la lettre qu'il tenait dans sa main, et entendit ce mot, *devoir*, comme un carillon incessant.

Faire son devoir pourrait signifier un futur sans Jo. Il n'était pas certain de vouloir envisager une telle chose, mais admettait qu'en tant que comte, il pourrait y être contraint.

CHAPITRE SEIZE

Jo recompta les jours, sûre d'avoir fait une erreur. Comme elle arrivait au même chiffre, elle essaya une troisième fois, puis une quatrième. Ses menstruations n'étaient jamais à ce point tardives. Peut-être un jour ou deux, mais là, cela faisait plusieurs jours. Presque une semaine.

Elle contempla le vide tandis que son esprit essayait de donner un sens à tout cela. Nora n'avait eu de cesse de lui répéter qu'il était possible qu'elle ne soit pas stérile, mais Matthias l'avait complètement convaincue. Si elle était enceinte...

Le bonheur explosa dans sa poitrine, produisant un son étranglé qui était à la fois un sanglot et une exclamation de joie. Elle se couvrit la bouche alors que ses lèvres affichaient un large sourire.

Depuis qu'elle avait lu la lettre du père de Bran, quelques jours auparavant, un sentiment de crainte l'habitait. Elle savait que leur relation était temporaire, mais elle ne savait pas quand le rêve prendrait fin.

Car c'était un rêve. Des journées passées avec Evie, et souvent Bran aussi, avec l'impression d'être une famille. Des nuits avec Bran au cours desquelles elle se sentait plus chérie qu'elle ne l'aurait jamais imaginé. Pour la première fois, sa vie était comblée et elle était terrifiée à l'idée de la voir s'évanouir dans le néant.

Maintenant, elle avait de l'espoir. Son premier réflexe fut d'en parler à quelqu'un, à Nora, bien entendu, mais elle prit peur immédiatement. Et si ce n'était rien ? Et s'il n'y avait pas d'enfant, et que son corps lui faisait simplement une blague cruelle ?

Le destin ne pouvait pas se montrer aussi malveillant avec elle. Ne méritait-elle pas un peu de bonheur ?

Elle regarda l'horloge posée sur la cheminée de sa chambre. Oh, mon Dieu ! Elle était en retard pour aller à l'étage. Becky était probablement déjà arrivée.

Quelques minutes plus tard, Jo entra dans la nursery et constata que Becky était effectivement déjà arrivée. Elle courut embrasser Jo.

— Tante Jo ! On dessine, viens voir !

Elle commença à tirer Jo vers la table où Evie était assise.

Jo éclata de rire.

— Un moment, Becky.

La petite fille leva les yeux au ciel, mais la relâcha et retourna à la table.

Jo se tourna vers Mme Poole.

— Désolée, je suis en retard. Je suis certaine que vous n'aurez rien contre un peu de répit.

C'était le moment de la journée où Mme Poole déjeunait.

— Ce n'est pas un problème. Les filles sont tellement adorables !

Mme Poole leur adressa un signe de tête en souriant.

— À tout à l'heure !

Elle sortit et Jo rejoignit les filles à la table.

— Que dessinez-vous ?

— Mon cheval, dit Evie sans lever les yeux de son papier.

Becky soupira.

— Tu as de la chance d'avoir un cheval. Papa dit qu'il m'apprendra à monter cet été quand nous irons à Lakemoor.

Evie observait son amie à présent et affichait une moue.

— C'est si loin…

Puis elle se tourna vers Jo.

— Tu sais à quelle distance ça se trouve ?

C'était le siège de Kendal dans le Lake District. À plusieurs jours de route de Londres.

— Oui, j'y suis allée plusieurs fois.

Evie fronça les sourcils.

— Que vais-je faire sans Becky ?

— Peut-être que tu pourrais venir avec moi ?

Jo appréciait le fait que les filles veuillent être ensemble. Elles lui rappelaient vraiment à quel point Nora et elle étaient proches dans leur enfance.

— Je crois que le père d'Evie voudra qu'elle aille voir leur maison ancestrale. C'est au Pays de Galles, juste après la frontière.

Elle lut sur le visage des filles qu'elles acceptaient la situation à contrecœur.

— Mais peut-être pourrons-nous organiser une visite, proposa-t-elle.

Les deux fillettes bondirent quasiment sur leur siège, s'animant instantanément.

— Ce serait merveilleux, s'exclama Becky. Je ne suis jamais allée au Pays de Galles.

— Et je n'ai jamais été dans la région des lacs.

— Évidemment que non, idiote, répliqua Becky. Tu n'es jamais allée nulle part en Angleterre.

— Non, c'est vrai, confirma Evie qui se remit à dessiner. Mais papa a dit qu'il m'emmènerait bientôt voir l'océan.

Bran en avait parlé à Jo quelques nuits auparavant, en lui demandant où il devait emmener Evie. Jo n'était allée voir la mer qu'une fois, et n'avait aucun conseil utile à lui offrir.

Jo se pencha vers sa nièce.

— Et toi, qu'est-ce que tu dessines ?

— Ma famille. Avec le nouveau bébé. Je voudrais que maman ait encore une fille.

Une famille. Le cœur de Jo se serra. Elle avait du mal à ne pas se dire qu'un enfant pouvait pousser en elle en ce moment. Elle priait pour que ce soit vrai. Elle s'efforça de se concentrer sur les filles, et de ne pas se perdre dans ce qui pourrait n'être qu'un fantasme.

— Elle pourrait avoir un garçon.

Becky secoua la tête.

— C'est le tour d'une fille. D'abord moi, puis Christopher, maintenant une autre fille. Ce n'est que justice.

La naïveté de la jeunesse... voilà ce qui manquait à Jo.

— Malheureusement, la vie ne fonctionne pas comme ça.

Becky releva les yeux de sa feuille.

— Je dessine quand même une fille. Si je le souhaite assez fort, mon vœu se réalisera.

Oh, comme Jo aurait voulu que les choses soient aussi simples !

— Comment se fait-il que tu n'aies pas d'enfants, Jo ? lui demanda Evie, toujours concentrée sur son cheval.

Rétrospectivement, c'était surprenant qu'elles ne lui aient jamais posé la question avant. Jo chercha la bonne manière de répondre à cette interrogation à des filles de cinq ans.

— Je ne sais pas.

— Tu n'aimerais pas en avoir ? insista Evie, la regardant cette fois.

— Si, mais comme je l'ai déjà dit, parfois la vie n'est pas

juste, et le fait de vouloir très fort quelque chose ne le rend pas forcément réel.

Les deux fillettes cessèrent de dessiner pour la regarder.

— C'est triste, constata Becky, les sourcils froncés.

Jo craignait de leur voler un peu de leur innocence. Elle posa la main sur celle de Becky.

— Mais tu ne dois pas cesser de prier pour autant, ça fait une différence, je crois.

Ou du moins, c'était ce qu'elle avait envie de croire.

— Tu ne te remarieras pas ? s'enquit Becky. Parce que, si tu le fais, tu auras peut-être des enfants.

La main qui était toujours posée sur les genoux de Jo remonta sur son ventre, sa paume se pressant contre la surface plate.

— Peut-être, mais je suis tout à fait heureuse d'être une gouvernante. C'est très satisfaisant d'être utile aux autres, surtout aux enfants.

— Oui, mais tu pourrais être utile à tes propres enfants si tu te mariais, constata Evie. Je crois que tu devrais y réfléchir.

Elle échangea un regard avec Becky qui acquiesça.

Jo ne put s'empêcher de trouver leurs conseils amusants.

— Merci, je le ferai.

Et pour la première fois depuis... toujours, elle en avait vraiment l'intention. Si Bran voulait toujours faire d'elle sa comtesse. Et c'était toujours le cas, non ? N'avait-il pas dit qu'il l'épouserait si elle était enceinte ?

Elle eut envie de le lui dire, mais ses doutes et sa peur la refroidirent. Elle serait patiente. Pendant une semaine au moins. Oui, elle était capable de garder le secret une semaine.

Les filles continuèrent de dessiner, et Jo alla ranger l'étagère.

— Quels sont tes aliments préférés ? demanda Evie, attirant le regard de Jo vers la table.

— Voyons voir... J'aime bien le faisan et la morue.

— J'aime la morue, dit Evie.

— Et j'adore le faisan, ajouta Becky.

Jo revint à la table.

— Je crois que les légumes que je préfère, ce sont les carottes.

Evie leva les yeux de son papier et fit une grimace, tirant la langue.

— Beurk. Je n'aime pas les légumes.

— Mais tu aimes les fruits, dit Jo.

Elle avait longuement discuté des préférences alimentaires d'Evie avec Bran.

— Oui, mais la plupart d'entre eux ne poussent pas ici. Ou on a du mal à en trouver. Encore une chose pour laquelle la Barbade est mieux.

— C'est faux ! répondit Becky d'un ton ferme.

C'était le seul sujet de discorde des deux fillettes.

Evie plissa les yeux.

— Non. Il y fait plus chaud. Il y a plus de soleil. C'est plus joli. Et ça sent meilleur.

Jo ne pouvait contester que l'éventail d'odeurs de Londres était… intéressant.

— Quand tu iras à la campagne cet été, Evie, tu verras comme l'Angleterre peut être belle.

Elle ne semblait pas convaincue.

— Nous verrons bien.

Jo chercha à détourner la conversation.

— Ma pâtisserie préférée, c'est le trifle.

— J'aime le gâteau au rhum, répondit Evie. Je n'en ai pas mangé depuis notre arrivée ici, mais notre nouvelle cuisinière a dit qu'elle essaierait de m'en faire un.

Ses yeux brillaient d'excitation.

Becky continua son dessin.

— J'aime les glaces. Le citron, c'est mon parfum préféré.

— Moi aussi j'aime les glaces, renchérit Jo.

Evie pencha la tête vers elle.

— Donc tu aimes le faisan, la morue, les carottes et le trifle. C'est bien ça ?

— Oui. J'aime beaucoup d'autres choses aussi, mais ce sont celles que je préfère.

Jo se demandait si cette conversation avait un sens. Evie était peut-être prête à goûter à de nouveaux aliments.

— Voudrais-tu essayer ma recette de carottes favorites ? proposa-t-elle à Evie. Je pourrais demander à Cook de la préparer.

Evie grimaça.

— Oh *non*. Merci, ajouta-t-elle à la hâte.

Elle se remit à son dessin.

Jo passa l'après-midi avec les filles, leur donnant une leçon de couture, puis elles inventèrent des chansons idiotes jusqu'à ce que Nora arrive pour chercher Becky.

L'envie de révéler ses doutes à sa sœur était presque intenable, mais Jo parvint à ne rien dire. Une fois qu'elle fut partie, Bran rentra à la maison et, une fois encore, cette envie de partager son secret bouillonna en elle. Au lieu de cela, Jo afficha un sourire sur son visage et fit de son mieux pour se comporter normalement.

Quand Mme Poole prit le relais avec Evie, Bran convoqua Jo dans son bureau.

Elle entra au moment où il retirait son gilet. Désormais, elle était parfaitement habituée à le voir ne porter que sa chemise en haut. En fait, elle était toujours surprise quand elle le voyait entièrement vêtu. Il était incroyablement beau, quoi qu'il porte, mais en vérité, elle préférait quand il n'avait rien sur lui.

Bran s'appuya sur le bord de son bureau, la balayant du regard. Il la regardait toujours avec une avidité qui ravivait son désir.

— Je voulais te parler de décoration. Plus précisément, de

ma chambre à coucher. Je sais que c'est sûrement inconvenant, mais je crois qu'on a dépassé ce stade, n'est-ce pas ?

Sans le moindre doute, mais sa demande la déstabilisait
malgré tout. Il lui avait demandé son avis pour différentes
pièces : le choix d'un *nouveau* tapis et de nouvelles tentures
pour le salon, pour faire disparaître l'empreinte de sa mère,
ou le remplacement du papier peint de la salle à manger, qui
allait se faire prochainement, là encore pour effacer l'influence de sa mère. Dans ce cas, cependant, parce qu'il s'agissait de *sa* chambre à coucher, cela lui semblait un peu
inconvenant. Elle n'était pas sa femme. Plus encore, elle
n'était jamais entrée dans cette pièce.

— Je ne suis pas certaine que j'aurais une contribution
d'importance à y apporter. Après tout, c'est ta chambre à
coucher.

— C'est vrai, mais j'aimerais quand même avoir ton avis.
Tu m'as aidé à faire en sorte que la maison ressemble davantage à un foyer, par exemple en ajoutant des plantes. Jamais je
n'aurais pensé à faire ça.

Ils avaient ajouté de la verdure en pot dans chaque pièce,
et notamment plusieurs palmiers, qu'Evie adorait. Elle en
avait même un dans sa chambre.

— Le croiras-tu, poursuivit Bran, si je te dis que ma mère
a suggéré que j'importe des plantes de la Barbade pour le
jardin d'hiver de Knight's Hall ?

Il secoua la tête comme s'il n'y croyait pas lui-même.

— C'est une excellente idée.

— J'ai envisagé d'ajouter un petit jardin d'hiver ici, à l'arrière de la maison. Cela prendrait un peu de place, mais ce
serait simplement un jardin d'intérieur. Qu'est-ce que tu en
penses ?

C'était sûrement ce que Jo pouvait imaginer de plus
proche de la maison que lui et Evie adoraient. À force de les
entendre en parler, elle s'était rendu compte que cela lui

manquait presque autant qu'à eux, alors qu'elle n'y était jamais allée.

— Evie adorerait ça.

— Surtout si on pouvait faire pousser les fruits qui lui manquent.

Il s'écarta du bureau et continua :

— Je vais le faire. Kendal ou West pourront peut-être me recommander un architecte.

Il commençait à nouer une amitié avec le mari de Nora, et le duc de Clare. Jo présumait qu'il se serait également lié d'amitié avec Dartford et Sutton s'ils n'étaient pas constamment en train de faire des allers-retours pour rejoindre leur domicile en dehors de Londres. Ils étaient très occupés : ils remplissaient leurs responsabilités en ville et attendaient avec impatience l'arrivée de leur enfant, qui pouvait intervenir à tout moment.

Il s'approcha d'elle, et elle jeta un œil à la porte ouverte. Semblant avoir compris son avertissement muet, il s'arrêta avant d'être trop près. Pourtant, l'air entre eux crépitait de désir, comme toujours.

— M'aideras-tu avec ma chambre ?

— Je ne sais pas ce que je peux faire. Que sais-je de la chambre d'un homme ?

Il réfléchit à la question, du moins c'était l'impression qu'eut Jo.

— Pourquoi hésites-tu à ce point ?

Parce que ça semblait *trop* intime. Elle n'était pas sa comtesse, et bien qu'elle nourrisse actuellement le fervent espoir que cela puisse se réaliser, elle avait peur d'outrepasser les limites. Et peut-être parce que c'était justement *maintenant* dans le domaine du possible, elle se sentait un peu superstitieuse. Ce qui était absurde. Néanmoins, elle ne pouvait pas le faire.

— Je ne suis pas certaine que ce soit ma place. Dans tous

les cas, il suffit d'ajouter une plante ou deux, et d'alléger les literies. Tu as dit que c'était l'obscurité qui te dérangeait ?

— Oui, confirma-t-il en lui prenant la main, entremêlant ses doigts avec ceux de Jo. Peut-être que si tu venais la voir ce soir, tu pourrais me faire plus de propositions.

Son regard pétillait intensément.

Les entrailles de Jo fondirent et, en dépit de la prudence, elle se laissa aller contre lui.

Juste au moment où une femme de chambre entrait dans le bureau, et s'arrêtait net avec un « Oh ! » sonore.

Jo retira sa main de la sienne et s'écarta de lui. Bran recula jusqu'au bureau où il s'appuya de nouveau.

La servante fit une révérence à Bran.

— Mes excuses, *my lord*. Je suis venue allumer le feu pour la soirée. Je n'avais pas réalisé que vous étiez ici.

— Tout va bien, répondit Bran en montrant la cheminée. Je vous en prie.

Jo s'écarta de son chemin et se dirigea vers la porte. En tournant la tête, elle annonça à Bran qu'elle le verrait au dîner.

Alors qu'elle montait les escaliers, sa main se porta de nouveau à son ventre. On aurait pu imaginer qu'elle se sentirait mieux avec cette tournure potentielle des événements, mais tant qu'elle n'en était pas certaine, la situation semblait bien plus précaire qu'hier. Il ne lui restait plus qu'à être patiente.

Et prier.

∾

*B*ran s'arrêta dans l'embrasure de la porte du salon où il devait dîner ce soir. La salle à manger était en désordre avec la pose d'un nouveau papier peint ; le dîner pour Jo et lui serait donc servi ici. Normalement, Evie aurait dû les rejoindre, mais elle était partie passer la nuit chez Becky.

Seulement, la pièce avait été transformée. Des draps blancs qui lui rappelaient les moustiquaires qu'ils utilisaient à la Barbade pendaient du plafond. Il n'avait aucune idée de celui ou celle qui les avait mis là, et pourquoi. Plusieurs plantes avaient été installées dans la pièce, mais d'autres, provenant d'autres endroits de la maison, avaient été ajoutées. Il y avait aussi des dessins collés un peu partout dans la pièce : des fleurs de la Barbade, des oiseaux et, bien sûr, une tortue. De toute évidence, Evie les avait dessinés. Et peut-être Becky. Elles aimaient dessiner.

Une table était dressée près du centre de la pièce, au milieu de plusieurs rideaux de gaze blanche. Il se rendit compte un peu tard que Jo était déjà installée.

Il s'approcha d'elle.

— Qu'est-ce que c'est que tout ça ?

Jo leva les yeux vers lui, les mains croisées sur ses genoux.

— Les filles étaient ici cet après-midi. Evie voulait recréer sa maison pour Becky, alors elles ont demandé à Bucket et Hudson de les aider. Elle avait expressément requis la présence d'Hudson, étant donné que c'est le seul membre du personnel à être allé à la Barbade.

— C'est extraordinaire, s'exclama-t-il, ne cessant de regarder partout autour de la pièce, enchanté. Ça me rappelle vraiment la maison. La Barbade, je veux dire.

Il s'assit en face de Jo à la petite table.

— Penses-tu y retourner un jour ?

— Je ne sais pas.

Sa poitrine se serra. Il détestait penser qu'il ne reverrait jamais ces plages. Mais en repartir une fois encore serait une torture.

— J'espère que tu le feras, lui dit-elle doucement. Cela fait tellement partie de toi !

Le valet de pied entra avec le premier plat, qui comprenait de la morue et des carottes ainsi qu'une soupe. Bran versa du vin, un madère, alors que le valet de pied les servait.

Ils discutèrent de leur journée pendant qu'ils mangeaient et quand le deuxième plat arriva, Jo éclata de rire.

Confus, Bran lui en demanda la raison.

— Il y a du faisan.

Elle leva les yeux vers le valet de pied, et lui demanda :

— Savez-vous s'il y aura un dessert ?

— Du trifle, madame.

Jo rit de nouveau. Quand le valet de pied se retira, Bran lui demanda :

— Je me demande vraiment ce qu'il y a de si amusant.

— Evie et Becky m'ont interrogée sur mes aliments préférés l'autre jour. Je leur ai dit morue, carottes, faisan et trifle.

— Je ne comprends toujours pas. Est-ce ton anniversaire ?

Il allait se sentir horriblement mal s'il avait oublié une telle occasion.

— Non. Je ne suis pas tout à fait certaine de ce qu'elles ont derrière la tête, mais elles sont adorables.

Il observa de nouveau la pièce. La Barbade pour lui. Les aliments préférés de Jo. C'était un peu tiré par les cheveux, mais essayaient-elles de jouer les Cupidon ? Non, cela semblait absurde. C'étaient des enfants, pour l'amour du ciel.

Bran chassa ces absurdités de sa tête et se concentra sur sa belle compagne.

— Tu es particulièrement ravissante, ce soir. J'avoue que j'ai toujours hâte de te voir au dîner.

Elle s'habillait de manière plus formelle que pendant la journée, lorsqu'elle exerçait ses fonctions de gouvernante. Les robes qu'elle portait la dévoilaient davantage, et il devait admettre qu'il appréciait la vue. Mais c'était plus que ça ce soir. Il y avait quelque chose chez elle, une étincelle inexplicable qui semblait venir de l'intérieur.

— Tu es sûre que ce n'est pas ton anniversaire ? insista-t-il.

Elle rit de nouveau.

— Je pense que je le saurais. Mon anniversaire est en septembre.

— Eh bien, tu sembles particulièrement de bonne humeur.

Elle sembla réfléchir à ses paroles avant de hocher la tête avec un sourire.

— C'est le cas, merci.

— Je crois que les choses marchent plutôt très bien pour toi ici, pas toi ?

Cela ne faisait même pas un mois, mais ils s'étaient installés dans une routine agréable, qui incluait les visites de Bran dans sa chambre la plupart des nuits.

Il s'était inquiété du fait que la femme de chambre l'avait vu tenir la main de Jo l'autre jour dans son bureau. Mais lorsqu'il avait interrogé Hudson, son valet lui avait assuré qu'il n'y avait pas de ragots qui circulaient parmi le personnel. Bran avait objecté qu'il n'était peut-être pas au courant, mais selon Hudson, il était assez proche de certains d'entre eux pour le savoir. Bran avait accepté ses propos rassurants.

Au moment du dessert, Bran eut une idée.

— Je pense qu'un voile sur mon lit me rappellera la Barbade. Oui, c'est peut-être simplement ce dont ma chambre a besoin.

Il était soudain impatient d'en commander un. Il termina son madère.

— Je veux que tu viennes voir ce soir.

Elle eut l'air confuse.

— Le voilage ? Tu ne l'auras pas.

Il sourit.

— Non, ma *chambre*. Je veux que tu viennes la voir ce soir.

Il avait peur qu'elle refuse. Elle n'avait pas voulu lui apporter son aide pour la décoration. Elle lui avait donné des conseils, mais avait refusé de venir dans la pièce.

— Très bien.

L'impatience envahit Bran.

— Je crois que j'ai fini de manger. Et que je vais me retirer tôt dans ma chambre.

Il lui jeta un regard entendu.

Le regard qu'elle lui adressa était plein de chaleur alors qu'elle terminait son vin et se levait de table.

— Bonsoir.

Il se leva et s'inclina.

— Bonsoir.

Il attendit quelques minutes avant de quasiment courir à l'étage. Hudson ne l'attendait même pas encore. Bran le convoqua, pas forcément parce qu'il avait besoin d'aide, mais afin de lui dire qu'il ne souhaitait pas être dérangé.

Vêtu d'un simple banian de soie, Bran versa deux verres de rhum et les posa sur une table près du lit. Puis il fit les cent pas jusqu'à ce qu'il entende un coup frappé à la porte. Il se précipita pour ouvrir. Sans parler, il glissa un bras autour de la taille de Jo et l'attira à l'intérieur. Il referma vivement la porte, puis la plaqua contre le bois, sa bouche recouvrant la sienne.

Elle se cramponna à son dos, et plusieurs minutes s'écoulèrent avant qu'il ne se détache d'elle. Ses lèvres étaient enflées et rougies par leurs baisers, ses yeux assombris par le désir.

Prenant sa main, il la conduisit vers le lit.

— J'ai un cadeau spécial pour ce soir.

Il la relâcha et prit les deux verres sur la table de nuit.

— C'est du rhum de ma plantation. Je me suis dit que tu voudrais le goûter.

Elle prit le verre qu'elle leva pour étudier la riche couleur brune.

— C'est si sombre.

— Il est vieilli dans des fûts qui contribuent à la couleur. Celui-ci a été vieilli pendant plusieurs années.

Il but une gorgée.

— Il suffit de prendre une toute petite goutte pour commencer. En fait, sens-le d'abord.

Ce qu'elle fit, inhalant le breuvage. Ses narines se dilatèrent et elle cilla.

Il sourit.

— Il est un peu fort.

— Oui. Je ne suis pas certaine d'aimer ça.

Elle porta le verre à ses lèvres et but une petite gorgée.

Il attendit anxieusement sa réaction. Elle n'eut pas de réaction visuelle ni ne révéla autrement son opinion.

— Alors ?

— C'est plus doux que ce que j'imaginais, lui dit-elle avec un petit sourire en coin. J'ose dire que c'est plus que juste « un peu » fort.

Il rit avant de boire une autre gorgée et de reposer son verre. Il prit celui de Jo qu'il posa à côté.

Elle observa la chambre autour d'elle.

— Il fait sombre ici. Tu devrais retirer ce papier peint aussi.

Il leva un sourcil vers elle.

— Mais où vais-je dormir pendant qu'ils font ça ?

Elle leva les yeux au ciel.

— Tu ne peux pas dormir dans ma chambre. Est-ce que tu en aurais même envie ? Tu t'attardes rarement… après.

C'était vrai. Il avait agi ainsi au début, parce qu'il avait l'impression qu'il ne devait pas rester. Et il ne voulait surtout pas qu'on le voie quitter la chambre de Jo, ou pire encore, qu'on le surprenne *dans* son lit. Il comprit qu'il n'était jamais

resté parce qu'il n'avait jamais dormi avec quelqu'un auparavant, et il n'était pas sûr de savoir le faire, aussi stupide que
cela puisse paraître. Mais il l'avait invitée ici ce soir. Ce qui
signifiait qu'il devrait soit lui demander de partir… soit lui
laisser le choix.

Il l'attira dans ses bras à côté du lit.

— Je n'ai jamais dormi avec quelqu'un avant. Reste aussi
longtemps que tu veux.

Elle l'embrassa, ses lèvres se moulant à celles de Bran. Elle
ouvrit son banian et laissa courir ses mains sur son torse,
griffant la chair du bout de ses ongles. Avec un gémissement,
il approfondit le baiser, glissant ses doigts dans les cheveux
de Jo. Elle effleura doucement son ventre et trouva son
membre raidi.

D'une main, elle saisit ses bourses, et de l'autre, elle
caressa sa longueur. Il ferma les yeux et se laissa aller à son
toucher. Elle était assez douée à ce jeu, et l'avait amené à l'orgasme plusieurs fois. Soudain, il se rendit compte qu'elle ne
l'avait jamais pris dans sa bouche.

Saisissant sa tête, il attira les lèvres de Jo vers les siennes
une nouvelle fois.

Après l'avoir embrassée passionnément, il se recula juste
assez pour lui murmurer :

— Prends-moi dans ta bouche.

Sa main s'arrêta, et il comprit aussitôt que quelque chose
n'allait pas. Il ouvrit les yeux. Elle le fixait, les yeux marqués
par la… peur.

L'appréhension l'envahit.

— Jo, qu'est-ce qu'il y a ?

— Je… je ne peux pas.

Il posa les mains sur les côtés de sa tête et la regarda dans
les yeux.

— Tu n'y es pas obligée. Je… je suis un imbécile.

Il s'était laissé emporter par l'instant. Elle ne savait peut-

être pas comment faire ou peut-être qu'elle n'aimait pas ça !
Bon sang !

Elle posa la main sur son torse, au-dessus de son cœur.

— Non, tu n'es pas un imbécile. Je suis juste... un peu brisée, je crois. Je devais faire ça souvent. La plupart du temps, c'était la seule manière pour Matthias d'atteindre l'orgasme. Non pas qu'il se soit jamais soucié de savoir si moi, je l'avais atteint. Après avoir découvert qu'il préférait les hommes, j'en suis arrivée à la conclusion que c'était peut-être la seule manière pour lui de trouver du plaisir avec moi.

Elle détourna les yeux de Bran.

— En fait, je sais que c'était le seul moyen, il me l'a dit assez souvent. Enfin, pas le seul. De temps en temps, il me faisait mettre à genoux. Il aimait aussi de cette manière. Il me disait toujours que je ne méritais pas de le regarder.

Elle frissonna.

Tous les muscles du corps de Bran étaient tendus à l'extrême.

— Ton mari était un bâtard. Rien de tout ça n'était de ta faute.

Elle croisa son regard une nouvelle fois, et il y vit de la gratitude.

— Je le sais maintenant. Grâce à toi. J'avoue que je ne pensais pas trouver autant de plaisir dans la chambre à coucher. Tu m'as montré des choses que je n'aurais jamais imaginées.

Elle inspira profondément, puis continua :

— Je te fais confiance. J'aimerais surmonter ce... problème ou quoi que ce soit d'autre.

Elle attrapa le rhum sur le chevet. Levant le verre, elle en prit une bonne gorgée. Elle tressaillit en avalant, puis recommença, sans frémir cette fois.

Elle plaqua sa poitrine contre le torse de Bran et l'embrassa, sa bouche imbibée de rhum dévorant la sienne avec chaleur et désir. Dégageant son banian de ses épaules, elle le laissa choir entre lui et le lit, puis elle le repoussa sur le matelas, rompant le baiser. Il dut se hisser légèrement pour s'allonger, mais dès qu'il le fit, elle empoigna à nouveau son sexe. Il devint complètement raide, le sang se précipitant pour remplir la hampe.

Puis sa bouche fut sur lui, ses lèvres et sa langue glissant sur sa chair. Il renversa la tête en arrière et ferma les yeux, tous les sens en éveil, concentrés sur ce qu'elle lui faisait.

— *Jo.*

Il gémit alors qu'elle maniait savamment son sexe avec sa main et sa bouche. Il ne pensait pas avoir déjà connu une extase aussi exquise. Il releva les hanches, et elle s'accrocha à ses fesses, ses doigts s'enfonçant délicieusement dans sa chair.

Mon Dieu, il allait jouir, et ce n'était pas ce qu'il avait envisagé. De plus, ce n'était pas ce qu'il voulait faire. Pas cette fois, en tout cas. Il voulait que ce soit différent pour elle. Il espérait que c'était différent.

Il tendit le bras pour tapoter son épaule.

— Jo.

Elle bougea plus vite, sa main le caressait et sa bouche le suçait furieusement. Ses testicules se contractèrent, et il eut peur de se perdre.

— Jo !

Il se pencha et lui saisit la main, l'écartant de sa chair.

Elle s'interrompit et jeta sur lui un regard consterné. Elle avait les joues rouges.

— Ai-je fait quelque chose de mal ?

Elle semblait si inquiète. Peut-être même un peu effrayée.

Merde. Il grimaça.

— *Non !* la rassura-t-il, puis il s'assit et l'attira sur le lit avec lui. Au contraire. Tu étais trop parfaite. Je ne voulais pas finir comme ça. Je te veux en dessous de moi. En train de te tordre. De haleter. De gémir mon nom.

Ses lèvres se recourbèrent en un sourire coquin.

— C'est tentant.

Avec un grognement, il lui arracha sa robe et la jeta hors du lit. Puis il l'attira sous lui et l'embrassa, plongeant sa langue dans la bouche de Jo. Elle s'agrippa à son cou et ses épaules, puis ouvrit les jambes pour l'inviter à s'installer entre ses cuisses.

Il déplaça sa bouche vers son sein, suçotant sa chair alors même qu'il posait la main sur le fourreau humide entre ses jambes. Elle était chaude et prête pour lui, alors il n'attendit pas. Il glissa en elle, et elle enroula ses jambes autour de sa taille, l'invitant à aller plus loin.

Il s'enfonça autant que possible et lui dévora la poitrine. Elle gémit son nom, comme il l'espérait. Il se retira, puis plongea en elle à nouveau avec une précision féroce. Ce n'était pas un accouplement doux. C'était sauvage et passionné. Il voulait effacer tout souvenir de son passé et lui promettre un avenir radieux.

Ils bougeaient ensemble, et leurs corps étaient en parfaite harmonie. Ses muscles se contractèrent autour de lui, et elle poussa une série de geignements suivis d'un faible gémissement qui se termina par son nom, encore et encore, et encore.

Il se noya dans les sons et les sensations. L'orgasme qu'il était parvenu à retarder plus tôt s'abattit sur lui. Il cria et s'enfouit profondément en elle. Il l'embrassa encore, se soulageant entièrement en elle.

Quelques minutes plus tard, ou peut-être des heures, car il avait perdu toute notion d'autre chose qu'elle, il ralentit et roula sur le dos, balançant ses bras au-dessus de sa tête, haletant.

Elle souleva les couvertures et se faufila dessous, puis se blottit contre lui. Sa respiration était rauque et irrégulière.

Il passa un bras autour de ses épaules et la caressa doucement.

— Tu es incroyable.

— Toi aussi, répondit-elle, puis elle releva la tête pour le regarder. Merci de ta patience.

— Merci à *toi* pour ton courage. Pas seulement pour ce soir, mais pour la manière dont tu t'es offerte à moi. Après tout ce que tu as enduré, j'imagine que ce n'est pas facile.

Elle le fixa un long moment, et il eut l'impression qu'elle était sur le point de dire autre chose. Cependant, elle n'en fit rien. Elle posa la tête contre son flanc et se blottit contre lui. Il la sentit bâiller, et il fit de même.

— Ça ne te dérange pas que je reste un peu ? demanda-t-elle, la voix lourde du sommeil imminent.

— Non.

Il continua de lui masser le biceps, ses doigts glissant sur sa chair.

De sa main, libre, il remonta les couvertures. Il passa la main le long de sa tête, lissant ses magnifiques cheveux bruns. Il était persuadé qu'elle avait voulu lui dire quelque chose, et la curiosité le dévorait.

Était-il possible qu'elle ait été sur le point de lui dire qu'elle l'aimait ?

Idiot, pourquoi tu penses ça ? Qu'y connais-tu en matière d'amour ?

Il n'en avait aucune expérience, en dehors de celui qu'il portait à sa fille. Mais ce serait un autre genre d'amour, le genre romantique. Il avait ressenti une profonde affection pour Louisa, mais ce n'était pas du tout la même chose. Peut-être soupçonnait-il Jo d'être amoureuse de lui parce que lui était amoureux d'elle ? Comment le saurait-il ? Il avait décrit l'amour qu'il ressentait pour Evie comme une émotion qui, une fois vécue, avait changé son âme à jamais. Il se rendit compte que c'était exactement ce qu'il ressentait.

Ce soir, il envisageait un futur avec elle, pas une vague possibilité, mais un véritable avenir où elle ne quitterait jamais sa chambre la nuit. Il pencha la tête pour déposer un baiser sur son front.

— Je t'aime, murmura-t-il.

Mais il savait qu'elle était déjà endormie.

CHAPITRE DIX-SEPT

Après avoir quitté à contrecœur le lit de Bran avant l'aube, Jo était retournée dans sa chambre et s'était rendormie d'un sommeil profond et satisfait. Elle était tellement heureuse, si *comblée*.

Alors quand elle se réveilla avec la sensation d'une humidité poisseuse entre ses cuisses, elle paniqua.

Ce pourrait être de la nuit dernière, se dit-elle, même si sa chair se recouvrait de glace.

Angoissée, elle rabattit les couvertures de son lit et baissa les yeux. Le désespoir envahit tous les recoins de son corps, lui coupant le souffle et la privant de toute cohérence.

Les larmes inondèrent ses yeux, et elle commença à trembler.

Elle n'avait aucune idée du temps qu'elle passa allongée là, tandis que toutes ses émotions et tous ses espoirs la quittaient. Finalement, elle s'extirpa du lit et se nettoya. Evie n'étant pas là, elle n'avait nulle part où aller ce matin, alors elle resta dans sa chambre. Une servante lui apporta du chocolat et des toasts, qu'elle toucha à peine.

Vers midi, elle s'obligea à s'habiller pour aller chercher

Evie chez Nora, comme elles l'avaient prévu. Elle n'avait aucune envie de voir sa sœur. Elle n'avait aucune envie de voir qui que ce soit. Heureusement, Bran n'était pas à la maison.

La simple idée de le voir lui remuait les entrailles. La nuit dernière avait été si parfaite. Le point culminant de tant de belles nuits ensemble. Elle avait failli lui dire qu'elle était capable de porter un enfant, mais avait finalement décidé de ne pas le faire. À présent, elle en était ravie. Il n'aurait jamais à savoir à quel point elle était idiote.

Elle arriva chez Nora et se répéta sèchement d'adopter la façade courageuse dont elle avait fait usage pendant toutes ces années passées avec Matthias. C'était aussi naturel que de respirer, et pourtant aujourd'hui elle trouvait l'exercice insupportablement difficile. Presque impossible.

Et pourtant elle le fit, souriant à Abbott quand il ouvrit la porte.

Elle monta au salon pour attendre Evie, se préparant quand Nora la salua depuis son bureau.

— Bon après-midi, dit Jo d'un ton joyeux.

Nora posa un morceau de parchemin sur le côté.

— Je viens de recevoir une lettre de Lucy. Toujours pas de bébé ! s'exclama Nora, secouant la tête en se levant. Aquilla et elle auraient déjà dû accoucher, les pauvres chéries.

Tout le corps de Jo se raidit au point qu'elle crut qu'elle allait se briser, comme si un vent fort pouvait la faire voler en éclats.

— Evie est-elle prête ?

Nora s'approcha d'elle.

— Tu es pressée de partir ? Je me disais que nous pourrions prendre le thé, ou même déjeuner. J'ai tout le temps faim maintenant, ajouta-t-elle en levant les yeux au ciel. Bientôt je serai grosse comme un carrosse.

Parler de bébés et de grossesse avait toujours mis Jo mal à

l'aise, mais aujourd'hui c'était intolérable. Il fallait qu'elle sorte de là.

— Je ne peux vraiment pas rester.

Nora posa sur sa sœur un regard inquisiteur, à la manière d'une grande sœur qui a l'œil.

— Il y a un problème ? Tu n'as pas l'air bien.

— Je vais bien, répondit Jo d'un ton ferme. Juste… pour cette fois. J'aimerais rentrer à la maison et m'allonger.

— Bien sûr, je vais demander à Abbott d'aller chercher Evie.

Nora s'absenta un moment, et à son retour Jo n'était pas plus sereine que quand elle était partie.

— Pourquoi ne pas t'asseoir en attendant ? lui suggéra Nora.

— Je t'en prie, cesse de me materner.

Jo savait qu'elle avait l'air acariâtre, mais elle n'en avait cure. Elle faisait de son mieux pour faire bonne contenance.

— Ce n'est pas ce que je fais.

Nora parlait de ce ton bien trop patient qui rendait toujours Jo folle quand elles étaient plus jeunes, quand effectivement son aînée essayait de la materner.

— J'essaie de t'aider. Mais apparemment, tu n'es pas d'humeur pour ça.

Sa voix s'était refroidie.

Jo craqua. Comment Nora osait-elle s'énerver contre elle ?

— C'est de ta faute. J'ai toujours prétendu que ce n'était pas le cas, que tu n'étais pas à blâmer pour la tournure qu'avait prise ma vie, mais tu l'es. Si tu n'avais pas embrassé Haywood, j'aurais eu droit à une saison, et je n'aurais certainement pas eu à épouser Matthias !

Les yeux de Nora s'arrondirent, et elle resta bouche bée.

Jo serra ses mains l'une contre l'autre, poussant sur ses

doigts, en proie à une colère enfouie depuis longtemps, et qui bouillonnait en elle.

— Tu as ruiné ma vie !

Une larme s'échappa de l'œil de Nora, et roula le long de sa joue.

— Je sais. Et j'en suis vraiment désolée. Je ne savais pas que tu avais autant de problèmes dans ton mariage. Si je pouvais revenir en arrière et changer les choses, je le ferais.

— Vraiment ? Dans ce cas, tu ne serais sûrement pas mariée à Titus. Et tu ne serais même pas duchesse.

— Cela n'a jamais vraiment compté pour moi. Tout ce que je voulais, c'était être heureuse. Je voulais que *tu* sois heureuse.

— Mais tu n'as pas pensé à moi quand Haywood est arrivé.

Jo savait qu'elle faisait du mal à sa sœur, mais elle aussi souffrait. Jamais elle n'avait exprimé l'amertume qu'elle avait ressentie de voir tout son avenir gâché.

Nora pleurait vraiment à présent.

— Je reviendrais en arrière et changerais les choses. Je renoncerais volontiers à mon bonheur pour le tien. Quand je pense que tu as souffert pendant toutes ces années… Est-ce qu'il t'a battue ?

Elle s'essuya les joues.

— Pas avec ses poings, mais avec ses mots. Il disait que je n'étais pas une vraie femme parce que je ne pouvais pas lui donner d'enfants. Quand je l'ai trouvé au lit avec un homme, il m'a dit que c'était à cause de mes manquements.

Nora hoqueta. Elle porta les deux mains à sa bouche et secoua la tête. Elle se rapprocha de Jo, mais celle-ci recula.

— Je ne veux pas que tu me consoles, et je ne veux pas te consoler. Je sais que ça te ferait du bien, mais j'ai toujours fait des choses pour les autres, jamais pour moi. Pour toi, pour Matthias.

Pour Bran. Elle avait réchauffé son lit, et l'avait autorisé à réchauffer le sien, et il en avait récolté tous les bénéfices. À présent elle était là, brisée une fois encore, et elle allait devoir continuer seule pendant que lui aurait sa famille.

Elle faillit s'effondrer à cette idée. Ils avaient été *sa* famille. Elle les aimait, Evie et Bran. Oh, oui, elle l'aimait tellement !

La voix larmoyante de Nora s'immisça dans les pensées tourmentées de Jo.

— Jo, ça me brise le cœur. Je t'en prie. Dis-moi ce que je peux faire.

Toute la rage de Jo se transforma en tristesse et en désespoir. Elle baissa la tête et fixa le sol à travers un voile de larmes non versées.

— Je ne sais pas. C'est… c'est un vrai désastre, murmura-t-elle, se sentant complètement abattue.

Elle cligna des yeux, puis regarda Nora.

— Au final, je suis stérile. J'ai cru que ce n'était peut-être pas le cas, mais je le suis.

Cette fois, quand Nora s'approcha d'elle, Jo la laissa faire. Et quand les bras de sa sœur l'entourèrent, Jo enfouit son visage dans son épaule. Elle ne pleura pas, mais ferma les yeux et songea à toutes les fois où Nora l'avait serrée contre elle après la mort de leur mère. Elle n'avait peut-être pas beaucoup de souvenirs d'elle, mais cela, elle ne l'oubliait pas.

Jo releva la tête et s'écarta.

— Je suis désolée. Je suppose que j'ai gardé ça enfoui trop longtemps. Je ne t'en veux pas vraiment, du moins, plus maintenant. Je ne voudrais pas que ta vie soit différente. Je suis tellement heureuse pour toi que tu aies Titus, Becky et Christopher.

Elle baissa les yeux sur le ventre légèrement arrondi de Nora.

— Et le nouveau bébé.

Sa gorge se noua.

— Tu pensais que tu étais enceinte ? l'interrogea Nora.

Jo hocha la tête, incapable de prononcer le moindre mot.

— Oh, Jo ! s'exclama sa sœur avant de la reprendre dans ses bras. Mais il y a peut-être encore de l'espoir. Je ne suis pas tombée enceinte tout de suite avec Titus.

Jo se recula et afficha un sourire hésitant.

— S'il te plaît, non. Je ne peux plus supporter d'espérer. C'est trop dur. De toute manière, Bran a besoin d'un héritier, et si je ne peux pas lui en donner un, il devra trouver quelqu'un qui le peut. Je ne sais pas combien de temps je pourrai encore rester avec lui.

— Tu veux dire que tu démissionnerais de ton poste ?

— J'y suis obligée, répondit Jo, le cœur serré. Je ne crois pas pouvoir le supporter.

— Tu l'aimes, lui dit Nora.

— Oui.

— Je suis prête, Jo !

Evie bondit dans la pièce avec un immense sourire radieux.

Jo était ravie de n'avoir pas pleuré. Elle se pencha pour prendre Evie dans ses bras.

— Tu t'es amusée ?

— Oui ! Nous sommes restées debout très tard et avons mangé des gâteaux de Shrewsbury !

Nora gloussa.

— La cuisinière a fait monter un plateau. Apparemment, elle ne peut pas s'empêcher de gâter les filles.

Alors qu'Evie et Jo se tournaient pour partir, Nora lui toucha le bras. Elle jeta un regard inquiet en direction de la petite fille, qui ne se rendait heureusement compte de rien.

— Réfléchis bien avant de prendre une décision, murmura-t-elle. Je suis là si tu as besoin de moi.

Jo appréciait son soutien.

— Je suis vraiment désolée pour tout à l'heure.

Nora secoua vivement la tête.

— Ne le sois pas. Il était grand temps pour toi de vider ton sac. Je t'aime.

Jo lui rendit un petit sourire, puis s'en alla avec Evie.

Une fois qu'elles furent installées dans la berline, Evie se blottit contre Jo sur le siège.

— Papa et toi m'avez manqué hier soir. Je suis tellement heureuse que tu sois ma gouvernante.

Une émotion intense obstrua la gorge de Jo alors qu'elle déposait un baiser sur la tête d'Evie. Oui, elle aurait dû partir, mais elle n'était pas sûre de pouvoir le faire.

∾

*B*ran était debout dans un coin du salon de la maison de ville des Kendal, tandis que tous les autres prenaient part à des conversations animées. Enfin, presque tout le monde. Il remarqua que Jo, assise de l'autre côté de la pièce, semblait plutôt en retrait. Mais elle l'avait été ces derniers jours.

Il lui avait à peine parlé depuis la nuit extraordinaire qu'ils avaient passée ensemble, et elle l'avait informé qu'elle ne pouvait pas le recevoir parce qu'elle était indisposée.

Ils étaient venus à ce dîner ensemble, et, hormis le fait qu'Evie était avec eux, le bref trajet en berline avait été chargé de tension… et pas celle qu'il ressentait habituellement avec elle. Au lieu d'être rongé par le désir et le besoin de la toucher, il s'était senti désorienté et déstabilisé.

Dès leur arrivée, Evie était montée à la nursery pour être avec Becky et répéter le spectacle de marionnettes qu'elles donneraient après le dîner. Jo s'était rapidement éloignée de lui, et depuis il n'avait pas été assez près pour lui parler.

Lady Dunn le rejoignit, s'appuyant assez lourdement sur sa canne.

— Pourquoi te caches-tu dans l'ombre ? Le but de cette fête était de te donner une chance de rencontrer des gens et de t'établir.

Ce n'était pas une grande fête, mais il présumait qu'il y avait quelques personnes importantes présentes. Il les avait déjà rencontrées lorsque les messieurs avaient pris un porto après le dîner.

— Je ne me cache pas. Je profite de quelques moments de solitude.

— Je vois, dit-elle en suivant son regard, inclinant la tête. Je vois, *vraiment.* Comment ça se passe avec Mme Shaw ?

— Elle s'en sort plutôt bien. Evie l'adore.

— Ne sois pas obtus. As-tu réfléchi plus avant à en faire ta comtesse ?

Il n'avait quasiment rien fait d'autre au cours des derniers jours, depuis qu'il avait compris qu'il était amoureux d'elle.

— Oui. Cela pourrait se faire. Ou pas.

Au vu de son comportement, il ne pouvait s'empêcher de se demander si elle avait décidé de mettre un terme à leur liaison.

— Je continuerai à l'espérer, lui dit sa marraine. Vous ferez un couple magnifique.

Elle lui tapota le bras avant de s'éclipser.

Bran savait qu'il devait faire un effort pour parler avec les gens, mais c'était compliqué quand la seule chose dont il avait envie, c'était de retirer sa veste et sa cravate. Pour être plus à l'aise. Maudites soient cette société et ses règles idiotes !

Alors qu'il s'était presque convaincu d'aller discuter avec West, sa mère approcha avec une autre femme.

— Knighton, as-tu rencontré Mme Rollins ?

Bran regarda la femme. Elle devait avoir quelques années

de moins que lui. Elle devait avoir l'âge de Jo, des yeux bruns veloutés et des cheveux noirs d'ébène.

— Non, je n'ai pas eu ce plaisir, répondit-il avant de s'incliner. Comment allez-vous ?

Elle lui fit une révérence.

— Bien, merci. C'est un honneur de vous rencontrer.

Elle le regardait droit dans les yeux, et il émanait d'elle une confiance qu'il n'avait jamais vue chez les jeunes femmes avec lesquelles il avait dansé au bal Andover.

— Mme Rollins est galloise, comme nous, précisa sa mère. Elle est aussi veuve, comme nous.

Bran devait bien l'accorder à sa mère. Pour une première tentative en tant qu'entremetteuse, ce n'était pas aussi horrible qu'il l'aurait cru. Il s'était attendu à ce qu'elle lui envoie de jeunes débutantes enthousiastes. C'était bien mieux.

— Je suis navré pour votre perte, lui dit Bran.

— Et moi pour la vôtre. Cela peut s'avérer difficile d'élever seul des enfants. Je crois savoir que vous avez une fille ?

— Oui, d'ailleurs elle va faire un spectacle de marionnette d'ici un moment, avec la fille du duc.

— Oh oui, la duchesse m'en a parlé avant le dîner. Comme c'est merveilleux !

Il y eut un instant de silence, et la mère de Bran s'empressa de le combler.

— Mme Rollins a aussi une fille. Elle a six ans. Lady Evangeline les aura bientôt.

Bran jeta un regard incrédule à sa mère. Comment diable s'était-elle débrouillée pour trouver une femme qui soit si semblable à lui ? Si elle avait vécu sous les tropiques, il allait peut-être devoir sérieusement l'envisager.

Mais n'était-il pas déjà en train d'envisager sérieusement l'avenir avec Jo ? Il la chercha du regard, la trouva, et vit qu'elle l'observait. Elle affichait une expression sereine et parfaitement indéchiffrable.

Le duc demanda l'attention de tous et les pria de se rassembler pour assister au spectacle de marionnettes. Il désigna une estrade qui avait été installée sur un côté de la pièce, ainsi qu'un théâtre en bois avec des rideaux.

— Permettez-moi de vous présenter ma fille, Lady Rebecca, et son amie, Lady Evangeline.

Les filles entrèrent dans le salon à cet instant, et firent la révérence sous les applaudissements. La gêne de Bran fondit quand il vit l'enthousiasme de sa fille. Becky et elle avaient écrit une brève pièce romantique mettant en scène une servante qui devenait une princesse. Elles avaient été enchantées lorsque la duchesse leur avait demandé de se produire ce soir.

Alors que les filles se dirigeaient vers la scène, le regard d'Evie croisa celui de Bran. Il sourit et lui adressa un clin d'œil, et elle lui fit un petit signe de la main.

— C'est votre fille ? s'enquit Mme Rollins.

Bran remarqua que sa mère était partie. Quel culot !

— Oui.

— Elle est adorable. Comme c'est amusant de faire un spectacle de marionnettes. J'ai cru comprendre que Lady Rebecca et elle l'avaient écrite. Ma fille aime inventer des histoires.

Tout comme Evie.

Il se tourna vers Mme Rollins.

— Avez-vous vécu en Angleterre toute votre vie ?

— Depuis mon mariage. Avant cela, je vivais au Pays de Galles.

Bran soupira, soulagé de pouvoir rayer « a vécu sous les tropiques » de la liste des choses qu'ils avaient en commun.

Le spectacle débuta, et Bran fut captivé. Les filles disposaient de plusieurs marionnettes de sexe différent, et elles faisaient des voix pour chacune d'entre elles. Elles étaient uniques et, dans certains cas, hilarantes. Le père de la bonne était un type comique qui trébuchait sans cesse sur tout. Elles terminèrent sous des acclamations retentissantes et des applaudissements. Jamais Bran n'avait été aussi fier.

— C'était merveilleux, déclara Mme Rollins en souriant. Lady Evie est charmante. Peut-être qu'elle et ma Margaret aimeraient se rencontrer un jour.

Le comte n'y voyait aucun inconvénient.

— C'est une excellente idée. Je demanderai à mon secrétaire de vous contacter.

Quelque chose brilla au fond de ses yeux, mais elle le dissimula rapidement avec un sourire.

— Ce serait formidable, merci. J'ai été ravie de vous rencontrer.

Elle fit une nouvelle révérence, et il s'inclina. Puis elle s'en alla.

Evie courut vers lui et il la souleva pour la serrer dans ses bras.

— Tu as été brillante ! la complimenta-t-il.

— Où est Jo ? Vous n'avez pas regardé ensemble ?

— Non, j'ai vu la pièce avec une gentille femme nommée Mme Rollins. Et tu sais quoi ? Elle a une fille de ton âge. Nous allons vous présenter pour que tu puisses te faire une nouvelle amie.

Evie cilla.

— Oh, dit-elle avant de tourner la tête. Il y a Jo. Repose-moi.

Il la déposa et elle courut vers Jo qui lui tendit les bras et s'accroupit pour l'étreindre chaleureusement. Les voir ensemble lui tordait le cœur d'une manière qu'il n'avait pas ressentie depuis la mort de Louisa. Il avait été peiné par sa mort, mais surtout parce qu'Evie avait perdu sa mère, pas parce que lui avait perdu son épouse. Voir Evie embrasser une autre femme avec autant de bonheur le remplissait de joie.

— Tu as apprécié Mme Rollins ?

Sa mère semblait sortir de nulle part.

Surpris, Bran se retourna pour lui faire face.

— Oui. Nous avons pas mal de choses en commun.

— Je sais. C'est pour cela que je te l'ai présentée. Je l'ai rencontrée l'autre jour et je me suis débrouillée pour la faire inviter ce soir. Je t'ai dit que je pouvais me rendre utile.

Certes, mais il ne lui donnerait pas la satisfaction de le lui dire. Ils étaient peut-être parvenus à une sorte de trêve, mais il n'était pas prêt à la laisser se rapprocher de lui. Et il ne le serait peut-être jamais.

— Eh bien, j'espère que tu vas continuer à apprendre à la connaître. Il faut que tu t'occupes de tes affaires.

Elle parlait de trouver une comtesse et d'avoir un héritier. De son devoir. Cette idée ne l'avait pas quitté depuis qu'il avait lu la lettre de son père. Il avait gardé l'espoir que Jo accomplirait ce devoir, mais chaque jour où elle s'éloignait de lui, ses doutes augmentaient. Et puis il restait la question de l'héritier et de savoir si elle pouvait lui en donner un.

— Oui, je sais, dit-il enfin.

Elle sourit et lui tapota le bras.

— Très bien. Je compte sur toi pour diriger en tant que chef de famille maintenant.

Son regard était empreint de quelque chose qu'il n'avait jamais vu chez elle auparavant : de l'affection. Il frissonna en s'éloignant.

Alors qu'il s'apprêtait à réunir Evie et Jo pour les ramener à la maison, il croisa le regard de Mme Rollins. Elle lui sourit et inclina la tête. Elle était charmante, sûre d'elle, et claire-ment en capacité d'avoir des enfants.

Oh bon sang, quel chaos !

CHAPITRE DIX-HUIT

N'ayant pratiquement rien mangé de son déjeuner, Jo se retira dans sa chambre pour se reposer avant de donner à Evie ses leçons de l'après-midi. Combien de temps encore pourrait-elle continuer ainsi ? Elle était fatiguée, défaite et paralysée par la peur.

Elle avait eu l'intention de parler à Bran hier soir, mais en le voyant avec cette veuve, Mme Rollins, la jalousie avait pris le dessus. Elle détestait cette sensation, tout comme elle avait détesté sa façon d'exploser avec Nora l'autre jour. Elle *ne* pouvait pas continuer comme ça. Elle était tendue et perturbée, et il fallait que cela cesse.

Elle releva le menton et redressa sa colonne vertébrale, avec l'intention d'aller faire une promenade. Cela lui remonterait le moral. Elle croisa Bucket dans le couloir.

— J'ai du courrier pour vous, madame Shaw.

Il lui remit deux lettres.

— Merci.

Elle vit qu'elles venaient de Lucy et Aquilla. Son ventre se noua. Revenant sur ses pas jusqu'à sa chambre, elle ouvrit lentement les missives dont elle lut le contenu. Toutes deux avaient accouché de leur enfant la veille. Et les deux étaient des fils.

Et tout à coup, le courage que Jo avait mobilisé s'envola en fumée.

Mais tout aussi vite, elle retrouva un courage différent. Elle savait ce qu'elle avait à faire. Cela n'allait pas être simple, mais il fallait le faire.

Les yeux étonnamment secs, elle posa les lettres sur son bureau et sortit de sa chambre. Elle se dirigea vers la nursery, où elle demanda à Mme Poole de lui accorder quelques minutes pour discuter avec Evie.

S'obligeant à sourire, Jo s'assit et demanda à la petite fille de la rejoindre à la table.

— Qu'est-ce qui se passe ? lui demanda Evie. Est-ce que j'ai fait quelque chose de mal ?

Le sourire de Jo s'élargit, mais il était empli d'une profonde tristesse qu'elle s'efforçait de réprimer.

— Pas du tout. Et tu dois garder cela en tête après ce que je t'aurais dit.

Evie s'assit, son visage reflétant sa confusion.

— Qu'est-ce qui se passe ?

— Je ne vais plus pouvoir être ta gouvernante.

La fillette la dévisagea, et Jo n'était pas certaine qu'elle avait enregistré l'information, jusqu'à ce qu'elle dise :

— Mais tu *dois* l'être.

— J'ai bien peur de ne pas pouvoir. Cela a toujours été une situation temporaire ; tu te souviens quand j'ai dit au départ que nous allions faire un essai ?

Le front d'Evie se creusa de plis profonds, et son regard était bouleversé.

— Oui, mais cela signifie que j'ai fait quelque chose de mal. Sinon, pourquoi partirais-tu ?

— Oh, Evie, tu n'as rien fait de mal ! Simplement, être gouvernante n'est pas…

Elle ne pouvait dire que ce n'était pas ce qu'elle voulait, parce que c'était le cas, et bien plus encore. Alors elle mentit.

— Ce qui me manque, c'est d'avoir plus de libertés, d'assister à des événements avec ma sœur. Le dîner d'hier soir me l'a fait comprendre.

La lèvre d'Evie se mit à trembler, et le cœur de Jo se brisa. Elle rapprocha sa chaise d'Evie et passa le bras autour d'elle.

— Je suis vraiment désolée, mais nous resterons amies. Tu me verras tout le temps quand tu viendras rendre visite à Becky.

Jusqu'à ce que Jo décide de ce qu'elle allait faire ensuite. Le cottage isolé commençait à ressembler à sa meilleure option. Ou tout du moins, à la solution qui la rendrait la moins malheureuse.

Evie, dont le visage était baigné de larmes silencieuses, se dégagea du bras de Jo.

— Non, c'est faux ! Je ne veux pas être ton amie. Les amis ne se font pas de mal. Je te déteste !

Elle se leva d'un bond et quitta la pièce en courant, passant devant un Bran stupéfait, qui la regarda partir et tourna ensuite son visage confus vers Jo.

Mais rapidement, sa confusion laissa place à la colère.

— Bon sang, mais qu'est-ce qui vient de se passer ?

Jo essaya en vain de déglutir pour déloger la boule qui lui obstruait la gorge. Elle se leva, les jambes tremblantes.

— Je viens d'informer Evie que je ne serai plus sa gouvernante. J'avais l'intention de te parler à ton retour à la maison. Je démissionne de mon poste avec effet immédiat.

— *Immédiat ?* Tu ne me feras même pas la courtoisie de rester le temps que je trouve une remplaçante ?

Il secoua la tête et avança de quelques pas dans la nursery.

— Peu importe. Pourquoi tu pars ?

Jo joignit ses mains, les serra, mais ne ressentit rien.

— Je ne peux pas continuer de cette manière. Nous nous

sommes mal comportés, nous avons laissé notre relation devenir trop intime. Ce n'est pas bon pour Evie.

Il la fixait, et un muscle tressautait dans sa mâchoire.

— Qu'est-ce qui a changé ? Les choses allaient bien, mieux que bien, depuis des semaines. Puis, il y a quelques jours, tu as commencé à te comporter bizarrement. Ai-je fait quelque chose ? Tu sais que je suis parfois un abruti irréfléchi.

Un rire hystérique gronda dans sa poitrine, mais elle ne le laissa pas sortir.

— Tu n'as rien fait. J'ai adoré le temps que nous avons passé ensemble, et c'est précisément pourquoi je dois partir. Tu ne comprends pas ?

Il fit un pas de plus vers elle.

— Non, je ne comprends pas. Si tout va bien, pourquoi partir ?

— Parce qu'il faut que tu trouves une comtesse, et que je ne veux pas être là quand tu la trouveras.

Dans son esprit, elle le revit avec Mme Rollins la veille au soir. Son cœur se serra à nouveau.

— Je ne peux pas, Bran.

Il se rapprocha assez pour la toucher.

— Je voulais que tu sois cette comtesse.

— Mais je ne peux pas te donner d'enfants. Pendant quelques jours, j'ai espéré que je le pourrais. J'ai eu tort. Je suis *stérile*, Bran. Avec moi, il n'y aurait plus d'enfants, plus d'héritiers.

La douleur causée par la perte de ses rêves était profonde. Elle entoura son ventre de ses bras, comme si elle pouvait soulager sa souffrance. Mais elle ne pouvait pas.

— Il faut que tu ailles de l'avant, et c'est impossible avec moi ici.

Il ouvrit la bouche, puis la referma. Une petite partie

d'elle avait espéré qu'il lui répondrait que cela n'avait pas d'importance, et qu'il lui demanderait de rester.

Enfin il parla d'une voix sombre et cassante.

— Tu as brisé le cœur d'Evie.

La poitrine de Jo fut envahie par l'émotion, et ses yeux brûlèrent quand des larmes se formèrent. Elle ne voulait pas perdre contenance ici. Pas maintenant, pas avec Bran.

— Malheureusement, je crois que notre égoïsme a fait de nombreuses victimes, et nous devons maintenant vivre avec les conséquences.

Elle le contourna en lui laissant une large distance.

— J'enverrai quelqu'un chercher mes affaires.

Puis elle partit, se dirigeant droit vers les escaliers, puis vers la porte d'un avenir sombre.

~

*B*ran fixa l'embrasure de la porte vide. Agité, il retira sa veste et dénoua sa cravate. Quel foutu gâchis !

Quand il avait accusé Jo d'avoir brisé le cœur d'Evie, il parlait en réalité du sien. Alors qu'il envisageait un avenir sans elle, il comprit qu'il l'aimait bien plus qu'il ne l'avait cru. Il voulait faire d'elle sa comtesse, mais elle s'y était refusée, invoquant son incapacité à avoir des enfants.

Ce qui pouvait constituer une raison valable. Ou pas.

Il s'en fichait. Il la voulait de toutes les manières possibles. Oui, il voulait des enfants. Oui, il se sentait l'obligation de fournir un héritier. Mais une fois tout mis à plat, il la désirait plus que tout.

Une petite voix horripilante au fond de sa tête ne cessait de l'appeler Bran le Provocateur, qui faisait passer ce qu'il voulait avant tout le reste. Peut-être, mais il en était sûr, c'était aussi la volonté d'Evie. Mais était-ce ce que Jo voulait ? Il le pensait, mais ne pouvait en être certain.

Il n'y avait qu'un seul moyen de le savoir.

Cependant, il devait d'abord parler à Evie, pour l'apaiser.

Il descendit à sa chambre, mais elle n'y était pas. Perplexe, il partit à la recherche de Mme Poole, qui était dans sa chambre, au même étage que la nursery.

— Avez-vous vu Evie ? lui demanda-t-il.

Mme Poole secoua la tête.

— Non, *my lord.* Je l'ai laissée avec Mme Shaw. Elles sont peut-être parties se promener ?

Probablement pas, puisqu'il avait entendu Evie dire à Jo qu'elle la détestait. Il grimaça à ce souvenir.

— Je vais demander à Bucket. Merci.

La nurse fronça les sourcils.

— Faites-moi savoir si vous avez un problème.

— Bien sûr.

Il se précipita en bas, à bout de souffle, et entra dans le bureau de Bucket au sous-sol.

— Bucket, avez-vous vu Evie ?

— Non, *my lord.*

— Et Mme Shaw ?

— Elle est partie il y a peu de temps.

Bucket semblait vouloir en dire plus, sans savoir s'il devait le faire.

— Si vous avez quelque chose d'important à me dire, faites-le, s'il vous plaît, insista Bran.

— Mme Shaw semblait plutôt désemparée. Cependant, elle était seule.

De plus en plus inquiet, Bran fit les cent pas pendant un moment.

— Je dois retrouver Evie. Demandez au personnel de fouiller la maison immédiatement.

Il remonta au rez-de-chaussée au moment où Mme Poole descendait les escaliers.

— *My lord*, dit-elle. Pensez-vous qu'Evie soit allée chez Becky ? Je ne sais pas pourquoi elle le ferait, mais ce n'est pas un trajet *vraiment long* à pied, et c'est une journée plutôt agréable.

La route n'était pas longue, et ils s'y étaient rendus à pied plusieurs fois, ne se servant généralement de la berline qu'en cas de mauvais temps. De plus, il savait que Jo était là, et si par hasard Evie était partie à sa recherche... Il était plus logique qu'elle soit toujours dans la maison, du moins, il l'espérait.

Il se joignit à la fouille, mais un quart d'heure plus tard, Bucket l'informa que toutes les pièces avaient été fouillées. Evie n'était pas là.

Bran se précipita aux écuries et fit seller son cheval par un palefrenier en un temps record. Il arriva peu après chez les Kendal et grimpa les marches jusqu'à la porte d'entrée. Abbott l'accueillit.

— Où est Mme Shaw ?

— Dans le salon, *my lord*, répondit Abbott, mais Bran était déjà à mi-chemin de l'escalier lorsqu'il termina sa phrase.

Il fit irruption dans le salon. Jo et sa sœur étaient blotties sur le canapé.

— Où est Evie ? lâcha-t-il.

Jo cilla et se redressa.

— Qu'est-ce que tu veux dire ? Elle n'est pas là.

Il jura et se passa une main dans les cheveux.

— Elle n'est pas à la maison non plus.

La duchesse se leva du canapé, le visage pâle.

— Essayons de garder notre calme. Elle était bouleversée, n'est-ce pas ?

Jo se tenait à ses côtés, les yeux et les joues rouges.

— Oui. Tout est de ma faute.

Bran avait envie d'acquiescer, mais cela n'aurait pas aidé. Et en réalité, il était tout autant à blâmer qu'elle. Ils avaient créé une situation terrible où c'était Evie qui pâtirait de leurs actes. Il avait invité Jo chez lui et l'avait traitée comme un membre chéri de la famille, comme sa comtesse, bon sang ! Évidemment qu'Evie avait l'impression qu'ils étaient une famille et qu'elle venait d'être brisée !

— Je reviens tout de suite.

La duchesse se précipita hors de la pièce.

— Je suis tellement désolée, dit Jo, la voix ravagée par les larmes. J'ai très mal géré cela. Je ne savais pas quoi faire d'autre.

Elle joignit les mains devant elle, et baissa la tête pour les regarder.

Il la contemplait, submergé par différentes émotions : la colère, la peur, l'amour.

— Je me fiche que tu sois stérile.

Elle releva brusquement la tête.

— Qu'est-ce que tu as dit ?

— Je me fiche que tu sois stérile. Je t'aime. Je ne peux pas supporter un futur où tu ne serais pas. Je t'en prie, ne nous quitte pas.

Avant que Jo puisse répondre, la duchesse revint dans la pièce avec Becky.

— Répète-leur ce que tu m'as dit, demanda-t-elle d'un ton sévère.

Becky, l'air plutôt obstiné, bouda un moment.

— Il se peut que je sache où elle est. Mais je ne suis pas censée le dire.

Bran ressentit un mélange de soulagement et de frustration. Il s'avança vers Becky et s'agenouilla devant elle.

— Je suis très inquiet pour Evie. Je veux m'assurer qu'elle va bien. Saurais-tu me dire où elle pourrait se trouver ?

Il espérait simplement que c'était plus qu'un « pourrait », et qu'Evie était cachée en sécurité quelque part.

Becky se mordilla la lèvre. Elle leva les yeux vers sa mère qui lui adressa un hochement de tête encourageant. Elle tourna la tête vers Bran, l'air inquiet.

— S'il vous plaît, dites-lui de ne pas être en colère après moi. Nous nous sommes promis que ce serait notre secret.

Jo s'agenouilla à côté de Bran et prit la main de sa nièce.

— Tout ira bien. Evie comprendra.

— Nous avons une cachette secrète chez elle. C'est dans le grenier. Il y a un escalier étroit derrière une porte dans l'une des chambres de bonne. C'est la plus petite, dans le coin.

Bran se dressa d'un bond, mais Jo lui saisit la main et le retint avant qu'il puisse partir en courant.

— Merci, Becky, lui dit-elle. Tu t'es montrée très courageuse et gentille de nous le dire.

Bran tapota l'épaule de la fillette, l'angoisse lui brûlant les entrailles.

— Oui. Merci.

Il regarda Jo, et elle hocha la tête.

Ils se précipitèrent hors de la pièce, et au bas des escaliers. Abbott eut tout juste le temps d'ouvrir la porte avant qu'ils ne filent dehors.

— Je n'ai que mon cheval, lui dit Bran.

L'un des palefreniers des Kendal était à côté de lui.

— Tu peux partir devant, lui dit Jo en lâchant sa main.

— Non, on va faire ça ensemble, lui dit-il, repoussant un cheveu égaré sur son front.

Il se pencha pour l'embrasser, frôlant les lèvres de Jo.

— Nous ferons tout ensemble à partir de maintenant.

Elle hocha la tête, des larmes plein les yeux.

— Je t'aime.

— Bien.

Il se retourna, glissa son bras autour de sa taille et la guida vers le cheval. Il monta le premier, puis demanda au valet de pied de l'aider. Bran la hissa devant lui.

— C'est un peu gênant, désolé.

— Je m'en fiche, lui dit-elle, collant son dos contre son torse. Allons-y.

Il chevaucha aussi vite qu'il le put, et ils arrivèrent à sa maison de ville quelques minutes plus tard. Il glissa de sa selle et aida Jo à descendre. Bucket ouvrit la porte.

— L'avez-vous retrouvée, *my lord* ?

— Pas encore, mais c'est pour bientôt. Occupez-vous de mon cheval.

Bran courut dans les escaliers, et entendit Jo juste derrière lui. Encore deux étages jusqu'à celui des domestiques, où se trouvait la nursery. Ils passèrent devant en se rendant au coin du couloir.

— C'est la bonne chambre ? demanda-t-il à Jo.

— Oui, je crois.

Il ouvrit la porte. La pièce était petite et peu meublée. Et elle était aussi vide. Il y avait une porte étroite dans un coin. Il traversa la pièce et tira sur la poignée, mais elle collait un peu, et il s'arrêta. Se retournant, il regarda Jo, qui était juste derrière lui.

Il tira une seconde fois sur la porte. Cette fois, elle céda.

L'escalier était en effet étroit, et sombre, aussi. Mais une faible lumière provenait d'en haut. Il commença à gravir l'escalier, dont les planches grinçaient à chaque pas.

— Qui est là ? demanda une voix effrayée.

Bran se détendit en reconnaissant la voix de sa fille.

— C'est papa.

Il arriva dans le grenier. C'était froid et poussiéreux, avec un plafond bas qui l'obligea à se baisser.

Evie était assise sur une couverture, une poupée sur ses genoux et une bougie allumée dans une lampe posée près d'elle.

— Pouvons-nous nous asseoir ? lui demanda Bran.

Evie parut confuse.

— Qui est avec toi ?

Bran n'avait pas entendu Jo derrière lui en montant. Il se retourna et l'appela :

— Jo ?

Le grincement des marches indiqua qu'elle montait. Un instant plus tard, elle les rejoignait, avec une expression hésitante.

— Tu es revenue, constata Evie d'un ton neutre. Pourquoi ?

— Parce que je le lui ai demandé, expliqua Bran en s'asseyant.

— Mais elle ne veut plus être gouvernante.

Evie lui lança un regard rebelle qui déchira le cœur de Bran.

— Non, effectivement.

Il la regarda, se rappelant ce qu'elle lui avait dit à peine quelques minutes plus tôt, qu'elle l'aimait. Cela voulait-il dire qu'elle allait l'épouser ? Il ne voulait pas faire de suppositions ni encourager les espoirs d'Evie pour les voir déçus ensuite.

— Cependant, j'ai envie qu'elle fasse toujours partie intégrante de nos vies.

Il tendit la main vers Jo, espérant qu'elle comprendrait ce qu'il voulait dire.

Elle s'avança pour s'asseoir à côté de lui. L'espoir germa dans son cœur quand il la regarda dans les yeux.

Elle lui fit un sourire, et se tourna vers Evie.

— Au lieu d'être ta gouvernante, je serai la comtesse de ton père. Si tu es d'accord.

Evie cligna des yeux, arborant une expression incrédule. Son regard passa de Jo à Bran.

— Vraiment ?

Bran acquiesça, incapable de parler, la gorge nouée par l'émotion.

Evie laissa échapper un long soupir de soulagement.

— Becky et moi avons fait tellement d'efforts ! Nous avons organisé ce pique-nique et le dîner. J'étais sûre que vous étiez en train de tomber amoureux. Mais ensuite, je me suis dit que c'était peut-être juste mon imagination.

Jo posa la main sur celle d'Evie.

— Ce n'était pas ton imagination. Je suis amoureuse de ton père depuis un certain temps.

Bran tourna vivement la tête vers elle. Vraiment ? Évidemment. S'il avait été attentif, il l'aurait su.

Le bonheur jaillit dans le regard d'Evie.

— Nous allons être une famille pour de bon, alors.

— Oui, répondirent Bran et Jo à l'unisson.

Ils se regardèrent et joignirent leurs mains.

Evie serra la main de Jo, et tendit l'autre pour attraper celle de Bran. Il prit ses petits doigts dans les siens et les serra.

Evie sourit.

— Je suis la fille la plus chanceuse du monde !

Elle s'élança en avant et jeta les bras autour de leurs cous.

Bran entendit Jo murmurer :

— Non, c'est moi.

CHAPITRE DIX-NEUF

*D*eux semaines plus tard, après s'être mariée par licence spéciale, Jo borda Evie dans son lit et se rendit dans la chambre qu'elle partageait désormais avec Bran pour attendre son arrivée. Il avait eu une réunion tardive ce soir, une affaire de la Chambre des Lords, et Jo savait qu'il aurait besoin d'un massage, ce qui entraînerait sans aucun doute d'autres choses.

Peu après qu'elle se soit installée dans le lit avec un livre, Bran entra dans la chambre et claqua la porte derrière lui. Un nuage sombre semblait le suivre à mesure qu'il évoluait dans la pièce.

Jo mit son livre de côté et descendit du lit. Sans un mot, elle alla vers lui et lui prit sa veste et sa cravate qu'il avait déjà retirées. L'un des boutons de son gilet vola quand il se déshabilla à la hâte.

— Maudit Talbot ! grogna Bran.

— Doux Jésus. Que s'est-il passé ?

Jo prit le gilet qu'il lui tendait et posa les vêtements sur une chaise. Elle s'en occuperait plus tard, ou Hudson s'en chargerait demain matin. Pour l'instant, elle devait se concentrer sur Bran.

Il s'assit sur le banc, au bout de leur lit, et retira ses chaussures et ses bas.

— Je ne peux tout simplement pas supporter son ton insipide. J'ai peur qu'il m'ait poussé trop loin. Il m'a encore comparé à John.

Cela s'était produit à plusieurs reprises : Talbot évoquait le frère aîné de Bran et regrettait qu'il ne puisse pas être le comte. Il prenait soin de ne pas insulter Bran ouvertement, mais l'offense était là malgré tout.

Jo grimpa sur le lit et entreprit de lui masser les épaules. Il était raide et tendu.

— Oublie-le.

Il grogna en réponse, baissant la tête et laissant ses épaules s'affaisser pendant qu'elle les massait.

Quelques minutes plus tard, il dit :

— Il est possible que je l'aie menacé.

Jo leva les mains et glissa hors du lit. Elle s'assit près de lui sur le banc matelassé, et lui prit la main tout en massant son biceps.

— *Possible* ?

Il tourna la tête pour la regarder, le regard vif à la lueur du feu.

— Je lui ai dit que s'il évoquait à nouveau John devant moi, je le défierais, et j'ai exigé qu'il me montre, à moi le comte légitime, le respect qui m'est dû.

Jo se sentit tout à la fois fière et anxieuse. Elle connaissait les difficultés de Bran à se sentir à l'aise dans son nouveau rôle, en particulier lorsqu'il devait interagir avec des personnes qui lui tapaient sur les nerfs. Elle lui caressa la joue.

— Je doute qu'il t'ennuie à nouveau.

Bran se tourna vers sa main et lui embrassa la paume.

— Ne te tracasse pas pour lui. Il ne vaut pas la peine que j'y pense, surtout pas quand je suis enfin ici avec toi.

Il s'adossa au lit alors qu'elle reprenait son massage.

— Cette journée a été terriblement longue, dit-il.

Oui, vraiment. Plus tôt dans l'après-midi, ils avaient reçu sa mère pour une courte visite, sa première depuis leur mariage. Elle les avait félicités et avait paru se concentrer sur le fait que Bran avait bien fait de s'allier à un duc, même si ce n'était que par mariage.

— Heureusement, elle est terminée, dit-elle en se levant pour se placer de l'autre côté de lui.

Il se laissa aller à la douceur des soins qu'elle lui prodiguait puis, au bout d'un moment, il lui demanda :

— J'ai peur de poser la question, mais comment ça s'est passé avec ma mère après mon départ ?

Il n'avait pas voulu laisser Jo seule avec la comtesse douairière, mais il avait un rendez-vous.

— Bien. Elle est partie peu après toi.

Elle était restée juste assez longtemps pour demander à Jo si elle pourrait porter des enfants étant donné qu'elle avait été mariée pendant si longtemps sans résultat. Jo avait craint la question, mais elle s'y attendait aussi.

Bran grogna encore quand Jo lui frotta le coude.

— Tant mieux. J'ai fait en sorte que vous soyez interrompues, de sorte qu'elle doive s'en aller.

Bucket devait lui dire que le cuisinier souhaitait la voir.

— C'est toi qui étais derrière tout ça ?

Il avait un regard plein de malice quand il croisa le sien.

— Je t'en prie.

Jo baissa les yeux alors qu'elle travaillait sur son poignet.

— Merci.

Il dégagea son bras de sa main et posa son doigt sous son menton, le basculant vers le haut.

— Qu'a-t-elle dit ? Elle t'a contrariée ?

Il avait une voix douce, quoique menaçante, mais cela ne lui faisait pas peur. Elle était bien consciente de l'animosité persistante qu'il ressentait envers sa mère et qu'il ressentirait peut-être toujours.

Elle envisagea de lui cacher la vérité, mais elle voulait que sa relation soit totalement honnête. D'ailleurs, elle n'aurait pas eu envie de se confier à quelqu'un d'autre.

— Je vais bien. Elle m'a demandé si je pouvais avoir des enfants.

Bran jura doucement.

— Je vais lui parler.

Jo secoua la tête et passa les bras autour de son cou.

— C'est inutile… Je lui ai dit que personne ne pouvait prédire ce que l'avenir nous réservait. Et que si les essais que nous faisions permettaient de déterminer le nombre de petits-enfants que nous lui donnerions, elle en aurait probablement beaucoup.

Les yeux de Bran s'arrondirent et il éclata de rire. Puis il afficha un large sourire.

— T'ai-je dit aujourd'hui à quel point je t'adore ?

— Je n'en suis pas sûre. Cependant, je préférerais que tu m'en fasses la démonstration.

Il l'attira sur ses genoux, plaçant ses jambes autour de ses hanches pour qu'elle le chevauche. Il remonta les mains pour lui caresser la nuque, puis glissa les doigts dans ses cheveux détachés.

— Tu sais que je me fiche que tu me donnes cent enfants ou aucun.

Elle hocha la tête. Ils en avaient longuement discuté. Bien qu'elle espérait toujours que son rêve puisse se réaliser, elle avait accepté le fait que la vie qu'elle menait déjà était absolument parfaite.

— Je suis vraiment désolée d'avoir laissé ce problème être une barrière entre nous.

Il l'embrassa, et ses lèvres glissèrent délicatement sur les siennes.

Un moment plus tard, il lui dit :

— Tu n'as pas à être désolée. Nous nous sommes bien débrouillés jusqu'ici, n'est-ce pas ?

Elle acquiesça et l'embrassa à son tour. Quand elle s'écarta, elle le regarda droit dans les yeux, et vit s'y refléter l'amour qu'elle ressentait.

— Nous avons trouvé notre maison.

ÉPILOGUE

Knight's Hall, Pays de Galles, août 1822

Jo regardait Evie conduire ses deux jeunes sœurs en bas de la colline, vers le ruisseau qui traversait la propriété. Pieds nus, elles allaient tremper leurs orteils dans l'eau fraîche pour les soulager de la chaleur.

Jo ne portait pas non plus de chaussures, et elle était vêtue d'une robe qui lui arrivait à peine aux mollets. C'était scandaleux, mais dans l'intimité de leur maison ou sur leur domaine, elle ne s'en souciait guère. Bran lui avait appris depuis bien longtemps que la vie était trop courte pour se sentir mal à l'aise. Surtout lorsqu'on était enceinte, avec un ventre énorme.

Cette grossesse avait été particulièrement éprouvante, mais elle n'avait jamais été enceinte pendant la chaleur de l'été auparavant. Cela ne la dérangeait pas, pourtant. Elle avait eu la chance d'avoir un enfant, puis trois en tout, alors elle ne pouvait pas se plaindre.

Quatre enfants, se corrigea-t-elle, car Evie était tout autant sa fille que Theodosia et Francesca. Et Evie les adorait. Presque autant que leur père.

Jo se retourna vers la maison, pour voir si Bran les avait déjà rejointes. Il travaillait dans son jardin d'hiver, qui avait dépassé le stade du hobby pour devenir une passion. Elle vit une silhouette descendre la pente et leva la main à son front pour se protéger de la vive lumière du soleil.

Elle lui sourit en le voyant approcher. Il était aussi pieds nus et portait un pantalon qui épousait ses cuisses familières, ainsi qu'une chemise blanche ample et fluide qui laissait apparaître un soupçon de chair en forme de V. Enfin, peut-être plus qu'un soupçon.

— C'est presque comme la Barbade ici, dit-il en la rejoignant.

Il passa une main autour de sa taille et l'attira près de lui pour l'embrasser sur les lèvres.

Elle soupira pendant leur baiser, et se laissa aller contre lui.

Il la serra plus fort.

— Fais attention. Ne me renverse pas.

Elle lui donna une petite tape sur le bras.

— C'est de ta faute si j'en suis presque capable.

Il posa la main sur le ventre de Jo et fut récompensé par un coup de pied rapide.

— Notre fille est prête à rejoindre ses sœurs.

— Ce pourrait être un garçon, lui dit Jo.

— Je m'en fiche. Et je suis devenu plutôt doué pour les filles.

Il observa les petites au bas de la colline, qui jouaient à présent dans le ruisseau. Francesca, deux ans, battait des pieds et éclaboussait Theodosia, trois ans, tandis qu'Evie se tenait au centre du petit cours d'eau.

Il se fichait pas mal d'avoir un fils ou non, et elle aussi.

Tous deux étaient très reconnaissants de la chance qu'ils avaient, car leur vie allait au-delà de ce dont ils avaient rêvé.

Jo posa la tête contre sa poitrine.

— Tu as dit que c'était comme la Barbade, mais Evie prétend que ce n'était pas tout à fait pareil. Elle veut retourner en Cornouailles, mais elle comprend qu'on ne peut pas avec le bébé qui arrive bientôt.

— J'aimerais aussi y aller. Si elle fait son apparition bientôt, nous pourrons peut-être y aller en septembre. Pour ton anniversaire.

Il déposa un léger baiser sur sa tempe, et une brise chaude libéra une mèche de ses cheveux. Elle la glissa derrière son oreille.

Ils s'étaient rendus en Cornouailles après leur mariage cinq ans plus tôt et étaient tombés amoureux des villages de bord de mer et du climat chaud et tempéré. Bran avait acheté une propriété et y avait fait bâtir une maison pour eux qu'ils avaient baptisée Knight's Plantation, même si elle n'avait rien d'une plantation. Cependant, elle avait été conçue sur le modèle de la maison qu'il habitait avec Evie à la Barbade et était décorée de la même façon. C'était l'endroit qu'ils préféraient tous.

Soudain, son ventre se contracta. Elle reconnut cette douleur. Mais ce n'était qu'un petit pincement. Elle allait patienter et voir si cela se reproduisait.

Bran continua de caresser son ventre, apparemment inconscient de la contraction qu'elle venait de ressentir.

— Un jour, je t'emmènerai à la Barbade. Peut-être que nous ne reviendrons pas.

— Tu dois rentrer. Tu es le comte.

Il haussa les épaules.

— Nous pourrions simuler notre mort.

— Seulement si nos enfants sont avec nous. Je ne leur ferai pas croire que nous sommes morts.

Il recula avec un halètement, puis se mit à rire.

— Mon Dieu, non ! Qui serait aussi cruel ?

Il se blottit contre elle une fois encore, mais elle commença à avoir chaud et recula.

— Je vais fondre.

Il la laissa s'éloigner.

— Je comprends.

Elle baissa les yeux vers son ventre et lui adressa un regard narquois.

— J'en doute. Comment sont tes ananas ?

— Magnifiques. Nous aurons un excellent dessert ce soir : un trifle avec des tranches d'ananas.

Jo gémit.

— Oh, ça a l'air divin.

Son ventre se resserra encore, et elle serra les dents pour supporter la douleur.

Bran fronça les sourcils.

— C'est le bébé ?

Elle hocha la tête.

— J'aurais tendance à dire que nous avons tout le temps, vu la lenteur de l'accouchement de Theodosia, mais comme Francesca est venue beaucoup plus vite, je ferais peut-être mieux d'aller à l'intérieur.

Bran appela Evie.

— Votre mère doit rentrer. Le bébé arrive !

— *Je crois* qu'il arrive.

Des éclats de rire et des applaudissements en provenance du ruisseau amenèrent un sourire sur le visage de Jo. Mais il s'estompa quand une autre douleur la saisit. Elle tendit la main vers Bran.

— Tu m'aiderais à marcher ?

— Je te porterais si je le pouvais.

Elle ricana.

— Tu ne serais plus jamais capable de marcher.

Après une interminable traversée en canard jusqu'à la maison, Jo se retrouva bientôt dans leur chambre. Un valet de pied alla chercher le médecin pendant que les préparatifs avançaient. Jo n'avait accouché qu'à Londres et espérait que les choses se passeraient aussi bien ici.

Au milieu de la nuit, Bran et elle accueillirent leur quatrième enfant, un garçon. Il avait les cheveux noirs, le visage rouge, et dix doigts et dix orteils d'une perfection absolue.

Pendant qu'elle le nourrissait, Bran s'assit à côté d'elle sur le lit, caressant du bout des doigts les cheveux doux et duveteux du petit garçon.

— Comment allons-nous l'appeler ?

Jo n'arrivait toujours pas à y croire.

— Un miracle ?

Bran rit.

— Si tu y penses, nous sommes tous des miracles. *La vie* est un miracle.

— Que penses-tu de Michael ? Cela s'écrit presque comme miracle.

— C'est vrai. C'est parfait. Comme lui. Comme toi, ajouta-t-il avant de l'embrasser, laissant ses lèvres s'attarder sur celles de sa femme.

— Merci d'avoir fait de ma vie un véritable miracle.

Elle le regarda dans les yeux et vit l'amour qui brillait au fond d'eux.

— Tout ce que j'ai fait, c'est t'aimer.

Il sourit et embrassa la tête de leur fils.

— Et pour cela, je te serai éternellement reconnaissant.

Que se passe-t-il lorsqu'une veuve décide d'épouser le marquis qui a tué son mari en duel ? Découvrez-le dans le

prochain livre de la série des *Insaisissables*, Le Duc Dangereux.

Merci beaucoup d'avoir lu *Le Duc Provocateur.* J'espère que vous l'avez aimé ! Ne passez pas à côté du prochain tome, *Le Duc Dangereux*, qui raconte la relation tumultueuse et sexy entre Emmeline, veuve, et Lionel, le marquis d'Axbridge.

Si vous voulez savoir quand mon prochain livre sera disponible et être averti des ventes spéciales, inscrivez-vous à ma newsletter en anglais sur https://www.darcyburke. com/join ou en français https://darcyburke.com/français.bulletin et suivez-moi sur les réseaux sociaux :

Facebook: https://facebook.com/DarcyBurkeFans
Twitter @darcyburke
Instagram darcyburkeauthor

Vous aimez les romans Régence ? Jetez un œil à la série *Le Club des Ducs Fringants*, six livres co-écrits avec ma meilleure amie, Erica Ridley. Découvrez les hommes inoubliables de la taverne la plus célèbre de Londres, Le Duc Fringant. Avec ces sublimes séducteurs à l'esprit et au charme à revendre, épris de liberté et d'aventures, une nuit n'est jamais suffisante.

J'espère que vous accepterez de laisser un avis sur le site de votre boutique en ligne ou de votre réseau préféré ! J'aime tellement mes lecteurs. Merci, merci, *merci*.
xoxo,
Darcy

NOTES

CHAPITRE UN

1. *Note de la traductrice (NDLT):* l'expression « chape de plomb » évoque un fardeau moral très lourd à supporter. Au Moyen Âge, il s'agissait d'un instrument de torture, sorte de manteau en plomb que l'on posait aux suppliciés et qui écrasait progressivement leur cage thoracique, de sorte de prolonger leur agonie.

CHAPITRE DEUX

1. *NDLT* : la « saison », liée à la saison parlementaire en Angleterre, est la période de l'année où les gens de familles aisées se retrouvent lors d'événements sociaux. C'est l'occasion pour les jeunes filles de faire leur entrée dans le monde et de trouver leur futur époux.

CHAPITRE TROIS

1. *NDLT* : voyage en Europe réalisé par les jeunes hommes de la haute société pour parfaire leur éducation. Il pouvait durer jusqu'à cinq ou six ans pour les plus aisés.

DU MÊME AUTEUR

Les Insaisissables

Le Comte sans héritier

L'Inaccessible Duc

Le Duc Audacieux

Le Duc Malhonnête

Le Duc des Désirs

Le Duc Provocateur

Le Duc Dangereux

Le Duc Solitaire

Le duc Ravageur

Le Duc Trompeur

The Duke of Seduction

The Duke of Kisses

The Duke of Distraction

The Unexpected Duke

The Charming Marquess

The Wounded Viscount

The Untouchables: The Pretenders

A Secret Surrender

A Scandalous Bargain

A Rogue's Redemption

À PROPOS DE L'AUTEUR

Darcy Burke est l'auteure à succès USA Today de romance sexy, sentimentale historique et contemporaine. Darcy a écrit son premier livre à 11 ans, une fin heureuse entre un cygne accro à la magie et une femelle cygne qui l'aimait, avec des illustrations extrêmement pauvres.

Native de l'Oregon, Darcy vit en bordure des vignes avec son mari guitariste, une fille artiste d'un incroyable talent, et un fils débordant d'imagination qui écrira sans doute un jour mieux qu'elle (et peut-être dès demain). Ils forment une famille-à-chats un peu folle, avec deux bengals, un petit chat en quête de notoriété qui porte le nom d'un fruit, un vieux maine-coon rescapé plutôt arrogant, et une collection de chats du voisinage qui trainent sur la terrasse et entrent quelquefois. Vous trouverez Darcy au chai, dans son confor-table fauteuil d'écrivain avec son portable et un ou trois chats sur les genoux, en train de plier son linge (ce qu'elle adore), ou encore devant le télévision avec sa famille. Ses havres de bonheur sont Disneyland, le week-end du Labor Day au Gorge, Le Danemark et partout au Royaume-Uni – tant que sa famille y est aussi. Retrouvez Darcy en ligne à https://www.darcyburke.com et suivez-la sur ses réseaux sociaux.